教育部人文社会科学重点研究基地重大项目

"中国诗歌研究史"(05JJD750.11-44011) 成果

首都师范大学中国诗歌研究中心规划项目成果

中国诗歌研究史

金元卷

左东岭 主编

查洪德 等 著

人民文学出版社

图书在版编目（CIP）数据

中国诗歌研究史．金元卷/左东岭主编；查洪德等著．—北京：人民文学出版社，2020
ISBN 978-7-02-015772-3

Ⅰ.①中… Ⅱ.①左… ②查… Ⅲ.①诗歌研究—历史—中国—金代②诗歌研究—历史—中国—元代 Ⅳ.①I207.22

中国版本图书馆CIP数据核字（2019）第214948号

责任编辑　胡文骏
装帧设计　陶　雷
责任印制　王重艺

出版发行　人民文学出版社
社　　址　北京市朝内大街166号
邮政编码　100705
网　　址　http：//www.rw-cn.com

印　　刷　三河市中晟雅豪印务有限公司
经　　销　全国新华书店等

字　　数　260千字
开　　本　880毫米×1230毫米　1/32
印　　张　7.125　插页2
版　　次　2020年4月北京第1版
印　　次　2020年4月第1次印刷

书　　号　978-7-02-015772-3
定　　价　69.00元

如有印装质量问题，请与本社图书销售中心调换。电话：010-65233595

总　序

　　处于世纪之交的中国学术界,编写各种各样的学术史成为近二十年来的流行学术操作。自20世纪初以来,中国的各种学科由于受到西方学术理念与研究方法的影响,纷纷建立起自己的研究范式,并运行了近百年,其中取得了巨大的学术成就,也存在着种种的问题与缺陷,因此有必要对其进行总结与检讨,以便完善学科的建设与提升研究的水平。从此一角度看,学术史写作的流行便是可以理解的一种学术选择。然而,在这二十多年的学术史编写中,到底对于学术的研究提供了何种帮助,又存在着哪些问题,或者说我们到底需要什么样的学术史,似乎还较少有人关注。我认为,总结学术史的写作就像学术史的写作一样重要,因为及时检讨我们所从事的学术工作,会使后来者少走弯路而提升学术史的研究水平。

一、近二十年学术史写作的检讨

　　学术史的清理其实是学术研究的常规工作,任何一个领域的问题研究,都必须首先从学术史的清理做起,否则便无法展开自己的研究。但中国学术界大规模、有意识的专门学术史研究,是从20世纪80年代末开始的,其标志性的成果是天津教育出版社组织编辑出版的"学术研究指南丛书",从20世纪80年代末至90年代中期,该丛书出版了数十种各学科的学术史"概述"类著作,其中不少著作至今仍是所在学科研究的必读书。现在回头来看这套大型研究史丛书,我们依然应该对其表示敬意,因为它的确对当时及后来的学术研究具有重要的贡献与推进。总结起来说,它具有下面几方面的主要特点:

一是起点较高。作为一套大型的研究指南丛书,其着眼点主要是为研究者提供入门的方法以便能够把握本领域的基本学术状况及研究方法,因此该丛书的"出版说明"就开宗明义地指出:

> 这套丛书将分门别类介绍哲学和社会科学各分支的研究沿革,对各学科的研究成果进行归纳和分析;对各学派或不同观点进行评介;对当前的研究动态及对未来研究趋势进行预测;还要介绍各学科特有的研究方法和手段。为了便于研究者检索,书后还附上该学科的基本资料书目及其提要和重要论文索引。这样,本书便是集学术性、资料性和工具性于一身,一册在手,即可对某一学科研究的基本情况一览无遗,足供学人参考、咨询、备览,对需要深入研究的内容,也可按图索骥,省却"踏破铁鞋无觅处"的烦恼。

从此一说明中不难看出,该丛书还不是纯粹意义上的学术史著作,其主要宗旨是作为研究的入门书,也就是所谓的"指南"性质,学术史研究当然是其重要组成部分,但不是其全部内容,这不仅从其书后附录的"基本资料书目"这些非学术史的板块可以看出,更可以从其撰写的方式显示出来。比如关于近代史的研究,该丛书既包括学术史性质的《中国近代史研究述要》①,同时也收进去了《习史启示录》②

---

① 陈振江:《中国近代史研究述要》,天津教育出版社,1997年版。
② 中国史学学会《中国历史年鉴》编辑组:《习史启示录:专家谈如何学习近代史》,天津教育出版社,1988年版。

这类谈治学经验的著作。而且在体例上也还存在一些问题,比如在中国古代文学学科,该丛书共收了9种著作:赵霈霖的《诗经研究反思》和《屈赋研究论衡》、刘扬忠的《宋词研究之路》、宁宗一的《元杂剧研究概述》和《明代戏剧研究概述》、金宁芬的《南戏研究变迁》、李汉秋的《儒林外史研究纵览》、罗宗强的《古代文学理论研究概述》、袁健的《晚清小说研究概说》等。将作为学科的古代文学理论和作为文体的诗、词、小说、戏剧以及古典名著的《儒林外史》并列,颇显体例的凌乱。尽管存在这些不足,但其中有两点是应该引起足够重视的。这就是一方面要"对各学科的研究成果进行归纳和分析;对各学派或不同学术观点进行评介"的学术史清理,另一方面还要"对当前的研究动态及未来研究趋势进行预测"的研究瞻望。这两方面的要求应该说是很高的,尤其是对于研究趋势的预测就绝非一般学者所能轻易做到。

二是作者队伍选择比较严格。从该丛书呈现的实际成果来看,其作者一般都具备两个条件:在某领域已经具有较大成就的学者和当时依然处于研究状态的学者。仍以古代文学为例,其中的六位学者都在各自的领域取得了较为突出的研究业绩,但在当时又都还是中年学者,正处于学术生命的旺盛期。这或许和这套丛书的"指南"性质相关,因为刚入门者缺乏研究经验,而已经退出研究前沿的年长学者又难以跟上学术发展潮流。这种选择其实也反映在上述所言的体例凌乱上,因为是以有成就的中年学者为选择对象,当然就不能追求体例的统一与均衡,可以说这是牺牲了体例的完整性而保证了丛书的质量。当然,从8种学术史著作居然有两位作者一人呈现两种的情况看,还是包含着地域性的局限与丛书组织者学术界统合力的不足。

三是丛书质量较高。由于具有较高的立意与作者队伍选择的严格，从而在总体上保障了丛书的基本质量，其中有不少成为本领域的必读著作。比如在罗宗强的《古代文学理论研究概述》的第一编，分四个小节对古代文学理论的"研究对象""研究目的""研究历史"和"资料载籍"进行系统的介绍，使读者完整地了解该学科的基本性质与历史发展，同时还提出了自己的独立见解，认为"弄清古代文学理论的历史面貌本身，也可说就是研究的目的"[1]。自建国以来，古代文论的研究一直追求"古为今用"的实用目的，从而严重影响了对于其真实内涵的发掘，当时提出弄清历史面貌的研究目的，可以说是一种拨乱反正的主张。正是由于拥有这样的眼光，也就保证了学术史清理中的学术判断，从而保证了该书的质量。

自此套丛书出版之后，便持续掀起了学术史写作的热潮，仅以中国古代文学学科为例，其中冠以20世纪学术史名称的便有：赵敏俐、杨树增的《20世纪中国古典文学研究史》[2]，张燕瑾、吕薇芬主编的《20世纪中国文学研究》[3]，蒋述卓等人主编的《20世纪中国古代文论学术研究史》[4]，黄霖主编的《20世纪中国古代文学研究史》[5]，傅璇琮主编的《20世纪中国人文学科学术研究史丛书文学专辑》[6]，李春青主编的《20世纪中国古代文论研究史》[7]，等等。有的著作虽未

---

[1] 罗宗强等：《古代文学理论研究概述》，天津教育出版社，1991年版，第7页。
[2] 陕西人民教育出版社，1997年版。
[3] 北京出版社，2001年版。
[4] 北京大学出版社，2005年版。
[5] 东方出版中心，2006年版。
[6] 福建人民出版社，2006年版。
[7] 山东教育出版社，2008年版。

以此为名，其实亦属于同类性质的著作，如：董乃斌等人主编的《中国文学史学史》[1]、傅璇琮、蒋寅主编的《中国古代文学通论》[2]等，均包含有对20世纪学术史梳理的内容。还有以经典作家作品为对象的专门研究史，如以《文心雕龙》研究为题的张少康等《文心雕龙研究史》[3]、张文勋《文心雕龙研究史》[4]、李平《文心雕龙研究史论》[5]等，以杜甫为题的吴中胜《杜诗批评史》[6]，以苏轼为题的曾枣庄《苏轼研究史》[7]，以《红楼梦》为题的白盾《红楼梦研究史论》[8]、陈维昭《红学通史》[9]等。至于在此期间以综述文章形式发表的学术史研究成果，更是难以一一列举。

与"学术研究指南丛书"相比，后来的学术史的研究无疑有了长足的进展，这表现在以下几个方面：

一是更加系统而规范。比如张燕瑾等的《20世纪中国文学研究》共10卷，不仅包括了古代文学的各个朝代，而且还增添了近代、现代和当代，应该说这才是真正完整的学术史；又如傅璇琮主编的《20世纪中国人文学科学术研究史丛书文学专辑》内容更为完整丰富，共由8种构成：《中国古代小说研究》《中国戏剧研究》《中国词学研究》《中国诗学研究》《中国古代散文研究》《中国文学批评史研

---

[1] 河北人民出版社，2003年版。
[2] 辽宁人民出版社，2005年版。
[3] 北京大学出版社，2001年版。
[4] 云南大学出版社，2001年版。
[5] 黄山书社，2009年版。
[6] 中国社会科学出版社，2012年版。
[7] 江苏教育出版社，2001年版。
[8] 天津人民出版社，1997年版。
[9] 上海人民出版社，2005年版。

究》《西方文学研究》《比较文学研究》,应该说文学研究的主要内容全都囊括进来了,而且分类也比较合理;再如黄霖主编的《20世纪中国古代文学研究史》共7卷,除了以分体所构成的"诗歌卷""小说卷""戏曲卷""散文卷""词学卷""文论卷"外,还由主编黄霖执笔撰写了"总论卷",对20世纪古代文学研究的总体状况与重要理论问题进行归纳与评述,从而与其他分卷一起构成了一个立体的系统。这些大型的学术史丛书,较之以前那些零打碎敲而互不统属的研究已经显示出明确的优势。

二是体例多样而各显特色。就本时期的学术著作的整体情况看,大致显示出三种体例。有的以介绍研究成果为主要目的而较少做理论的总结与评判,如张燕瑾等的《20世纪中国文学研究》、张文勋的《文心雕龙研究史》等,张文勋在绪论中就说:"对于入史的资料,采取实录的方法,保存其历史原貌。对当时的历史情况和资料的优劣,尽量做到述而不评,以便使读者进一步研究,评价其优劣,判断其是非。"①当然,并非所有的成果都是有意保持实录的特色而是缺乏判断的能力,但结果都是以介绍成果为主的写法。有的以问题为中心进行理论的总结,如赵敏俐等的《20世纪中国古典文学研究史》和韩经太的《中国文学批评史研究》等。赵敏俐以"时代变革与学术演进""文化思潮与理论思考""格局改变与领域拓展"和"文学史的研究与撰写"②来概括其著作内容,体现出明确的问题意识。韩经太则直接说:"如今已是电子信息时代,相关资料的检索汇集,实际上

---

① 张文勋:《文心雕龙研究史》,云南大学出版社,2001年版,第11页。
② 赵敏俐等:《20世纪中国古典文学研究史》,陕西教育出版社,1997年版,第1—13页。

已不再成为学术总结的难题。关键还在'问题意识'的确立。"①既然具有如此的指导原则,其著作也就理所当然地采取了以问题为章节设计的基本格局。有的则以深层理论探索为学术目的,如董乃斌等人的《中国文学史学史》并不是去介绍评判各种文学史编撰的优劣短长,而是要通过对前人经验的总结,建立自己的文学史学史,因而其关注的焦点就是:"细心地考察文学史学演进中诸种内部与外部的交互作用,实事求是地估量各种理论观念、史料工作和史纂形式的历史成因及其利弊得失,认真地探索与总结其发展规律。"②在此基础上,董乃斌还主编了另一本理论性更强的《文学史学原理研究》③的著作,显示了其重理论总结的学术路径。

三是对于学术史认识的深化。学术史的研究对象是相当驳杂凌乱的,如何选择与评价取决于研究者的知识构成与学术素养,即使面对相同的研究对象,由于研究者不同的学术背景,也会具有较大的差异。比如对于"新红学"的态度,早期的学术史多从政治的角度采取批判的态度,而近来的学术史则更多从学理的层面进行清理。比如郭豫适在评价胡适《红楼梦考证》的研究方法时说:"胡适虽然在具体进行作者、版本问题的考证中,得出了一些比较合乎实际的、可取的看法,但是我们不能因此而肯定他那实验主义的真理论和实用主义的研究方法。"④很明显,这是当时对胡适"大胆假设,小心求证"方法的关注与批判。而陈维昭在评价胡适时也说:"以胡适为代表的'新红学'的最本质的错误在于无视文本的创造过程和文本的阅读的不可

---

① 韩经太:《中国文学批评史研究》,福建人民出版社,2006年版,第10页。
② 董乃斌等:《中国文学史学史》,河北人民出版,2003年版,第26页。
③ 董乃斌等:《文学史学原理研究》,河北人民出版社,2008年版。
④ 郭豫适:《红楼梦研究小史续稿》,上海文艺出版社,1981年版,第44页。

逆性,无视叙述行为和阅读行为的解释性。"①如果没有接触过新批评的文本理论与接受美学等开放性阐释新理论,作者不可能对胡适的新红学进行此种学理性的批评。从知识构成角度看,郭豫适依然在传统理论的层面研究胡适,而陈维昭则是用新的理论视角在审视胡适,尽管二人的评价有深浅的差异,但并无高低的可比性,因为那是处于不同时代的学术研究,只存在时代的差异而难以进行水平高低的对比。

　　指出上述学术史研究的新进展并不意味着目前的学界不存在问题,其实在学术史研究局面繁荣的背后,潜存着许多必须关注的缺陷甚至是弊端。这种情况可以分为两个层面。一个是大批貌似学术史研究而实则仅仅是成果的罗列,作者既未能全面搜罗成果,也缺乏鉴别拣择的能力。此类成果对于学术研究几乎毫无贡献,故不在本文的论述范围之内。另一个是许多严肃性的学术史著作与论文,对学界的进一步研究影响较大,但也存在着种种的问题,这就不能不引起足够的重视。就笔者所看到的学术史论著,大致存在着以下应该引起注意的现象。

　　首先是资料的不完整。竭泽而渔地网罗全部资料是学术史研究的前提,然后才能从中筛选出有价值的成果进行分析评价。然而目前的学术史著作中却很少有人将学术史资料搜集齐备的。尽管目前电脑网络的搜集手段已经足够先进便捷,但也恰恰由于过分依赖网络检索而忽视了其他检索的途径。比如目前网络数据库的内容基本上是经过授权的期刊,而在此之外却存在大量的盲点,论其大者便有未上期刊网的地方刊物成果、丛刊及论文集中的成果以及通史类中所包含的成果三种,均时常被学者所忽略。且不说那些以举例为写

---

① 陈维昭:《红学通史》,上海人民出版社,2005年版,第160页。

作方式的论著,即使那些专门提供成果索引的学术史著作,也存在此类问题。比如中国社会科学院历史研究所明史研究室编纂的《百年明史论著目录》①一书,搜集了自1979至2005年的明史研究成果,应该有足够的权威性,但本人在翻检自己的成果时却吃惊地发现有大量的遗漏。其中共收本人7篇论文和3部著作,但那一时期作者共发表有关明史研究的论文20篇,也就是说遗漏了将近三分之二的论文。遗漏部分有些是上述所言的盲区,如《阳明心学与冯梦龙的情教说》②属于论文集所收成果,《明代心学与文学》③属于论著中所包含成果。而《童心说与李贽的人生价值取向》④、《阳明心学与唐顺之的学术思想、文学思想与人格心态》⑤、《论王阳明的审美情趣与文学思想》⑥属于增刊或丛刊类成果。但不知是何原因,在知网中所收录的8篇论文竟然也被遗漏,似乎令人有些费解⑦。可以想象,如果按

---

① 中国社会科学院历史研究所明史研究室编:《百年明史论著目录》,安徽教育出版社,2012年版。
② 张晶主编:《21世纪文艺学研究的新开拓》,中国传媒大学出版社,2003年版。
③ 傅璇琮、蒋寅:《中国古代文学通论(明代卷)》,辽宁人民出版社,2005年版。
④ 《朱子学刊》第8辑,1998。
⑤ 《文学与文化》第1辑,2003。
⑥ 《文艺研究》1999年增刊。
⑦ 这8篇文章是:《耿、李之争与李贽晚年的人格心态巨变》(《北方论丛》1994年第5期)《禅学思想与李贽的童心说》(《郑州大学学报》1995年第5期),《从良知到性灵:明代文学思想的流变》(《南开学报》1995年第4期),《阳明心学与汤显祖的言情说》(《文艺研究》2000年第3期),《从本色论到性灵论:明代性灵文学思想的流变》(《社会科学战线》2000年第6期),《内在超越与江门心学的价值取向》(《南昌大学学报》2000年第2期),《李贽文学思想与心学关系及其影响研究综述》(《首都师范大学学报》2002年第6期),《20世纪以来心学与明代戏曲小说关系研究综述》(《首都师范大学学报》2004年第5期)。

照该索引查找本人有关明史的研究成果,其学术史的研究将会与实际状况有较大的出入。

其次是选择的合理性。尽管在搜集研究成果时力求其全,但除了索引类著作外,谁也无法且亦无必要将所收集到的成果全部罗列出来,也就是说作者必须进行选择,何者须重点介绍,何者须归类介绍,何者可归为存目。选择的工作需要的是作者的学养、眼光以及对该研究领域的熟悉程度。比如同样是对明代诗歌研究史的梳理,余恕诚《中国诗学研究》用了"百年明诗研究历程""高启诗歌研究"和"前后七子诗歌研究"三个小节予以论述,而羊列荣《20世纪中国古代文学研究史(诗歌卷)》却仅用"关于明诗的叙述状况"一节进行介绍,而且重点叙述"公安派的现代发现"。这种选择的不同就有二人学术判断的差异,也有是否对明代诗歌研究具有实际研究经验的问题。其实,就研究史本身看,现代学术史上的明诗研究都比较偏重一首一尾,高启与陈子龙乃是其重要研究对象。从学术的误区来看,传统的研究比较重视复古派的创作而轻视性灵派的创作。应该说二人的选择都存在一定的问题。

三是体例的统一性问题。就近几年来的学术史研究看,由于规模越来越大,很难由一人单独完成,因此组织队伍进行合作研究就成为常见的方式。合作研究的模式大致有两种,导师带学生与学科老师合作,或者两种模式相结合也很常见。如果导师认真负责地制定体例与审定文稿,统一性也许可以得到保障。如果仅仅是汇集众人文稿而成,就不仅是体例统一的问题,还会具有种种漏洞诸如资料不全、选择不当、评价偏颇乃至文句错讹的存在。而学者之间的合作往往会存在体例不一的问题,因为每人的学术背景、研究习惯及文章风格多有不同,难免会有所出入。蒋述卓《20世纪中国古代文论学术研究史》是由蒋述卓、刘绍瑾、程国赋、魏中林等同仁合著的,其主要特点是将研究的历史阶段与专题研究结合起来进行论述,虽然部头不大,但却将20世纪古代文论研究的方方面面都涉及到了,是一部简明而系统的学术史著作。但如果细读,还是会发现作者之间的行文差异。蒋述卓长期从事古代文论的研究,不仅对材料相当熟悉,而且对许多专题有自己的思考,所以采用"述"与"论"相结合的方式,为此他还在"80至90年代中西比较文论研究的发展"一章里专门写了"中西比较文论研究的总体评价与展望"一节,畅谈自己的看法与设想。而在程国赋等人所撰写的"专题研究回顾"部分,却很少发表评价性的意见,尤其是《文心雕龙》研究部分,几乎就是研究成果的客观介绍。这样做当然是一种严肃的学术态度,与其因不熟悉而评价失当,倒不如客观叙述介绍,遗憾的是在体例上不免有些出入,与理想的学术史研究还有一定差距。

除了上述的种种不足之处外,同时也还存在着分析的深入性、评价的公正性、预测的先见性等方面的问题。但归结起来说,学术史的研究其实就是两个主要方面:是否准确揭示了真正有价值的学术观点与研究方法,是否通过学术史的梳理寻找出了新的学术增长点与研究空间。退一步说,即使不能指出以后的学术方向,起码也要传达与揭示有价值的学术成果。

二、《明儒学案》的启示:学术史研究的原则

学案体作为中国古代学术史编撰的一种写作模式,曾以其鲜明的特点长期被学界所关注。史学家陈祖武概括说:"学案体史籍,是我国古代史学家记述学术发展历史的一种独特编纂形式。其雏形肇始于南宋初叶朱熹著《伊洛渊源录》,而完善和定型则是数百年后。

清朝康熙初叶黄宗羲著《明儒学案》，它源于传统的纪传体史籍，系变通《儒林传》(《儒学传》)、《艺文志》(《经籍志》)，兼取佛家灯录体史籍之所长，经过长期酝酿演化而成。这一特殊体裁的史书，以学者论学资料的辑录为主体，合案主生平传略及学术总论为一堂，据以反映一个学者、一个学派，乃至一个时代的学术风貌，从而具备了晚近所谓学术史的意义。"①在中国古代，接近于陈先生所说的这种学案体著作大致有朱熹《伊洛渊源录》、耿定向《陆杨学案》、刘元卿《诸儒学案》、周汝登《圣学宗传》、刘宗周《论语学案》、孙奇逢《理学宗传》、黄宗羲《明儒学案》、徐世昌《清儒学案》等。尽管在学案体的起源与名称内涵上目前学界尚有争议，但黄宗羲的《明儒学案》作为学案体的代表性著作则是毫无争议的。梁启超就曾说："中国有完善的学术史，自梨洲之著学案始。"并且从黄宗羲《明儒学案》中总结出编撰学术史的几个条件：

  著学术史有四个必要的条件：第一，叙一个时代的学术，须把那时代重要各学派全数网罗，不可以爱憎为去取。第二，叙某家学说，须将其特点提挈出来，令读者有很明晰的观念。第三，要忠实传写各家真相，勿以主观上下其手。第四，要把个人的时代和他一生经历大概叙述，看出那人的全人格。梨洲的《明儒学案》，总算具备这四个条件。②

就《明儒学案》的实际情况看，全书共62卷，由5个大的板块组成：师说(黄宗羲之师刘宗周对明代有代表性思想家之评价)、有传承之流

---

① 陈祖武：《学案再释》，《北京师范大学学报》2009年第2期。
② 梁启超：《中国近三百年学术史》，东方出版社，1996年版，第58页。

派学案、诸儒学案、东林学案和蕺山学案。基本上囊括了明代儒家思想的主要流派和代表性人物。每一学案则主要由三部分内容构成：首先是总序,主要对本学案之师承渊源、思想特点以及作者之评价等;其次是学者小传,包括其生平大概及为学宗旨;其三是传主主要论学著作、语录之摘编。由此,有学者从体例上将其概括为"设学案以明学脉""写案语以示宗旨"和"原著选编"①。也有学者从方法论的角度将其改为"网罗史料、纂要钩玄""辨别同异""揭示宗旨、分源别派、清理学脉""保存一偏之见、相反之论"②。这些研究对于认识黄宗羲的思想特征与学术地位均有显著的贡献,也对学案体的体例有所揭示与总结。然而,这其中所蕴含的对于当代学术史研究的启示却较少有人提及。

就黄宗羲本人在《明儒学案》的序文及发凡中所重点强调的看,"分其宗旨,别其源流"③乃是其主要着眼点。也就是说,《明儒学案》所体现的学术原则与学术精神,主要由明宗旨与别源流两个方面所构成,而且此二点也对当今学术史的研究最具启发价值。

明宗旨是黄宗羲《明儒学案》最鲜明的特色之一,但其究竟有何内涵,学界看法却不尽一致。本人通过对该书的序言、发凡及相关表述的细致解读,认为它具有三个层面的含义。

首先是对最能体现思想家或学派特征、为学方法及学说价值的高度凝练的概括。黄宗羲说:

> 大凡学有宗旨,是其人之得力处,亦是学者之入门处。天下

---

① 朱义禄:《论学案体》,《哈尔滨工业大学学报》1999年第1期。
② 李明友:《一本万殊》,人民出版社,1994年版,第90—199页。
③ 黄宗羲:《明儒学案序》,《明儒学案》,中华书局,1985年版,第8页。

之义理无穷,苟非定以一二字,如何约之,使其在我。故讲学而无宗旨,即有嘉言,是无头绪之乱丝也。学者而不能得其人之宗旨,即读其书,亦张骞初至大夏,不能得月氏要领也。是编分别宗旨,如灯取影,杜牧之曰:"丸之走盘,横斜圆直,不可尽知。其必可知者,知是丸不能出于盘也。"夫宗旨亦若是而已矣。①

此段话有三层意思:一是学者为学需有自己的宗旨,而且用简短的语句将其概括出来,以便体现自我的为学原则;二是了解这种学说也要抓住此一宗旨,才能得其精要,领会实质;三是介绍这种学说,也要能够用"一二字"概括出其为学宗旨,以便把握准确。从学术史研究的角度讲,如果研究对象本身宗旨明确,那当然对研究者是很有利的。但实际情况往往并非如此,越是大思想家和大学者,其思想越是丰富复杂,如何在这包罗万象的学说体系中提炼出其为学宗旨,那是需要经过研究者的认真思考与归纳的。黄宗羲的可贵之处是他能够遍读原始文献,经由认真斟酌,然后高度凝练地提取出各家之宗旨。正如其本人所言:"每见钞先儒语录者,荟撮数条,不知去取之意谓何。其人一生之精神未尝透露,如何见其学术?是编皆从全集纂要钩玄,未袭前人之旧本也。"②也就是说,提炼宗旨的前提是广泛阅读研究对象的全部文献,真正寻找出其为学宗旨,而不是将自我意志强加给对象,他之所以不满意周海门的《圣学宗传》,其原因就在于:"且各家自有宗旨,而海门主张禅学,扰金银铜铁为一器,是海门一人之宗旨,非各家之宗旨也。"③关于黄宗羲提炼宗旨而遍读各家全集的情

---

① 黄宗羲:《明儒学案发凡》,《明儒学案》,中华书局,1985年版,第17页。
② 黄宗羲:《明儒学案发凡》,《明儒学案》,中华书局,1985年版,第18页。
③ 黄宗羲:《明儒学案发凡》,《明儒学案》,中华书局,1985年版,第17页。

况,已有许多学者进行过考察,大都得出了肯定的结论。从此一角度出发,可知做学术史研究的第一步便是真正从研究对象的所有成果的研读中,高度概括出其学术的宗旨与精神,让人一看即可辨别出其学术的特色。

其次,宗旨是思想家或学派独创性的体现。黄宗羲认为:"学问之道,以各人自用得著者为真。凡倚门傍户,依样葫芦者,非流俗之士,则经生之业也。此编所列,有一偏之见,有相反之论,学者于其不同处,正宜著眼理会,所谓一本而万殊也。以水济水,岂是学问!"①学术的精髓在于有思想的创造,而不在于求全稳妥,因而在《明儒学案》中,就特别重视"有一偏之见,有相反之论"的学者,而对那些"倚门傍户,依样葫芦"陈陈相因的"流俗""经生"之见,则一概予以祛除。如果说提炼宗旨是学术史研究的第一步,那么辨别各家宗旨有无创造性从而决定是否纳入学术史的叙述则是其第二步。在当代学术史研究中,并不是都能做到此一点的,许多学者为了体现求全的原则,常常采取罗列成果、全面介绍的方式,结果学术史成了记述论著的流水账,其中既无宗旨之提炼,亦无宗旨之辨析。黄宗羲的这种观点,体现了明代重个性、重创造的学术精神,至今仍然具有重要的启示意义。

其三是宗旨是为学精神与生命价值追求的结合。关于此一点,其实是与其"自得"的看法密切相关的。在"发凡"中,黄宗羲除了提出宗旨的见解外,同时又提出"自得"的看法。何为"自得"?有学者认为:"'自得'坚持的是一种独立的政治精神,强调的是一种自由的心理意识。"并认为"自得"与"宗旨"的关系是:"在黄宗羲的视野

---

① 黄宗羲:《明儒学案发凡》,《明儒学案》,中华书局,1985年版,第18页。

中,只有走向阳明心学的'自得'才可以称为'宗旨',否则,不是'宗旨不明',就是'没有宗旨'。"①必须指出,"自得"固然与独立思考的学术精神密切相关,但这并非其全部内涵,而且"自得"与"宗旨"也不能完全等同。比如黄宗羲认为,王阳明之前的明代学术,"习熟先儒之成说,未尝反身理会,推见至隐,所谓'此亦一述朱,彼亦一述朱'耳"②。可见他们缺乏思想的创造性,当然也就没有"自得",但并不妨碍其学说亦有其宗旨,黄宗羲曾经将明前期同倡朱子学的吴与弼和薛瑄的不同宗旨概括为:康斋重"涵养"而文清重"践履"。当然,有"自得"之宗旨优于无"自得"之宗旨亦为黄宗羲所认可,但不能说无自得便无宗旨。其实,黄宗羲所言的自得,除了具有独立自由的精神意识外,还有两种更重要的内涵。一是自我的真切体悟而非流于口头的言说,其《明儒学案发凡》说:

> 胡季随从学晦翁,晦翁使读《孟子》。他日问季随:"至于心,独无所同,然乎?"季随以所见解,晦翁以为非,且谓其读书卤莽不思。季随思之既苦,因以致疾,晦翁始言之。古人之于学者,其不轻授如此,盖欲其自得之也。即释氏亦最忌道破,人便做光景玩弄耳。此书未免风光狼藉,学者徒增见解,不做切实工夫,则羲反以此书得罪于天下后世也。③

此处的"自得"便是由自身思考体悟而来的真切感受与认知,而且按照心学知行合一的观念,真正的"知"就包括了践履的"行",黄宗羲

---

① 姚文永、宋晓伶:《"自得"和"宗旨"——〈明儒学案〉一个重要的编撰方法与原则》,《大连大学学报》2010年第3期。
② 黄宗羲:《明儒学案》,中华书局,1985年版,第179页。
③ 黄宗羲:《明儒学案发凡》,《明儒学案》,中华书局,1985年版,第18页。

称之为"切实工夫"。与此相反的是,停留于言说的表面而无体验与行动,那便叫做"玩弄光景"。正如黄宗羲批评北方王学"亦不过迹象闻见之学,而自得者鲜矣"①。"迹象闻见"便是停留于语言知识的层面而无真切的体验,也就是没有"自得"。二是自我境界的提升与人格的完善,也就是心学所言的自我"受用"。用黄宗羲的话说就是:"夫先儒之语录,人人不同,只是印我之心体,变动不居,若执定成局,终是受用不得。此无他,修德而后可讲学。今讲学而不修德,又何怪其举一而废百乎?"②在此,语录与受用、讲学与修德都是通过"自得"而联系起来的。这也难怪,心学本身就是修身成圣的学问,如果不能实现修身成圣的"受用",便是"玩弄光景"的假道学。所以黄宗羲在概括阳明心学时才会说:"自姚江指点出'良知人人现在,一反观而自得',便人人有个做圣之路。"③

将为学宗旨的鲜明特征、思想创造和自得受用结合起来,便是心学所说的"有切于身心",也就是有益于身心修为,有益于砥砺人格,有益于提升境界,有益于圣学追求。这既是其为学宗旨,也是其为学目标。黄宗羲以此作为《明儒学案》衡量学派的标准,既合乎其作为心学后劲的身份,也符合明代心学的学术品格。以此反观现代的学术史研究,就会发现存在明显的缺失。也许我们并不缺乏对学者思想特征与学术创造的归纳论述,但大都将其作为一种专业的操作进行衡量评说,而很少关注其是否"有切于身心",也就是对学者的学术追求和社会责任、人文关怀以及性情人格之间的关系极少留意。

---

① 黄宗羲:《明儒学案》,中华书局,1985年版,第636页。
② 黄宗羲:《黄梨洲先生原序》,《明儒学案》,中华书局,1985年版,第9页。
③ 黄宗羲:《明儒学案》,中华书局,1985年版,第179页。

我认为在对人格境界与社会关怀的重视方面也许我们真的赶不上黄宗羲。

别源流是黄宗羲《明儒学案》第二个要实现的目标。所谓别源流，就是要理清学派的传承与思想的流变。从黄宗羲《明儒学案》的实际操作上看，其别源流分为四个层面：一是梳理明代一代学术源流，二是寻觅明代心学学脉，三是阳明心学本身的学脉关系，四是学者个人思想的演变过程。关于黄宗羲考镜源流的业绩，贾润在其《〈明儒学案〉序》中指出：

> 盖明儒之学多门，有河东之派，有新会之派，有余姚之派，虽同师孔、孟，同谈性命，而途辙不同，其末流益歧以异，自有此书，而分支派别，条理粲然，其余诸儒也，先为叙传，以纪其行，后采语录，以列其言。其他崛起而无师承者，亦皆广为罗列，靡所遗失。论不主于一家，要使人人尽见其生平而后已。①

"分支派别，条理粲然"八个字，可以说高度概括了《明儒学案》在别源流方面的特点。黄宗羲在别源流的过程中，始终坚持两点，即兼综百家的包容性和兼顾优劣的公正性。尽管他是王门后学，但并不忽视其他学派的论述，这便是其巨大的包容性；而对于他最为看重的心学大师王阳明，既赞誉其"故无姚江，则古来之学脉绝矣"，同时又指出："然致良知一语，发自晚年，未及与学者深究其旨，后来门下各以意见掺合，说玄说妙，几同射覆，非复立言本意。"②以会合朱陆的方式纠正阳明及其后学的偏差，乃是刘宗周为学之核心，黄宗羲对阳明

---

① 黄宗羲：《明儒学案》，中华书局，1985年版，第12页。
② 黄宗羲：《明儒学案》，中华书局，1985年版，第179页。

的批评显然也受到其师刘宗周的影响,但同时也是他本人的真实看法与辨析源流的基本学术原则。

当然,学界也有对黄宗羲《明儒学案》的负面评价,比如钱穆就对黄宗羲在选取诸家言论的"取舍之未当"深致不满,并认为其"于每一家学术渊源,及其独特精神所在,指点未臻确切"。至于造成如此弊端之原因,钱穆则认为是黄宗羲"乃复时参以门户之见,义气之争。刘蕺山乃梨洲所亲授业,亦不免此病"①。至于《明儒学案》是否真的存在如钱穆所言缺陷,以及钱穆对黄宗羲之诟病是否恰当,均可进一步进行深入的讨论②。在此需要强调的是黄宗羲别源流的原则及其依据。

黄宗羲之所以重视"分其宗旨,别其源流",是他认为明代思想界最为独特的乃是学者之趋异倾向,也就是表达自我的真实见解与学术个性。他说:"有明事功文章,未必能越前代,至于讲学,余妄谓过之。诸先生学不一途,师门宗旨,或析之为数家,每久而一变。……诸先生不肯以懵懂精神冒人糟粕,虽浅深详略之不同,要不可谓无见于道者也。"③从横的一面,同一师门的宗旨可以分化为数家;从纵的一面,时间长了必然会发生变化。学术的活力就在于这种差异性和变动不居。这些不同派别与见解也许有"浅深详略之不

---

① 钱穆:《中国学术思想史论丛》卷七,安徽教育出版社,2004年版,第260页。

② 已有学者撰文指出,钱穆此论并不恰当,认为其原因在于:"由于钱穆的学术思想由'阳明学'逐渐转向'朱子学',其在晚年对阳明学多有指摘,故批评黄宗羲守阳明学门户,对《明儒学案》的评价由大加赞赏转向多有贬斥。"见张笑龙《钱穆对〈明儒学案〉评价之转变》,《广东社会科学》2013年第3期。

③ 黄宗羲:《明儒学案序》,《明儒学案》,中华书局,1985年版,第7页。

同"，但其可贵之处在于不肯重复前人的陈词滥调而勇于表达自我对"道"的真知灼见。所以他反复强调："羲为《明儒学案》，上下诸先生，深浅各得，醇疵互见，要皆功力所至，竭其心之万殊者，而后成家，未尝以懵懂精神冒人糟粕。"①何为"懵懂精神"？就是缺乏独立思考的能力而人云亦云，就是"倚门傍户，依样葫芦"的迷信盲从。只有那些"竭其心"的有得之言，尽管可能"醇疵互见"，却足以成家。黄宗羲所要表彰的，正是这些所谓的"一偏之见""相反之论"。黄宗羲此种求真尚异的观念，是明代心学流行的必然结果，是学者崇尚自我和挑战权威精神的延续，所以他才会如此说："古之君子宁凿五丁之间道，不假邯郸之野马，故其途亦不得不殊。奈何今之君子，必欲出于一途，使厥美灵根者，化为焦芽绝港。"②思想的创获来自艰辛的探索与思考，犹如开山凿道之不易。而如果使所有的学者均纳入同一模式的思想，就只能导致"焦芽绝港"的思想枯竭。学术的多样性乃是探索真理的必要性所决定的，因为"学术不同，正以见道体之无尽也"③。坚持思想探索，倡导独立精神，赞赏学术个性，鼓励流派纷争，这是黄宗羲留给我们最有价值的思想启示。

自黄宗羲之后，以学案体撰写学术史者虽然不少，但能够与其比肩者却绝无仅有。且不说清人徐世昌《清儒学案》和唐鉴《清学案小识》这类以堆积资料为目的的著作，它们既无宗旨之精炼提取，又无学脉之总体把握，即令是今人钱穆之《朱子新学案》、陆复初之《王船山学案》、杨向奎之《新编清儒学案》、张岂之之《民国学案》等现代学

---

① 黄宗羲：《黄梨洲先生原序》，《明儒学案》，中华书局，1985年版，第10页。
② 黄宗羲：《黄梨洲先生原序》，《明儒学案》，中华书局，1985年版，第10页。
③ 黄宗羲：《明儒学案序》，《明儒学案》，中华书局，1985年版，第7页。

术史著作,虽在思想评说、范畴辨析、问题论述及资料编选诸方面各有优长,但在学脉梳理及论述深度上皆难以达到《明儒学案》的高度。

在文学领域的学术史研究中,有两套丛书近于学案体的特征,它们是陈平原主持的"20世纪中国学术文存"(湖北教育出版社)和陈文新主持的"中国学术档案大系"(武汉大学出版社)。前者共拟出版20种研究论集,自21世纪初至今已基本完成;后者动议于十年之前,如今也已出版有十余种。从编写目的看,二者都重视文献的保存,都以选择优秀成果作为主体部分,这可视为是对《明儒学案》原著摘编方式之继承。从编写体例上,"文存"由导论、文选和目录索引三个部分组成,"学术档案"则由导论、文选、论著提要和大事记四部分构成。导论相当于《明儒学案》的总论部分,但由于是针对一代学术而言,不如《明儒学案》的简要精炼。目录索引与大事记是受现代学术观念影响的结果,故可存而不论。至于论著提要则须视各书作者之学术眼光与概括能力而定,就本人所接触的几册看,大致以截取各书之内容提要而来。如果以黄宗羲的明宗旨与别源流的两个标准来衡量这两套丛书,它们显而易见是远远没有达到《明儒学案》的水平。因为文选部分尽管通过选优而保存了名家的代表作,却必须通过每位读者自己的阅读体味来了解其学术特色。"学术档案"的情况略有改变,其选文之后附有作者生平、学术背景、内容简介与评述、作者著述情况等,但大多是情况介绍而乏精深之论[①]。至于别源

[①] "学术档案"各书体例不甚统一,选文后有的是情况简介,有的则是对选文的学术评价,如王炜的《〈金瓶梅〉学术档案》的每篇选文之后都有一篇学术导读,就该文及学术思想、研究方法进行评价,应该说是基本达到了"明宗旨"的要求。

流更是这两套丛书的短板,就我所接触到的导论部分而言,只有王小盾在《词曲研究》的导论中简略提及了任二北的师承关系及台湾高校的注重师承传授,其他著作则盖付阙如,似乎别源流已经被置于学术史研究之外。当然,在此需说明两点:一是在此并没有责备丛书主持人和各书作者之意,因为其他的学术史著作也都没有关注此一问题;二是别源流的问题之所以被现代学术史研究所遮蔽,是因为学术研究中的师承观念与学派意识逐渐淡化,从而难以为学术史研究提供丰富的研究案例与内容。但又必须指出,学术研究中师承观念与学派意识的缺位并不能完全成为学界忽视该问题的借口,因为寻找研究中存在的问题与缺陷同样是学术史研究的重要组成部分。对此将留待下节展开论述。

三、学术史研究的三个层面:总结经验、寻找缺陷与提出新的学术增长点

黄宗羲是明清之际的大思想家,《明儒学案》是中国历史上的经典学术史著作,所以应该对其进行认真研究,从中受到有益的启示。但是,学案体毕竟是古代的产物,面对更为丰富复杂的研究对象,就不必从体例上再去刻意模仿这样的著作,而是要吸取其学术思想与撰写原则,从而弥补当今学界学术史研究之不足。就现代学术史研究看,我认为有三个层面的内容必须具备并对其内涵进行认真的辨析。

首先是总结经验。其实也就是通过对学术研究过程的清理使读者明白前人提出了何种观点,解决了哪些问题,运用了什么方法,取得过什么成就,存在过什么教训,等等。既然是学术史,就需要具备"史"的品格,也就是必须写出历史的真实内涵,包括历史现象的真实反映和历史发展过程中关联性的揭示。其实,黄宗羲所归纳的明宗旨和别源流两个原则正是反映真实与揭示历史关联性的精炼表述。需要指出的是,《明儒学案》只是明代儒学发展的学术史,属于思想史的范畴,因此其主要目的便是总结提炼各家的主要思想创获以及学派之间的关系。而现代学术史所面对的研究对象要更加丰富,因而对其历史真实内涵的把握与关联性的揭示也更为复杂。

就现代学术史写作的一般情况看,学界大都采取纵向以时间为坐标而分期叙述,横向则以地域、学者或问题作为基本单元进行分类介绍。此种历史与逻辑相结合的结构方式乃是学术史写作的主要套路,基本能够承担学术经验总结的叙述功能。但也并非不存在问题,因为无论是以作者为基本单元还是以问题为基本单元,都需要经过作者的筛选与拣择,那么什么能够进入学术史的叙述框架就成为作者所操持的话语权力,不同立场、不同眼光、不同标准,甚至不同师承与学派,就会有理解判断的差异,争议的产生也就在所难免。于是,便有了学术编年史的出现。编年史的好处在于以编年的方式将与学术相关的内容巨细无遗地网罗其中,能够全面展示学术发展的过程。只不过这种学术编年史的写作目前还仅限于中国古代,而且也只有梅新林等人的《中国学术编年》这一部书。能否用编年史的方式进行现代学术史的写作,当然可以继续进行讨论与实验,但可以肯定的是,编年史无论如何也不能代替传统的学术史研究,因为突出重点几乎和展示全面同等的重要,否则黄宗羲以突出主要学脉的《明儒学案》也不会受到学界的广为赞誉了。

从总结经验的角度看,目前存在的最主要的问题不在于学术史的编写体例,而是对于明宗旨与别源流的把握是否到位。从明宗旨的角度,存在着一个突出主要特征与全面反映真实的问题。无论是一个历史时期、一个流派还是一位学者,其学术研究都会存在这样的矛盾。作为学术史研究,就既要抓住主要特征以显示其学术观念、研究方法及研究结论的独特贡献,又要照顾到其他方面以把握其完整面貌。比如在研究民国时期现代文学观念的形成时,人们自然会更多关注受西方文学理论与方法影响较深的那些学者,以探索中国现代学术史是如何从中国传统的文章观念而转向现代纯文学观念的学术操作的。但是同时又不能忽视,当时还有许多学者依然在运用传统的文章观进行研究。那时既有刘经庵只把诗歌、戏曲与小说作为研究对象的《中国纯文学史》,因为作者的文学观念是"单指描写人生,发表情感,且带有美的色彩,使读者能与之共鸣共感的作品"[①]。但也有陈柱收有骈文甚至八股文的《中国散文史》,因为作者的文学观念是"文学者治化学术之华实也"[②]。从当时的学术观念看,刘经庵是进步与时髦的,但从今天的学术观念看,陈柱也未必没有自己的道理。如果从提供历史经验上看,二者都有其学术价值;如果从展现历史真实上看,就更不能忽视非主流声音的存在。从别源流的角度,目前的学术史研究可能存在的问题更大。尽管现代学术史上真正形成学术流派的不多,但却不能忽视学术思想的传承与分化,甚至一个学者也会有学术思想形成、发展和变化的过程。学术思想的变化往往会导致其研究对象的选择、学术方法的使用以及学术立场的改变等等变化。只有把这些变化过程交代清楚了,才能从中总结学术研

---

① 刘经庵:《中国纯文学史》,江苏文艺出版社,2008年版,第1页。
② 陈柱:《中国散文史》,江苏文艺出版社,2008年版,第1页。

究与时代政治、环境风气、研究条件之间的复杂关系等历史经验,同时也才能把历史发展的过程性梳理清楚。无论是在所接受的学术训练的系统性上,还是所拥有的研究条件上,我们的时代都要更优于黄宗羲,理应在明宗旨和别源流上比他做得更好,但遗憾的是在许多方面黄宗羲依然是我们无法超越的楷模。

在总结历史经验上,目前的学术史研究还存在着一个更大的误区,这便是对于历史教训的忽视。几乎所有的学术史在写到"文革"十年时,都用了"空白"二字来概括本时期的特征,而内容上更是一笔带过。有不少学者甚至在处理建国后十七年的学术史时,也采取了类似的态度。从成果选优的角度,这样做当然有其道理,因为你无法在此时找到值得后人学习与参考的学术成果与学术方法。然而,学术史研究不同于学术研究,学术研究上没有价值的东西未必在历史经验的总结上也毫无价值。学术史研究中要淘汰和忽略的是大量平庸重复、缺乏创造力的书籍文章,也就是黄宗羲所说的"倚门傍户""依样葫芦"的低劣制作,而不是缺陷和错误。因为从学理上讲,历史乃是一个连续不间断的时间链条所构成的,如果失去其中的一个链条,哪怕是一个有问题的链条,也将会破坏历史发展的连续性。一位新诗研究专家在谈到自己的研究经验时说:

> 在撰写《中国新诗编年史》过程中,我越来越感到,面对20世纪的新诗,只是从艺术和诗的角度进入会感到资源十分匮乏,像新民歌运动、"文革"诗歌等,20世纪很大一部分新诗作品并不是艺术或诗的,但如果站在问题的角度加以审视,其独特和复杂怕是中国诗歌史上任何一个时期都不能相比的。我力求这部编年史能更多地包含和揭示近一个世纪新诗发展过程中的问题

及问题的复杂性。①

这是就文学史研究而言的,其实学术史研究又何尝不是如此。站在学术价值的立场看"文革"或十七年,固然是研究史的低谷甚至"空白",但站在总结教训与探索问题的立场上,也许包含着繁荣期难以具备的研究价值。比如说建国后一直以极大的声势批判胡适的新红学,可是新红学所确立的自传说与两个版本系统的学术范式却始终左右着《红楼梦》研究界,最后反倒是新红学的主要成员俞平伯对新红学的研究范式提出了颠覆性的看法。这其中所包含的政治与学术研究的关系到底有何价值?又比如在所谓"浩劫"的年代,许多学者辍笔不作或跟风趋时,钱锺书却能沉潜学问,写出广征博引、新见时出的百余万言的《管锥编》,这是他个人例外呢,还是其他人定力不够?也是一个值得研究的问题。在人文学科研究中,闭门造车固然封闭保守,趋炎附势肯定丧失品格,那么在社会关怀与学术独立的关系中学者到底如何拿捏才是恰当?这些都是研究学术中的重大问题,也是至今学者必须面对的问题。从此一角度讲,对于历史教训研究的价值绝不低于对于研究成绩的表彰。可惜在这方面我们以前的关注实在太少。

其次是寻找缺陷。所谓寻找缺陷就是检点现代学术史研究中存在的不足,其中大到研究范式的运用、研究价值的定位、学术盲点的寻找,小到某个命题的把握、某一材料的安排、某一术语的使用等等。在目前的学术界,无论是对学术史的研究还是当今的学术批评,往往是赞赏多而批评少,总结经验多而寻找缺陷少。究其原因,其中既有

---

① 刘福春:《还原历史的丰富与复杂》,《文学评论》2014年第4期。

水平问题,也有学风问题。但是对于学术史研究来说,寻找缺陷的意义绝不低于总结经验,因为寻找不出缺陷就不能提出新的学术路径,也就不能进一步提升研究的水平。

其实在学术史研究中确实还存在着很多需要纠正的弊端与不足,就其大者而言便有以下数种。

(一)研究模式的缺陷。比如现代文学史的研究模式是建立在西方的学术理念与研究方法的学理基础上,从根本上说是西方近代以来理性主义思潮的产物。这种理性主义的研究范式以逻辑的思维与证据的原则作为其核心支撑,用中国古人的话说叫做言之成理与持之有故。没有这样的研究范式,中国的学术研究就不能从传统的评点鉴赏转向现代的理论思辨与逻辑论证,也就不能具备现代学术品格。然而,这种理性主义思潮基本是以自然科学为依托的,所以带有浓厚的科学色彩。其中有两点对现代学术研究具有根深蒂固的负面影响,这便是生物学上的进化论与物理学上的规律论。表现在历史研究中,就构成以文体创造为演进模式的"一代有一代之文学"的文学史理论,而表现在研究目的上则是寻找各种各样的文学史规律,诸如唐诗繁荣规律、《红楼梦》创作规律、旧文学衰亡规律等等。直至今日,这种研究模式依然在发挥巨大的影响力而左右着学者的思维方式。其实,自然科学的理论在进入人文学科领域时,是需要进行检验和调整的,否则就会伤害到学科自身。因为文学史研究不能以寻找规律为研究目的,他必须以总结历史上人们如何以审美的方式满足其精神需求作为探索的目标,然后才可能对当今的精神生活提供有益的历史经验。同理,"一代有一代之文学"的线性进化理论也不符合文学发展的实际,因为随着人类社会的发展,日益丰富的生活带来人们更为丰富的情感世界,于是也就需要更多的文学样式与方法来满足其精神需求,那么文学史的发展过程就只能呈现为文体如滚雪球般的日益复杂多样,而不是进化论式的相互替代。不改变这种研究范式,我们只能依然沿着冯沅君的老路,把诗歌史只写到宋代,而永远找不到明清诗文研究的合法性来。

(二)流派研究的缺失。学术史研究是对学术研究实践的描述与归纳,这乃是学界的常识。从此一角度说,现代学术史研究中流派观念的淡漠与研究的弱化似乎是必然的。黄宗羲《明儒学案》在别源流方面之所以做得足够出色,是因为明代思想界学派林立、论争激烈,从而保持了巨大的思维活力,黄宗羲面对如此活跃的学术实践,当然将流派研究作为自己的主要特色。清代缺乏这种思想活力,建国伊始便禁止文人结社讲学,当然也形不成学界的流派。研究清代的学术史,似乎也理所当然地写不出《明儒学案》那样的著作。那么,现代学术研究是否也可以因学术流派的缺少而走清人的老路,自动放弃流派的研究?这里又是一个误区。学术研究实践中流派的缺乏只能导致经验总结的缺位,因为没有这样的实践当然无法去归纳与描述。然而,正因为研究实践中缺乏流派的意识与现实,学术史研究才更应该去指出这种致命的缺陷。因为思想创造的动力来自于流派的竞争,学术研究的活力也来自于流派的论争,因此缺乏流派的学术研究是没有活力、没有个性的研究。作为学术史的研究,理应去发掘学术史上珍贵的流派史实,探讨流派缺失的原因,并强调形成新的学术流派之于学术研究的重要。就此而言,学术史研究不仅仅是学术实践经验的反映与总结,也应该肩负起纠正学术研究弊端的重要职责。

(三)人文精神的缺失。自现代学科建立以来,追求科学化与客观化一直成为学界的目标,这既与科学主义的影响有关,也与建国后政治时常干预学术的政治环境有关,更与研究手段的日益技术化有关。学术研究的这种科学化倾向也深深影响了学术史的研究,使得学术史研究不仅未能纠正此一缺陷,反而变本加厉地强化了这种倾向。其实,以人文学科的研究属性去追求科学性与客观性,本身就陷入一种尴尬的悖论。反思一下中国的历史,哪一种重要的思想流派不具备经国济世的人文关怀?拿最为后人所诟病的强调思辨性的程朱理学与偏于名物训诂考证的乾嘉汉学,其实也并不缺乏社会的使命感。理学固然重视修身,但《大学》的八条目依然从格物致知通向治国平天下的终极目标;乾嘉学派固然重视名物的考证,但其大前提依然是"反经"以崇尚实学的济世胸怀。从现代史学理论看,科学性与客观性受到日益巨大的挑战,正如美国史学理论家海登·怀特所言:"近来的'回归叙事'表明,史学家们承认需要一种更多地是'文学性'而非'科学性'的写作来对历史现象进行具体的历史学处理。"[1]无论从历史的事实还是学科的属性,人文学科的研究都应该拥有区别于自然科学与社会科学的特征。但是令人遗憾的是,面对20世纪以来日益严重的科学化与技术化倾向,学术史的研究并未能尽到自己的责任。尤其是在文学研究领域,本来是最具有情感内涵和人文精神的学科,如今却随着计算机技术的运用变成了靠数理统计与堆砌材料以显示其客观独立的冷学科。我曾经在《中国古代文学研究转型期的技术化倾向及其缺失》一文中说:"如果中国古代文学的研究既缺乏理性思辨的智慧之光,又没有打动人的人文精神,更没有流畅生动的阅读效果,而只是造就了一大批头脑僵硬的教授与

---

[1] 〔美〕海登·怀特著,陈新译:《元史学:十九世纪欧洲的历史想象》,译林出版社,2004年版,第5页。

目光呆滞的博士,这样的古代文学研究不要也罢。"①不过,要真正纠正这种人文精神的缺失,尚须整个学界的努力,尤其是学术史研究的努力。

　　以上三点只是作为例子来说明学术史研究中寻找缺陷的重要,至于更多更具体的研究缺陷,需要投入更多的精力。而重要的是学术史研究者需要具备挑剔的眼光与批评的勇气,将学术史研究视为推动学科发展的动力而不是表彰优秀分子的光荣榜。

　　其三是提出新的学术增长点。从近二十年所呈现的学术史研究成果来看,其主体部分大都是对已有成果的介绍与评价,一般也都会在最后有一部分文字表达对未来的瞻望,但对于现存问题的检讨就要明显薄弱一些。正是由于对现存问题的分析认识不够具体深入,因而对未来的瞻望也大多流于浮泛,更不要说提出新的学术增长点了。其实,未来瞻望与提出新的学术增长点并不是同一层面的内容。未来瞻望具有全局性与宏观性,表达了学术史研究者的一种愿望或理想;提出学术新增长点则是对下一步研究的观念、方法与路径的认真思考,因而必须与当前的研究紧密衔接。

　　就《文心雕龙》的研究看,目前已出版三部学术史著作,可以将其作为典型个案以讨论提出学术增长点的问题。张文勋《文心雕龙研究史》的导论部分设专节"《文心雕龙》的未来走向",提出了三点努力的方向:一是面向世界以弥补西方理论之不足,二是面向现代以建设新的文学理论并指导创作,三是面向群众普及以扩大影响②。这是典型的理想表达,基本都是在"实用"的层面,与专业研究存有

---

① 《文学遗产》2008年第1期。
② 张文勋:《文心雕龙研究史》,云南大学出版社,2001年版,第6—10页。

较大距离,也就未涉及学术增长点问题。张少康等人撰写的《文心雕龙研究史》在其结语"《文心雕龙》研究的未来展望"中,设有六个小节:1.发展史料与理论并重的研究;2.从文化史角度看《文心雕龙》;3.从中西比较的角度来研究《文心雕龙》;4.从理论联系实际的角度,用历史的比较的方法研究《文心雕龙》;5.让"龙学"研究走向世界;6.培养青年"龙学"家,扩大和加强《文心雕龙》的研究队伍[1]。在这六个小节中,前三个方面是对已有研究特点的总结与强调,后两个方面是一种希望的表达,真正属于新的学术增长点的乃是第四小节,作者要求《文心雕龙》范畴研究要与实际创作乃至其他艺术领域结合起来,不能就理论而研究理论。李平《文心雕龙研究史论》在其绪论部分的第四节"'龙学'研究存在的问题与发展前景",尽管所用文字不多,但在行文方式上却颇有特色,即作者已将学术增长点的提出与未来瞻望分两段文字写出。在学术研究方面提出三点建议:一是继续研究思想、理论上有争议的问题,二是做好总结性的工作,三是应加强对港台及海外《文心雕龙》研究成果的介绍和翻译工作。而在瞻望部分则提出:一要培养后续力量,二要更新理论方法,三要创造良好学风,四要加强国际合作交流。李平的好处是思路清晰,大致将学术建议与理想表达区分开来。其不足在于提出的建议较为浮泛,反不如张少康的意见更有针对性。之所以会出现思路清晰而建议浮泛的矛盾,乃是由于作者尚未发现研究中存在的深层问题,比如他认为《文心雕龙》研究现存问题是:1.成果数量减少;2.成果质量

---

[1] 张少康等:《文心雕龙研究史》,北京大学出版社,2001年版,第587—596页。

下降;3. 研究队伍后继乏人①。这些问题当然是真实存在的,但是却均属现象描述,并未深入至学术研究的学理层面,当然难以提出具体的解决办法了。

　　从以上这些学术史著作写作经验的总结中,可归纳出以下关于提出新的学术增长点的一些原则:第一,学术增长点的提出范围应该是专业的学术问题,而且必须有很强的现实针对性。所谓针对性,乃是建立在对前人学术研究中所存留问题的清醒认识之上的。没有对前人研究缺陷的发现与反思,就不可能提出有价值的学术增长点。第二,提出新的学术增长点必须对于当前的学术发展大势具有清醒的判断与认识,任何学术的进展与转型都不是孤立进行的。就拿《文心雕龙》研究来说,它理应与中国古代文论研究甚至中国古代文学研究的发展紧密关联。20 世纪的中国古代文论研究,必须首先借鉴西方的理论方法才能建立起自己的体系,而西方理论方法也会留下与中国古代研究对象不能完全融合的弊端。因此,近二十年来的学术转型就是要回归中国文论本体,寻找到适合中国古代研究对象的理论方法。在《文心雕龙》研究中,几十年来一直运用西方的纯文学观念去解读归纳刘勰的文章观。如此研究,可能会导致越精细而距离刘勰越远的尴尬局面。从专业研究的层面讲,所谓国际化、世界化的提法都是与此学术转型背道而驰的。《文心雕龙》首先要解决的乃是学术理念与研究方法的问题,此一点不解决,《文心雕龙》研究不可能走出误区。第三,新的学术增长点的提出必须具有实际可操作性。对于那些无法实现或者过于高远的希望,最好不要在学术增长点里提出来,因为这无助于问题的解决和研究水平的提升。比

---

① 李平:《文心雕龙研究史论》,黄山书社,2009 年版,第 19—21 页。

如要解决《文心雕龙》研究中以现代文学理论观念比附刘勰文章观的问题,仅仅倡导回归中国本体是远远不够的。我们更要提出回归的具体方法与路径。我曾经在《文体意识、创作经验与〈文心雕龙〉研究》一文中提出,对于像"神思"这一类谈创作构思的理论范畴,最好能够结合中国古代相关的文体和刘勰本人的创作经验进行讨论,方可能揭示其真实的内涵。我认为这是研究《文心雕龙》的基本路径,因为刘勰的理论观点是以其自我的创作经验和熟悉的文章体裁作为思考对象的,离开这些而妄加比附就会流于不着边际。如果用以上这些原则来衡量目前的学术史研究,可能大多数成果还不够尽如人意。

总结经验、寻找缺陷与提出新的学术增长点,这是学术史研究互为关联的三个基本层面。尽管由于学术史写作的目的、规模与专业的不同,或许会在三者的比例大小上多有出入,但如果缺乏任何一个层面,我认为就不能称得上是严肃的学术史研究,或者说就会成为对于推动学术研究发展起不到应有作用的学术史研究。

四、学术史研究者的基本条件:学术素养与研究经验

目前学界关于学术史的研究存在着两种流行的误解。一是认为学术史研究的价值低于专业问题的研究,二是认为学术史研究相对比较容易。而且二者互为因果,造成了许多学术的混乱。比如博士论文的选题,近年来许多人都选择了研究史、接受史及影响史方面的题目,其中原因固然复杂,但重要原因之一乃是认为学术史研究较之本体研究相对容易一些。就目前所呈现的成果而言,学术史类的博士学位论文的确显得较为浅显易做,很多人也以此取得了学位。但我认为博士学位论文的选题依然不宜选研究史方面的题目,原因便是其选题动机是建立在以上两点误解之上的。讨论学术史研究与专题研究价值的高低本身就是一个伪命题,因为不同性质的研究所体现的价值是完全无法放在同一层面比较高下的。专题研究从解决某领域的学术问题上是学术史研究无法相比的,而学术史研究对于学科的自觉、观念方法的总结与初学者的入门等方面,又是专题研究所无法做到的。从这一角度说,两类选题的难易程度也难以一概而论,专题研究需要的是研究深度,而学术史研究需要的是综合系统。因此,我一直认为博士论文选题不宜选择学术史方面的题目,原因就是博士生最重要的目标乃是对专业研究能力的培养,这种培养当然也离不开学术史的清理工作,但其主要精力要放在文献解读、问题发现、论题设计与系统论证上。而且博士生属于刚入学术门径阶段,他们无论专业修养还是学术眼界,都还缺乏驾驭全局的能力,使其无法写出真正合格的学术史论著。我想借此说明的是,学术史研究并不是什么人和什么学术阶段都可以随便涉足的,它需要具备应有的基本条件。这个条件包括学术素养与研究经验两个方面。

先说学术素养。所谓的学术素养简单地说就是学养,也就是长期的学术积累所形成的专业知识、认识能力、学术视野以及学术判断力等等。因为在从事学术史研究时,研究者必须要面对两类强劲的对手,一类是学术研究的对象,一类是学术实力雄厚的学界前辈或同仁。学术史研究者必须要具备与之接近的学养,才有资格与之进行学术对话并加以评说。所谓学术研究的对象,就是指历史上那些杰出的思想家、历史学家、文学家、批评家等等,他们无论在思想的深邃性、知识的丰富性乃至感觉的敏锐性上大都是一流的人物。如果学术研究者要判断其他学者对这些人物的研究评说是否合适到位,首先自身必须对这些历史人物有基本的理解与认识,否则便只能人云亦云。比如说《文心雕龙》一书,历来被称为体大思精的中国古代文论名著,研究这部著作的论文已有四千余篇,论著数百部,其中存在许多有争论的问题。如果要做《文心雕龙》的学术史研究,需要什么样的学养呢?这就要看作者刘勰拥有何种学养才能写出《文心雕龙》,我们又需要何种学养才能阅读和认识《文心雕龙》。罗宗强曾写过一篇《从〈文心雕龙〉看刘勰的知识积累》的文章,专门探讨刘勰读过什么书,构成了什么样的学养。文章认为,刘勰几乎读遍了他之前和同时的所有经、史、子、集的著作,并能够融汇贯通,从而形成了自己丰富的思想体系与敏锐的审美感受力,所以能够对前人的著作理解准确、评价精当。其中举了关于刘勰"折中"思想的例子,学界对此曾展开过学术争议,先后发表了周勋初的《刘勰的主要研究方法——"折中"说述评》[1]、张少康的《擘肌分理,惟务折中——论刘勰〈文心雕龙〉的研究方法》[2]、陶礼天《试论〈文心雕龙〉"折中"精神的主要体现》[3]、高华平《也谈"惟务折中"——刘勰〈文心雕龙〉的研究方法新论》[4]等论文,或言崇儒,或言重道,或言近佛,各执己见,难以归一。罗宗强在详细考察了刘勰的知识涉猎与思想构成后说:"我以为周先生的分析抓住了刘勰思想的核心。我是同意的。同时,我也注意到其他学者的分析在结论之外,实际上接触到思想发展过程中的复杂现象。诸种思想在刘勰知识积累的过程中不知不觉地交融形成了他自己的见解。正因为此一种交融,才为学术界对《文心》的

---

[1] 《古代文学理论研究》第十一辑,上海古籍出版社,1986年版。
[2] 《学术月刊》1986年第2期。
[3] 《镇江师专学报》2000年第1期。
[4] 《齐鲁学刊》2003年第1期。

许多理论观点做出不同的解读提供了可能。"①我想,如果没有深厚的文史修养,是无法对学界的不同观点做出这种圆融的评判的。中国历史上有不少这样的大家,像"读书破万卷,下笔如有神"的杜甫,儒释道兼通的苏轼,以及百科全书式的《红楼梦》等等,都不是可以轻易对其拥有发言权的。既然对研究对象没有发言权,那又有何权力对研究他们的学者说三道四呢!

学术史研究者除了要面对历史上的各种大家之外,他还必须同时要面对学界许多实力雄厚的一流学者。以一人之力要去理解、论述和评价众多学有专长的研究大家,其难度可想而知。在此一层面,不仅学术史研究者需要具备雄厚的专业基础,更需要具备现代的各种理论素养以及对于不同学派、不同领域以及不同研究方法的相关知识。要读懂一本著作,不仅需要弄懂其学术结论的创新程度与学术贡献,更需要了解其所运用的学术方法以及背后所支撑研究的学术理念。这就是学界常说的,阅读学术著作和论文,要具有看到纸的"背面"的能力。凡是真正做过研究的人都清楚,要真正了解掌握一种研究理论都不是一件容易的事情,更何况要去理解把握各种理论方法与学术流派?比如说,在现代学术史上对于胡适学术研究的评价争议甚大,除了其中的政治因素外,对其"大胆假设,小心求证"的学术思想的理解也有直接关系。胡适处于中西文化交流的时代大潮中,其学术观念与研究方法也试图将中国的乾嘉之学与西方的实证主义结合起来,并用之于研究实践中。陈维昭《红学通史》就专列一节谈"新红学"的知识谱系,认为胡适学术思想的核心是"以'科学精神'演述乾嘉学术方法,以'自然主义''自叙传'去演述传统的史学

---

① 罗宗强:《晚学集》,南开大学出版社,2009年版,第18页。

实录观念"。正是由于有了这样的认识,所以才会有如下评价:"胡适所演述的传统学术理念有二:一是实证,二是实录。实证以乾嘉学术为代表;实录则是传统史学的基本信念与学术信仰。实证的'重证据'的科学精神有其现代性。但是'实录'显然是一种违背现代史学精神的陈旧观念。"①这样的评价不能说可以被所有人所接受,但起码它是一种学理性的分析,是真正的学术史研究,比前人仅从意识形态角度的否定更令人信服。而要进行如此的评价,则不仅需要研究者具有古代小说专业研究的素养,而且还要具备中国古代史学史的修养以及把握当代史学理论的进展,同时还需要了解中国现代学术建立的具体过程。我们必须明白,凡是在学术上取得突出成就与影响巨大的学者,肯定有其独特的学术理念与研究方法,如果对其缺乏认知,则对他们的研究评论无异于隔靴搔痒。

学养是任何一个专业研究领域都需要具备的,但作为学术史研究的学者,需要更为宽广的知识背景与学术视野,因为他会面对更多的一流研究对象与一流学者,如果不能具备相应的学养,就缺乏与之进行交流的资格,更不要说去评价他们。可以毫不客气地说,没有一流的学养,就不会是一流的学术史研究者。也正是在此一角度,我认为刚进入学术门径的年轻学者不宜单独进行学术史的研究。

再说研究经验。所谓的研究经验,是指凡是要从事某个学术领域学术史研究的学者,应该对该领域具有较为丰富的专业研究体验及成果,尤其是对本领域的学术理念与学术进展有较为深切的把握与体会。研究经验与学术素养既有联系又有区别,学术素养是学术史研究的基础,主要体现为对于研究对象的理解能力与概括能力。

---

① 陈维昭:《红学通史》,上海人民出版社,2005年版,第144—146页。

研究经验则是对某研究领域的熟悉程度与参与过程，主要体现为对于本领域学术重点与研究难度的深刻认识，尤其是对于其学理性与前沿问题的把握。之所以要求学术史研究者拥有一定的研究经验，是由下面两个主要原因所决定的。

第一，只有拥有研究经验，才能将该领域中有创造性的成果与观点选择出来并作出恰当评价。比如唐代文学的研究，已经具有悠久的历史与大量的研究成果，而且依然会有大量的成果不断涌现。目前学术界最大的问题，也是学术史研究的最大难度，乃是对于重复平庸研究成果的淘汰，以及对于有创造性成果的推荐。这些工作都不是仅靠一般的材料是否可靠与文字论证水平的高低可以轻易识别的，而必须对该领域具有长期的沉潜研究的经验，才能沙里淘金般地识别出那些有贡献的优秀成果。这就是黄宗羲所说的明宗旨的环节，有无宗旨可以靠学养去提炼概括，而宗旨之有无独创性则要靠所拥有的学术前沿领域的研究经验来加以辨认。关于此一点，可以从目前学界名人写序这种现象中得到说明。现在的学术著作序言近于学术评价，可以视为是该书最早的学术史研究成果。但遗憾的是，真正评价恰当者却寥寥无几，溢美之词倒是比比皆是。更严重的是，在以后的学术史研究中，许多缺乏研究经验者又会以这些"学术大佬"的评价为依据，去为这些著作进行学术定位，从而造成积重难返的学术虚假评价。为什么会造成此种"谀序"的现象？其中除了人情因素之外，我认为作序者缺乏该领域的研究经验乃是主因。当年李贽曾讽刺其论争对手耿定向是"学问随着官位长"，现在则是学问随着职称长或者叫学问随着年龄长，以为成了博导和大佬就什么都懂，于是就到处写序。殊不知术业有专攻，每个人都有属于自己的专业领域，离开自己熟悉的专业领域而去评价其他学术著作，自然不能真正认识该书的学术创获。但"学术大佬"毕竟是有学养的，可以驾轻就熟地说一些虽不准确但又不大离谱的门面话，于是似是而非的序言也便就此诞生。缺乏研究经验的学术史研究就像名人作序一样，看似头头是道，实则言不及义。

第二，只有拥有研究经验，才能真正了解该领域的学术难点，并提出新的学术研究方向。按照上节所言的学术史研究的总结经验、寻找缺陷与提出新的学术增长点的三个层面，缺乏研究经验的学者在总结经验层面或许可以勉为其难地进行操作，但一旦进入第二、三层面，就会陷入茫然无知的境地。比如关于明代诗歌史的研究，明清两代学者始终处于如何复古的讨论之中，而进入现代学术史之后，依然在沿袭明清诗评家的传统思路，围绕复古与反复古的论题展开论述。岂不知明诗研究的最大问题是，几乎所有人都在按照一个凝固的标准也就是唐代诗歌的标准来衡量明诗创作，而忽视了自晚唐以来产生的性灵诗学的实践与理论，明清诗论家视性灵诗为野狐禅，而现代研究人员也深受《四库全书提要》以来传统观念的影响，只把性灵诗学观念作为反复古的一端加以肯定，而对其建设性的一面却多有忽视。其实，从中国诗歌发展的全过程来看，从中国古代诗歌与现代诗歌的关联性看，性灵诗学都是具有不可忽视的正面价值，是以后应该大力加强研究的学术空间。我想，只有真正从事过明代诗歌研究的人，才会具有这样的体验，才会提出这样的问题，才能开辟出新的学术研究空间。其实，岂但明诗研究如此，看一看目前的几部诗歌研究史，几乎都将叙述的重点集中在汉魏唐宋，而到了元明清的诗歌研究多是略而论之，草草了事。我们不能说这些学术史的作者缺乏学养，而是缺乏元明清诗歌史的研究经验。因为从来没有真正进入过这些领域从事专业的研究，所以无论是在对该时期诗歌史的价值判断，还是研究难度，都不甚了了，当然会作出大而化之的处理。因此，在我看来，要成为合格的学术史研究者，既要有足够的学养，又要有足够的研究经验，而且经验比学养更重要。

在目前的学术史研究中，情况相当复杂。从作者身份看，既有著名学者领衔的大型学术史写作，也有专题研究者在科研项目、学位论文研究中的学术史梳理，更有一些初学者无知者无畏的试笔之作；从成果形式看，既有多卷本的大型丛书，也有各领域的专门学术史论著，更有形形色色的综述、述略及史论的论文。这些研究除了低水平的重复之作外，应该说对于各领域的学术研究都有一定程度的贡献。但是，在我看来，我们真正需要的学术史是：研究者需要具有明确的学术原则与研究目的，他所提供的研究成果应对各领域的学术研究的学术观点、研究方法、学术贡献及发展过程作出了清晰的描述，对学术研究中存在的方向偏差、理论缺陷、不良学风及学术盲点进行了清楚的揭示，对将来的学术研究中可能解决的问题、采用的方法及拓展的新空间进行明确的预测，从而可以将当前的研究提升至一个新的层面。而要实现这样一种目标，学术史的研究者就必须拥有足够的学术素养与研究经验。

五、中国诗歌研究史：学术史写作的新实验

"中国诗歌研究史"是我们承担的教育部重点人文社会科学研究基地的重点项目，从2005年立项至今已有将近九年的时间。在此过程中，学界已经出版了余恕诚的《中国诗学研究》(2006)和黄霖主编、羊列荣撰写的《20世纪中国古代文学研究史(诗歌卷)》(2006)，如今再推出这样一套诗歌研究史的著作，其意义何在？难道是因为它有220万字的巨大规模，从而对学术史的梳理更加细致而具体吗？

一部学术著作的价值与贡献,理应由读者和学界去评判,而不是由作者饶舌。但是,在此有两点还是有必要事先作出交代。

首先是本项目不是一个孤立的课题,而是互为补充的三个重点项目中的一个。它们是"中国诗歌通史"(国家社科基金重点项目)、"中国诗歌研究史"和"中国诗歌研究资料汇编"(教育部重点人文社会科学研究基地重点项目)。"中国诗歌通史"已由人民文学出版社于2012年出版,用11卷的篇幅描述了中国诗歌从先秦两汉至当代的发展过程,其中包括了少数民族的诗歌创作。"中国诗歌研究资料汇编"是选编20世纪的优秀诗歌研究成果以及全部学术成果的目录索引。"中国诗歌研究史"则是对于20世纪中国诗歌研究经验的总结,尤其是学理性的探讨。按照黄宗羲学术史的撰写原则与模式,"中国诗歌研究史"的重点在于"明宗旨"与"别源流",即对20世纪中国诗歌研究的主要发展线索与重要研究成果进行比较详细的梳理与介绍,当时所设定的目标是:"第一,结合时代变化和社会思想变化,以中国诗歌研究范式的演变为经,侧重于对学术理念、理论内涵与研究方法的发掘,整理出一条清晰的中国诗歌史的研究过程;第二,采取广义的诗歌概念,写出一部包括词曲等各种诗体在内的系统完整的中国诗歌研究史;第三,打通古今与中西,以最新的学术视野,站在21世纪的学术高度,从学理性上总结中国诗歌研究从古代走向现代、从单一封闭走向中西融合的历史进程。"至于是否实现了当初的设想,可由读者进行检验。三个项目中的"中国诗歌研究资料汇编"则相当于黄宗羲的论著言论摘编,其目的是保存20世纪中国诗歌研究的优秀成果与论著出版发表信息,同时读者也可以借此来检验诗歌研究史的提炼与评价是否准确。三个重点项目的完成既是首都师范大学中国诗歌研究中心一个阶段工作的小结,也是我们个人学术研究的阶段性交代。

其次是本书作者队伍的特殊情况与独特的编撰模式。正如上面所说,本项目是与另外两个项目互为支撑的,其中重要的一点就是它们是同一个作者群体。尽管在研究过程中也曾有个别的调整与变动,但其主体部分始终保持了完整与稳定。在此我要特别强调的是,这个作者群体是完全符合上述所言学养与经验这两项学术史研究者的必备资质的。从学养上看,几乎所有的撰写者与主持人都是目前活跃在学术研究前沿的成熟学者,其中许多人是各领域的国内一流学者,具有各自鲜明的学术思想、研究方法与学术背景,并都拥有丰富的研究成果。我想,这样的学养保证了他们的学术眼光与判断力,有资格对其研究对象的成果进行学术分析与评价。从研究经验上看,这个作者群体与《中国诗歌通史》几乎是完全一致的。他们的学术史研究乃是和相应历史段落的诗歌史研究交替进行的。从2004年"中国诗歌通史"立项到2012年最终完成,曾经召开过9次编写组的学术研讨会,每次都会对研究中存在的问题展开充分的讨论,同时也会对诗歌研究史的各种疑难问题进行讨论。应该说各卷负责人都具有丰富的研究经验,都始终处于各自研究领域的学术前沿,都对各自领域中的学术进展、难点所在及创新之处了然于胸。在诗歌通史的写作中,有过许多新的想法,也遇到过种种困难,更留下过些许遗憾,而所有这些都可以留待学术史的研究中去重新体味与总结。我想,此一群体所撰写的学术史,虽不敢说是人人认可的,但都应该是他们的真切体验与学术心得,会最大限度地避免空虚浮泛与隔靴搔痒。如果说在学术史研究中经验比学养更重要的话,广大读者不妨认真听一听这些学者的经验与体会,或许不至于空手而归。

在这将近十年的学术生涯中,尽管夜以继日地学习与工作,潜心地进行思考与研究,但数十人的劳动成果也就是这样三套著作,不免陡生白驹过隙的焦虑与感叹。作为个人,用了十年的时间思索,对于学术史研究才有了上述的点点体会,而且还很难说都有价值,真是令人有光阴虚度的感觉。

左东岭

2014 年 8 月 12 日完稿于北京寓所

目　录

中国诗歌研究史
金元卷

20 世纪金元诗歌研究综论 ………………………………（ 1 ）
第一章　元好问与金诗研究 ………………………………（ 33 ）
　　第一节　元好问研究 ……………………………………（ 33 ）
　　第二节　金诗文献整理与金诗整体研究 ………………（ 52 ）
第二章　刘因、赵孟頫与元前期诗歌研究 ………………（ 66 ）
　　第一节　20 世纪元代前期诗歌研究概况 ………………（ 67 ）
　　第二节　刘因研究 ………………………………………（ 77 ）
　　第三节　赵孟頫研究 ……………………………………（ 84 ）
第三章　"元诗四大家"与中期诗歌研究 …………………（ 90 ）
　　第一节　"元诗四大家"研究 ……………………………（ 90 ）
　　第二节　江西与浙东诗人研究 …………………………（103）
　　第三节　其他作家研究 …………………………………（108）
第四章　杨维桢与后期诗歌研究 …………………………（110）
　　第一节　杨维桢与"铁崖派"研究 ………………………（110）
　　第二节　玉山雅集及元后期其他诗人研究 ……………（119）
第五章　萨都剌与少数民族诗人诗歌研究 ………………（128）

第一节　萨都剌研究……………………………………（128）
　　第二节　少数民族诗人诗歌研究的整体状况………（135）
第六章　金元词曲研究……………………………………（146）
　　第一节　金元词研究概述…………………………………（146）
　　第二节　元代散曲研究综述………………………………（157）

20世纪金元诗歌研究综论

由北方民族创建的金元两代,在时间上互相衔接。金与南宋并立,相继为蒙元所灭,同归于大一统的大元帝国。北方文化与中原文化的结合,使金元诗歌展现出不同于南宋的独特风貌。客观地说,金元诗歌是有一定成就和自身特点的,但在20世纪相当长的时期中,不为研究界关注。到世纪末的十多年,元杂剧的研究热极转冷,金元诗歌渐受关注。进入21世纪,人们对元诗的关注反超过元曲,元代文学研究形成了不同于20世纪的格局。我们先对20世纪金元诗歌研究的总体状况作宏观梳理。

一、金元诗歌研究的历史回溯与金诗研究简述

清人曾对金元诗歌文献进行系统性的整理与编纂,郭元釪《全金诗》、顾嗣立《元诗选》便是其代表性成果。19世纪末,戏曲小说的教化功能受到关注。20世纪初,王国维的戏曲研究与白话文潮流合力将元曲地位推至巅峰,元代诗文则不被肯定。三四十年代,金元诗歌研究开始转折,1932年北平朴社出版《插图本中国文学史》,作者郑振铎除肯定元代戏曲小说的辉煌外,认为元代诗词也并不寥落,其风格颇不同于以前。两年后吴梅的《辽金元文学史》出版,诗文所占比重很大,他认为金代文学"华实并茂,风骨遒上,绝胜江南之柔弱",开始从与南宋文学风格的对比中发现金代文学的特色。1943

1

年钱基博《中国文学史》出版,该著只谈诗文,以为"金无文学,以宋之文学为文学"①。到钱锺书《谈艺录》②,论及金元诗歌的有《施北研遗山诗注》《遗山论江西派》《金诗与江西派》《刘静修诗》《静修读史评》几处,另有一些相关言论散见他处。其后出版的刘大杰的《中国文学发展史》③则依元曲来评价元代文学,诗词等其他文体都不占什么位置。这种看法极大地影响了新中国成立后的文学研究。50年代,章荑荪《辽金元诗选》④首次将辽金元三朝诗合编于一本,其序言中特别指出辽、金、元文学与宋代文学的共性,这一观点至80年代初仍有影响。1958—1959年间,中华书局上海编辑所整理出版了《中州集》《河汾诸老诗集》和《谷音》的标点排印本,合称"金元总集"丛书。但在该时期,由于阶级性和人民性成为衡量古代文学作品的主要标准,元曲特别受重视,金元两代的诗歌研究则不被关注。60年代问世的中国科学院文学所编写的《中国文学史》,和游国恩等主编《中国文学史》,对金元诗歌谈得都很简略,评价比三四十年代要低得多。这种状况在祖国大陆学界一直持续到70年代末。而台湾学界在蒙元文化研究的带动下,70年代陆续出版了张健《宋金四家文学批评研究》、林明德《金代文学批评资料汇编》、包根弟《元诗研究》等。

80年代以来,学术界对古代文学研究的许多问题都进行重新认识和讨论,金元诗歌研究不断深化。1980年,齐鲁书社出版的《古典文学论丛》第一辑发表了周惠泉的《元诗浅谈》,该文从内容和艺术

---

① 钱基博:《中国文学史》,湖南蓝田新中国书局,1943年版,第494页。
② 钱锺书:《谈艺录》,上海开明书局,1948年版。
③ 刘大杰:《中国文学发展史》下卷,中华书局,1949年版。
④ 章荑荪:《辽金元诗选》,古典文学出版社,1958年版。

两个方面肯定了元诗成就及其文学史地位。1982年《文学遗产》第四期发表了范宁《金代的诗歌创作》,1987年《辽宁师范大学学报》第2期发表张晶的《金代诗歌发展的独特轨迹》,金元诗歌逐渐为研究者所瞩目。90年代,金元诗歌研究在研究观念、研究领域和研究视野上均得以更新拓展,展示出前所未有的面貌。1991年6月5日到7日,由北京师范大学古籍所发起,李修生主持召开了全国首届元代文学学术讨论会;10月,由山西古典文学学会与淮北师范专科学校、云中大学等发起,在山西大同召开了全国首届辽金文学研讨会;12月,邓绍基主编的《元代文学史》由人民文学出版社出版。这几件事对90年代的金元诗歌研究起到重要的促进和导向作用。在此时期,张晶相继出版了《辽金诗史》[①]和《辽金元诗歌史论》[②],此外他还发表了数篇关于金诗研究的学术论文:《金诗的北方文化特质及其发展轨迹》《论金诗的历史进程》和《论金诗的"国朝文派"》[③]。与金诗研究的兴盛相呼应,元代文学研究全面繁荣,并出现新的走向:长期不被重视的诗文词赋以及文学批评研究受到越来越多的关注,对其评价也逐渐由否定走向肯定;而元曲研究一方面拓展其研究思路,出现了前所未有的成果,一方面却逐渐冷落了下来。元诗的研究取得了令人瞩目的成就。

这里对金诗研究作一个简单回顾。先谈金代诗歌的评价问题。20世纪前期学界多以金代诗歌为宋诗之附庸,郑振铎认为"金人的

---

① 张晶:《辽金诗史》,东北师范大学出版社,1994年版。
② 张晶:《辽金元诗歌史论》,吉林教育出版社,1995年版。
③ 分别见《江海学刊》1991年第2期、《文学评论》1993年第3期、《文学遗产》1994年第5期。

文化是承袭了辽与宋的"①,郭绍虞也以为"金代文学不脱北宋之窠臼"②,钱基博《中国文学史》则将金代文学列为《南宋》章最后一节,其"金无文学"之论如前所述。吴梅对金代文学独特性的强调似乎应者寥寥,其弟子章荑荪也认为金诗"应该看作是宋诗的一体"③。80年代后对金代文学的认识更进一步,1987年《中南民族学院学报》第2期发表张啸虎《论金代文化结构及其宫廷文学》,认为金代文化是"北方文化与中原文化相结合的产物,也可以说是汉族文化在新的条件下在兄弟民族中的渗透与延伸";顾易生指出金代文学"虽上承北宋,然不受北宋的局限;与南宋相比,更有其独特的发展道路"④。周惠泉《金代文学论》⑤对金诗提出新的见解,认为金代诗歌在前期受到北宋诗歌的一些影响,但是由于北人具有刚健粗犷的气质,因而往往呈现出朴质而遒劲的风格;中期以后,特别是贞祐南渡以后,则"以唐人为指归",对于纠正宋诗末流之弊起了一定作用,开元、明两代诗风转变、弃宋学唐的先河。对金诗发展的两种看法,一是以范宁为代表的延续北宋说,一是以张晶为代表的独特轨迹说,在20世纪末已基本统一。人们一般认为,既要看到宋、金诗歌的联系和共性,也要看到金代诗歌在百余年间独特的发展轨迹和艺术个性。20世纪的金诗研究,还讨论了金诗分期问题、金代诗歌特色问题等等,这些都将在后文有关金诗研究部分述及,这里从略。

---

① 郑振铎:《插图本中国文学史》,人民文学出版社,1957年版,第624页。
② 郭绍虞:《中国文学批评史》,新文艺出版社,1955年版,第250页。
③ 章荑荪:《辽金元诗选》,古典文学出版社,1958年版,第3页。
④ 顾易生:《宋金元文学批评史》,上海古籍出版社,1996年版,第840页。
⑤ 周惠泉:《金代文学论》,东北师范大学出版社,1997年版。

二、元诗成就之评价

据查洪德、李军《元代文学文献学》的统计:现存元人诗文别集起码在450种以上,其中,除去仅有《元诗选》本的102种,还有348种[1];杨镰主编的《全元诗》,收近5000位诗人的约14万首诗[2]。元代诗歌创作的繁盛已毋庸置疑。元人对元代诗歌的成就相当自信,如杨维桢在《玩斋集序》中说:"我朝古文殊未迈韩柳欧曾苏王,而诗则过之。"明清两代,人们对元代诗歌的成就则褒贬不一。

20世纪初,人们对元代诗歌成就的评价基本未出前人藩篱。1918年中华书局出版的谢无量《中国大文学史》即承袭清人之论,认为"元兴,作者蔚起,大德、延祐以还,尤为极盛,要以集(虞集)为大宗"。1928年石棱精舍出版的李维《诗史》论元诗说:

> 元诗独不袭宋,而能以幽丽出之,虞(集)、杨(载)、范(梈)、揭(傒斯)四大家,其代表也。四大家之前能诗者,有金履祥、许衡、刘因、吴澄、戴表元,四大家之后能诗者,有吴莱、黄溍、柳贯。……萨天锡、张翥视四大家稍后出,而名与之埒,其诗专尚清美,与四大家稍异,萨尤长于情,以论夫诗,则四大家不能及也。迨至末季,杨维桢倡霸于越,倪瓒为之羽翼,倡比兴风谕之旨于乐府古诗,一时诗名,无出其右,悠悠末运,独能以诗振一代之势……则元代大家,当以此老为冠。赵孟頫自宋入元……以为元诗之先导。

他认识到元享国未及百年,而诗人之多不可数计。情致婉丽如萨天

---

[1] 查洪德、李军:《元代文学文献学》,中国社会科学出版社,2002年版。
[2] 杨镰主编:《全元诗》,中华书局,2013年版。

锡、杨铁崖者,即宋人亦有时莫能及①。其见解确有独到之处。郑振铎《插图本中国文学史》运用社会学的分析,对元代诗歌的时代特征、作家成就以及诗风特点的关系进行评述,他认为:

> 元与明初的诗词,论者每有不满之语。但他们虽没有散曲坛那末样的光芒万丈,却也不是很寥落的。特别因为逢着蒙古人入据中原的一个大变,诗词的风格,遂也颇有不同于前的。慷慨激昂者,悲歌以当泣,洁身自好者,有托而潜逃,即为臣为奴者之作,也时有隐痛难言之苦。故元代初期之作,遂多幽峭之趣。

又说:"元末诸诗家,其成就似尤在虞、杨、范、揭四家之上。他们处境益艰,用心更苦,所作自更深邃雄健。"②吴梅《辽金元文学史》和钱基博《中国文学史》均高度评价元诗,后者认为北方之诗反黄以入唐,蕲于积健为雄;南方之诗,以唐矫宋,以晋参唐,意趣冲旷,语参游仙,一祛江西粗犷之弊而趋于和雅,出现了"一时之盛"③。

五六十年代,专门研究元诗的论文基本没有,在几部重要的文学史中,元代诗文所占篇幅都非常小。这一时期评价诗歌作品优劣的标准,主要是看它是否反映了社会重大问题和重大事件,是否有反抗阶级压迫和民族压迫的内容,因而对元诗的评价比三四十年代低很多。研究元诗的视野也大致局限于"四大家"为代表的一些诗人。比如游国恩等主编的《中国文学史》说:"元代诗文或宗宋或宗唐,大

---

① 李维:《诗史》,东方出版社《民国学术经典文库》本,1996年版,第199页、第205页。

② 郑振铎:《插图本中国文学史》,人民文学出版社,1957年版,第750页、754页。

③ 引自中华书局1993年整理本,第757页。

都走模拟因袭之路。因此在元代最有成就的诗家中,甚至找不到可以和梅尧臣、元好问并肩的人物。"①显然已把元好问排除在元代诗人之外,以这样的视野来看,评价不高也是很自然的。中国科学院文学所编写的《中国文学史》说:"统观元朝一代诗文,没有杰出作品也没出现杰出作家,很难说什么繁荣。"②这一时期学者对元诗的研究不够认真系统,某种程度上也受意识形态的影响。值得一提的是刘大杰对出版于1949年的《中国文学发展史》几经修订,形成了较为中肯的看法,认为不能忽视元代诗词的成绩,刘因、赵孟頫、元四家、张翥、杨维桢、王冕等"都有一些好作品"。他特意关注到少数民族作家,认为"他们有深厚的汉族文化的修养,精通汉族语言,创作诗词,工丽精深,其成就卓越,往往超过同代的汉族作家"③。

60年代中期到70年代末,中国大陆没有元诗研究的论著,台湾则在兴盛的蒙元文化研究的影响下有所推进。1978年,幼狮文化事业公司出版了包根弟的《元诗研究》,该书自序中肯定了元诗的成就,说"元代建国虽未满百年,而其诗在蒙人之汉化政策、北方汉军将领之重视文教、道教之庇护士子及学术之自由等有利的政治环境中,亦盛极一时,毫不逊色"。认为当时诗学"彬彬称盛,上继唐宋二代,而下启明代诗坛"。

80年代,研究者有意识地对元代诗歌文献进行整理,对元代诗

---

① 游国恩等主编:《中国文学史》第三册,人民文学出版社,1964年版,第262页。

② 中国科学院文学所编:《中国文学史》,人民文学出版社,1962年版,第799页。

③ 刘大杰:《中国文学发展史》下卷,复旦大学出版社,2006年版,第26页。

歌研究的许多问题也进行了新的思考和评价。1980年,周惠泉《元诗浅谈》指出元诗常常为文学史家所忽略,这是不正常的,作者用阶级分析的方法评价了元诗的成就,指出元代诗人关注下层人民的生活状况,以饱和着感情的笔绘制了受苦受难的劳动者的多样化的形象。文章进而分析了其所以能够反映现实社会矛盾的主客观原因,并认为元诗中出现了抨击封建制度和大小官吏的作品,这类讽刺作品概括生活的广度和表达思想的深度,在中国诗歌史上都是值得注意的。这种认识与60年代文学史著中的观点,形成了鲜明对比。文章还指出,元诗中反映民族意识的作品和描写边塞风光的作品,都为中国古典诗歌宝库增加了新的内容,使人耳目一新。在艺术上,元诗力矫宋诗之弊,恢复了诗歌创作中的形象思维,"仅此一点,就可奠定元诗在中国诗歌史上不可抹煞的地位"。1985年第3期《文史知识》发表的隋树森《元代文学说略》,也对人们轻视元诗表示不满:"只就数量说,元诗也很丰富,不容轻视。"文章列举了一些代表性的诗人,指出他们值得注意的成就。此时对元代诗歌的文献整理也开始受到重视。《元诗别裁》一书新中国成立以来印行了多次,从80年代起,一些元人别集也陆续整理出版。1987年,中华书局出版了清人顾嗣立编选的《元诗选》初、二、三集,上海古籍出版社出版了近人陈衍所辑《元诗纪事》。这些都为之后元诗研究的兴起做好了准备。《苏州大学学报》1989年第2、3期合刊发表刘明浩的《元诗艺术成就之我见》,再次对历来否定元诗的论点提出批评,并具有前瞻性地看到当时"一个研究元诗的浪头正在兴起"。但此时对元诗的评价并非一边倒,如吴组缃、沈天佑《宋元文学史稿》就认为整个元代没有出现什么杰出的诗文作家,诗文题材都偏于狭窄,内容也较贫乏,对现实矛盾的反映比较肤浅,艺术上因袭前人较多,缺乏创新和开拓,"所以元代诗文总的成就不大,缺乏一批感人至深、经得住时间考验的作品。"①

1991年人民文学出版社出版邓绍基主编的《元代文学史》,对元诗研究起了推动与引导作用。此书一改过去几十年形成的元代文学史著的格局,诗文所占篇幅超过全书的四分之一,其中《元代诗文概况》一章,用很大篇幅回顾和分析了明清两代对元代诗歌评价褒贬的是非。文中指出,除了出于民族偏见,将元诗一笔抹煞者外,历史上对元诗的评价有褒多于贬和贬多于褒两种看法。作者着重分析了这些看法的自相矛盾之处,认为:跳出传统偏见,跳出前人门户之见,从具体作家、作品出发,分析它们各自在思想、艺术上的成败得失,而不笼统地作出褒贬,才是公允的做法。作者在对元诗以复古为创新进行分析后说:

> 总的说来,元诗宗唐的结果,不仅使它本身有一个相对繁荣的局面,同时也使它在中国诗歌史上占有一定的地位,这主要表现在两个方面:一、它在整体上完成了自宋代就已出现的批判宋诗中存在的违反形象思维规律积弊的历史任务,并在实践上宣告和这种积弊的决裂……二、它在宗唐实践中所表现出来的成败得失也给后代诗家带来了经验和教训……这恰又反过来说明,元诗在中国诗歌史上自有它不可忽视的地位。②

同年6月在北京师范大学召开的元代文学学术讨论会,对元代诗歌的研究同样产生重要的推动作用。《北京师范大学学报》1991年增

---

① 吴组缃、沈天佑:《宋元文学史稿》,北京大学出版社,1989年版,第373页。
② 邓绍基主编:《元代文学史》,人民文学出版社,1991年版,第374—375页。

刊发表了李梦生的《元代诗歌概论》,文章认为元代诗歌繁荣与发展的各方面条件都很优裕,诗人有广阔的创作领域,有宽松自由的创作环境,又有帝王在上推波助澜,因此"在元代百年中,作家辈出,华章佳什,错杂纷呈,诗风多样,蹊径各别。清代康熙年间选编《御选四朝诗》,于宋诗选七十八卷,诗人882人,元选八十一卷,诗人1197人,元诗鼎盛状况,于此可见一斑"。又说元诗以抒发真情实感为宗旨,显得积极向上。认为历史上除唐以外,在短短百多年内,名家之多,水平之接近,风格之多样,恐怕很少有及得上元代的。不同的意见也同样存在,如王英志就认为:"古典诗歌自宋至清,可以说经历了'马鞍形'的发展过程","元诗在中国诗歌发展史上确实处于低谷这是无庸讳言的。"①

1995年张晶的《辽金元诗歌史论》出版,该书三十多万字,三分之一以上是谈元代诗歌。书中淡化了"社会—阶级"分析方法,代之以"文化—心理"分析的新视角,形成了与以往不同的看法,认为:

> ……理学对元诗的影响,首先是儒家"雅正"观念对元代诗论与创作的影响……其次是理学家轻视事功而重心性的思想传统,使元代诗词曲有着普遍性的对于现实政治的离心倾向,视功名事业为虚空诞幻……元诗更多的是抒写创作主体的内心世界,而很少直接反映动荡的现实风云,也不能不说是来自理学的深层影响。②

在90年代古代文学研究中宏观研究和心态分析成为风气的背景下,

---

① 王英志:《元明诗概说》,《苏州大学学报》1997年第4期。
② 张晶:《辽金元诗歌史论》,吉林教育出版社,1995年版,第8页。

研究者审视元诗的理论角度已发生转变,看法也就自然与以往不同,从而带动文学史观的更新。比如章培恒等主编的《中国文学史》中就把诗歌作为元代文人文学中居正宗地位的最重要的形式,认为它强有力地反映着元代社会经济形态和知识阶层人生观念的若干重要变化,以及与此相适应的审美趣味的变化。诗坛崇尚唐代乃至汉魏六朝的风气从元代前期开始就不断扩大覆盖面,"作为对宋诗的反动,这首先起到了把诗歌从重理智而轻感情的道路上拉回来的作用";到元代末期,以商业经济发达的东南城市为主要基地,以杨维桢、高启等人为主要代表,"诗歌中更出现了与市民文艺相融合、反映商人生活、突出个人价值与个人情感、在美学上打破古典趣味等种种新的现象,这实际是中国古代文学向现代靠拢的动向,因此而成为中国文学史上重要的一环。"在上海辞书出版社1994年出版的《元明清诗鉴赏辞典》的序言中,章氏对这些观点已经有所表述。足见元诗的这些价值,已在新时期的理论层次上为人们所认识。

　　文学史观的更新,也开阔了研究者的研究视野,扩大了研究对象的范围。明清以来对元代诗歌的评论,通常以延祐时期所谓"元诗四大家"虞、杨、范、揭为代表,他们是元中期雅正诗风和所谓"治世之音"的代表。二十世纪五六十年代因为特定的政治观念,则以刘因、王冕为元诗最重要的代表,评判标准是他们的作品中有较多反映民族矛盾和阶级矛盾的内容。八九十年代以后,研究者从社会、文化、心理等多角度研究元诗,便产生新的见解,认为"四大家"或者刘因、王冕都不能代表元诗的成就,甚至不是元代最有成就的诗人。一些有个性、长于抒情的、对后世文学史产生了较大影响的诗人,一些作品中出现了"新质"的诗人,便被认为是元诗成就的代表。新世纪以来,《元诗史》(杨镰)、《理学背景下元代文论与诗文》(查洪德)等研究著作的问世，更加有助于多角度地解读和认识元诗，肯定不同类型诗人各自的价值，从而对元代诗歌的总体成就形成更加多样化的认识。

三、元诗发展与分期研究

元末戴良的《皇元风雅序》对元诗发展约略分为三个时期："姚、卢、刘、赵诸先达"（按即姚燧、卢挚、刘因、赵孟頫）为前期诗人，此时期的特点是"乘其雄浑之气以为诗"；而"范公德机、虞公伯生、揭公曼硕、杨公仲弘，以及马公伯庸、萨公天锡、余公廷心"（即范梈、虞集、揭傒斯、杨载所谓"元诗四大家"，和色目诗人马祖常、萨都剌、余阙）为中期诗人，这是元诗的极盛时期，这一时期的特点是"餐淳茹和，以鸣太平之盛治"，忽必烈时期征召入京和仁宗延祐时的科举进士，是这一时期文坛的主力；在他们之后，是元诗发展的后期。由极盛期而转入后期，以及后期的情况，戴良如此表述："继此而后，以诗名世者犹累累焉。语其为体，固有山林、馆阁之不同，然皆本之性情之正，基之德泽之深，流风遗俗，班班而在。"他没有列举后期诗人的名字，研究者自可根据元诗的发展去补充。在戴良看来，诗风由前期的"雄浑"演变为中期的"淳和"，中期诗歌"格调固拟诸汉唐，其理趣固资诸宋氏"，是综合借鉴唐宋而有自身的发展，并非后人理解的一边倒"宗唐"，这种说法似更接近事实。

鉴于古人"文"之概念往往涵盖诗，则自元后期至元明之际欧阳玄、杨维桢、王理等人关于元文分期均有所论述，也可作为元诗分期的参考。如欧阳玄《潜溪后集序》说："中统、至元之文庞以蔚，元贞、大德之文畅而腴，至大、延祐之文丽而贞，泰定、天历之文赡以雄。"则分为四期。清代顾嗣立《元诗选凡例》曾引此以说明元诗的发展。

顾氏《寒厅诗话》说：

> 元诗承宋金之季，西北倡自元遗山（好问），而郝陵川（经）、刘静修（因）之徒继之，至中统、至元而大盛……东南倡自赵松雪（孟頫），而袁清容（桷）、邓善之（文原）、贡云林（奎）辈从而和之，时际承平，尽洗宋金余习，而诗学为之一变。延祐、天历之间，风气日开，赫然鸣其治平者，有虞（集）、杨（载）、范（梈）、揭（傒斯）……一以唐为宗而趋于雅，推一代之极盛。时又称虞、揭、马（祖常）、宋（褧）。继而起者，世惟称陈、李、二张（陈旅、李孝光、张翥、张宪）……

《元诗选》丙集袁桷小传中，顾嗣立又说："元兴，承金宋之季，遗山元裕之以鸿朗高华之作振起于中州，而郝伯常、刘梦吉之徒继之。故北方之学，至中统、至元而大盛。赵子昂以宋王孙入仕，风流儒雅，冠绝一时，邓善之、袁伯常辈和之，而诗学又为之一变，于是虞、杨、范、揭，一时并起。至治、天历之盛，实开于大德、延祐之间。"在该书凡例中他认为："有元之诗，每变递进，迨至正之末，而奇材益出焉。"清人论元诗分期的还有宋荦，其《元诗选序》十分简明地概括元诗发展说："遗山、静修导其先，虞、杨、范、揭诸君鸣其盛，铁崖、云林持其乱。"这些论述，为后来学者研究元代诗歌的发展与分期，提供了重要借鉴。

20世纪前半期，元诗分期问题缺乏专门的研究。目前可见的30年代的几部文学史著中，梁乙真《中国文学史话》[①]和张振镛《中国文学史分论》[②]等，都把元诗的发展分成三个时期。郑振铎《插图本中

[①] 梁乙真：《中国文学史话》，上海元新书局，1934年版。
[②] 张振镛：《中国文学史分论》，商务印书馆，1934年版。

国文学史》没有明确为元诗分期,但从其论述来看,似乎是分为三期。吴梅《辽金元文学史》沿袭了清人宋荦的观点。40 年代钱基博《中国文学史》也没有讨论元代诗歌的分期问题,但就其目录看,采用的也是三分法。

60 年代最具代表性的意见当属游国恩等主编的《中国文学史》,其中将元代诗文分为前后两期。论者虽未说明分期的界限和依据,但他们把虞、杨、范、揭"四大家"归为前期作者,由此可知其分期大约是以文宗天历末年为界。这一分期方法被学界长期沿用。

1978 年,包根弟《元诗研究》一书中对元诗的分期进行了专门探讨。她首先将三种不同的分期方法进行了汇总介绍:一是金达凯《历代诗论·金元诗的主流》以延祐、天历为界的两分法,这一分期的独特之处是把"四大家"的虞集作为前期作家,而杨、范、揭则属后期,并认为"至元末,杨维桢的风格又再一变",如此则元末似乎是与前期、后期都不同的又一个发展时期。这种分法实质上也可以看作是一种三分法。二是孟瑶《中国文学史》中的三分法,但没有提出明确的时间断限。他将元诗发展的初期定于至元、元贞之间,延祐以前为中期,此后至元、至正间为末期。三是高越夫《元诗试评》提出的三分法,这种分法是以至元十四年至大德元年(1277—1297)为初期,大德元年至后至元六年(1297—1340)为中期,至正元年至二十七年(1341—1367)为后期。其分期依据是诗风衍变,他认为:"初期诗混合南北,沉雄华赡;中期诗规抚唐宋,隽秀郁丽;晚期诗脱略今古,高爽老健。"包根弟对这三种分期均有所保留,她参考清人顾嗣立《寒厅诗话》的论述,提出了自己关于元诗发展的三分法:第一期,宋理宗端平元年窝阔台灭金至元成宗大德元年(1234—1297),第二期,元成宗大德元年至元顺帝至元元年(1297—1335),第三期,元顺帝至元元年迄至正二十七年(1335—1367)。她认为：在第一期，"南北诗风虽然有华秀与雄伟之异，但诗人们皆属宋金遗民，目睹战祸之惨烈，身负国亡之沉痛，所以他们的感情、怀抱完全一样，故归为一类"，至第二期，"国家已归一统，加以仁宗延祐元年开科取士，文宗建奎阁、置学士，一时文风蔚郁，诗学亦达于极盛"，第三期，"此时诗人又面临世乱国亡之巨变，衰世之音自然与治世大异，故诗风又为之一变。"①

80年代，以延祐为界的二分法产生了很大影响。1987年邓绍基在《元诗"宗唐得古"风气的形成及其特点》(《河北师院学报》1987年第2期)一文中提出了这一观点，其分期依据是元诗"宗唐得古"风气的形成，"延祐以前是宗唐得古诗风由兴起到旺盛，延祐以后宗唐得古风气继续发展。"同时他又认为，这种诗风到元末又出现了新变。这种二分法又隐含着三分法的影子。与此同时，李修生《中国文学史纲要》(三)②也持以延祐为界的两分说。这种分期对后来的研究产生了较大影响。80年代末，刘明浩依据元代社会政治的阶段性在《元诗艺术成就之我见》③中提出了他的分期：太祖至世祖的89年(1206—1294)为初期；成宗以下九帝39年(1295—1333)为中期；顺帝35年(1333—1368)为后期。

90年代的元诗发展与分期研究，持三分法的主要有李梦生、黄瑞云、张晶，章培恒《元明清诗鉴赏辞典序》中也提出三分法。持两分法的是《中华文学通史·古代文学编》。李梦生在《元代诗歌概论》④

---

① 包根弟：《元诗研究》，台北幼狮文化事业公司，1978年版，第67—71页。
② 中央广播电视大学教材，后经修订由北京大学出版社1990年出版。
③ 刘明浩：《元诗艺术成就之我见》，《苏州大学学报》1989年第2、3期合刊。
④ 李梦生：《元代诗歌概论》，《北京师范大学学报》1991年增刊。

中，以元灭金至大德以前(1234—1297)为初期，以大德至至顺年间(1297—1333)为中期，以至顺末年至元亡(1333—1368)为晚期。他也参考了顾嗣立《寒厅诗话》的论述，并认为顾氏对三个时期特点的概括"切中肯綮"。黄瑞云《元诗略说》是以诗人出生的年代为分期依据，其中以1270年大致是世祖建元以前出生的人属前期，前期诗坛主体为遗民诗人；1271到1280年也就是元建国的最初几年出生的为中期诗人，"他们大都供职于朝廷，是典型的元代诗人"；1280年以后出生的诗人属后期，以平民和低职官员为主体。文中认为"三个时期的诗人，其出生年月有明显界线，其活动年代有大致区间，诗人的成分有极大差别，诗歌的内容也就相应地有很大的不同。"[①]张晶《元诗发展概说》以大蒙古国建立到成宗即位之前为元诗的前期，以延祐诗坛为代表的成宗、武宗、仁宗时期为元诗中期，从泰定帝到元亡为元诗的后期。他认为元代前期诗坛是一个众派汇流的阶段，这时期诗人成分较为复杂，因而形成了诗坛上异彩纷呈的局面。前期诗人由参与蒙元王朝创建的诗人、由金入元的诗人和由宋入元的诗人三部分组成，其来源不一，心态各异，诗风也就不同。中期为元朝"盛世"，诗坛繁荣，诗学观念上追求"雅正"，集中体现了元诗的特色。后期少数民族诗人的创作异彩纷呈，一批色目和蒙古族诗人的创作，使元代诗歌更为丰富厚重。这一分期的特点在于把元后期少数民族诗人的创作带来的诗风转变作为分期的依据来考虑。章培恒的划分也参考了顾嗣立《元诗选》中的说法，但不再确指分界的具体年份，他说的前期，"是指从蒙古王朝入主中原到南北统一稍后(13世纪末)的一段时间"，中期指从14世纪开始到30年代末"元统治

---

① 黄瑞云：《元诗略说》，《湖北师范学院学报》1993年第4期。

相对稳定的时期","后期指至正年间,即元王朝的最后二十多年"①。《中华文学通史》的两分法仍是以延祐为界,认为"前期是元人诗风形成期,后期是成熟期和新变期。"书中也引用了顾嗣立《寒厅诗话》的一段论述,并说:"从'承宋金之季'到'尽洗宋金余习,而诗学为之一变'是元人诗风形成的过程。'一以唐为宗,而趋于雅'是对极盛之时以虞(集)、杨(载)、范(梈)、揭(傒斯)'元诗四大家'为代表的诗风的概括。此后经过一个'标奇竞秀,各自名家'的阶段,诗风发生了新变,出现了'开阖变怪、骇人视听'的晚元诗风,其代表人物是萨都剌、杨维桢"②。这种表述更像是一种三期划分。

统观上述多种分期研究,我们可以看到,在关于元代诗歌发展与分期的研究中,研究者不断运用新的理论与研究视角,对元代诗歌分期和各时期的特点进行了不同于前人的概括和总结。但总体上的分期比较接近,二分法的表述也往往趋同于三期,尽管研究者分期的依据各不相同,但初期与中期的分界,中期与后期的分界,所处时段都相对集中。这表明各家对元代诗风衍变的认识是比较接近的,由于诗风转变是一个渐进的过程,而非偶然事件或一时突变,各种分期中具体分界的年份有所不同也是非常自然的。但对各时期诗风的概括,学界还没有形成比较统一的意见,在对诗风演变和各阶段诗风特点的把握上还有深入的空间。

元诗研究在新世纪更趋兴盛,研究者从作家作品、思想心态、社会文化等方面进行观照、分析与评判,以期勾勒出元诗存在、演化的实际面貌。

---

① 章培恒等主编:《中国文学史》(下),复旦大学出版社,1996年版,第90—91页。
② 张炯等主编:《中华文学通史》第三卷,华艺出版社,1997年版,第135—136页。

四、元诗特点的认知

元代后期的欧阳玄曾在《罗舜美诗序》中谈到元诗的特点,他说:"我元延以来,弥文日盛,京师诸名公,咸宗魏晋唐,一去宋金季世之弊,而趋于雅正。"戴良在《皇元风雅序》中也提到元之盛世,"一时作者,悉皆餐淳茹和,以鸣太平之盛治。其格调固拟诸汉唐,其理趣固资诸宋氏……语其为体,固有山林、馆阁之不同,然皆本之性情之正,基之德泽之深。"这几句正是他对元诗特点的概括。明清两代,对元诗的评论很多,但大部分是从诗史承袭与衍变的角度,将元诗的风格体貌与唐宋诗相比较。评论者显示出两种不同的批评取向:赞同元诗者认为元诗祧宋归唐,风格多接近李白,或近晚唐之温李;批评元诗者有些认为元诗前期粗豪,后期则纤弱,另一种意见是认为元诗多系模拟,又过分雕饰。

对元诗风格特点的研究,在 20 世纪前期没有特别明显的推进。像吴梅、钱基博等人虽曾着眼于元诗的研究,但其论述很大程度上沿袭前人之论,创见不多。至 60 年代,一些社会学的观念和视角引入元诗研究,才使这一问题获得新的进展,如中国科学院文学所主编的《中国文学史》就认为:元代对于汉族知识分子来说,是一个苦闷的时代。这一时代特征造成元诗与前代诗歌不同的一些特点,即表现文人苦闷,反映仕元文人做奴才的悲哀、恐惧心情。作者在诗文中表现出特殊的情感愿望,向往安定的环境、没有强烈刺激、半城半乡、半隐半仕、不太奢华和热闹的生活。是元代特定的历史条件造就了这种独特的心情和意境。这种认识对后来的研究有很大的影响和启发。

70 年代大陆的元诗研究相对停滞,台湾学者包根弟的专著《元诗研究》则对元诗的特点做了比较系统的分析,并概括为四点:少佚乐荒诞男女艳情之作;多山林田园之隐退思想;多精工俊逸之题画诗;多塞外景色及风物之描写①。在《元诗之分期》一章中,作者又对各时期的诗歌风格有所论述。这些问题在 80 年代的元诗研究中成为探讨的热点。1982 年范宁、吴宇的《元代诗歌散论》在《语言文学》第 6 期发表,该文分析了不同时期元代诗歌的特点,其对金元之际北方诗歌的特点做了三点归纳:一是对金的灭亡,怀有淡淡的留恋;二是这些诗人自甘贫贱不做新朝的官,故能在壮丽山河的陶冶下写出一些刚健清新的风景诗,三是同情民生疾苦。80 年代后期,研究者对元诗特点的概括进行新的探讨论述,许多观点与传统的认识有某种渊源关系,但其理论视角和研究眼界都已不同。如 1987 年《河北师院学报》第 2 期发表的邓绍基《元诗"宗唐得古"风气的形成及其特点》,将元诗最显著的特点概括为"宗唐得古"(古体宗汉魏晋,近体宗唐),并围绕这一特定的角度展开对元诗特点的探讨,认为元诗发展的历史,就是宗唐风气形成和衍变的历史;即使同是宗唐,前期、后期和元末也各不相同。元诗之宗唐与宋末严羽等人的宗唐不同,与明人的宗唐也不同。就风格说,元诗宗唐的结果是万花千木。就诗史发展说,元诗的宗唐也具有以复古为"新变"的性质。这些探讨为元诗宗唐的老命题赋予了前所未有的理论深度,其宏阔的史家眼光较此前之论有质的变化。1989 年《苏州大学学报》第 2、3 期合刊发表刘明浩的《元诗艺术成就之我见》,将元诗的艺术倾向概括为四点:一、由于受蒙古族民族性格和由金代继承来的苏轼诗风的影响,元诗"发展和拓宽了豪放和洒脱的诗风"。二、与洒脱和飘逸的风格有关,元诗创造了迷蒙恍惚的境界,具有回味无穷的审美情

---

① 参见该书第二章《元诗之特色》。

趣。三、元人虽然学唐人追求诗的言有尽而意无穷,但却并不是只注意诗的整体,元人也在字、词、句上刻意研炼,有意无意效法唐之李贺。四、一部分元人诗歌具有口语化和民歌风味,他们努力探索文人诗和民歌乐府结合的途径。

1990年,《北京师范大学学报》第3期发表了林邦钧的《元诗特点概述》,该文从思想、作者、题材、审美等几方面概括了元诗特点,认为元诗的思想特点表现为受理学的影响,继承了扶世教化的诗旨;温柔敦厚的诗教深入人心,诗风以典雅雍容、委婉含蓄为正宗。作者队伍的特点,就诗人自身素质而言,是受理学濡染浸淫极深;就队伍构成而言,少数民族诗人数量之多,成就之高,堪称空前,对丰富元诗的题材、繁荣元诗的风格作出了贡献。题材特点是:边塞题材多;隐逸闲适、怀古咏史题材多;题画诗多。审美特点是:宗唐复古是其审美取向。他将元诗与宋诗相比,认为"宋人以议论为诗,往往有直尽之嫌,而元人则议论较少,讲究蕴藉含蓄,意深韵远;宋人有生硬拗折处,元诗则尚婉转流逸;宋诗末流粗疏质野,而元诗虑周藻密,精工秀丽"。作者将以"四大家"为代表的元诗风格概括为"气韵典雅,法度严密,音调婉转,辞藻工丽",认为元诗的缺点是纤弱绮靡,缺乏苍然之骨,浩然之气。认为元诗的最大缺点"多规往局,少创新规",虽然标榜师法盛唐,却没有盛唐诗歌赖以生长的时代背景、社会心理及才力气魄,所以实际多学中晚唐,不免气骨屡弱,使得元诗成就总体而言不如宋诗。《北京师范大学学报》1991年增刊发表李梦生的《元代诗歌概论》,该文不赞成将元诗特点概括为近体宗唐、古体宗汉魏,而是认为元诗的一大特色就是风格多样化。如果从创作心理与表现手法上来下定语,则"元诗最大的特点是真率",是那个时代真率的世风造就了真率的文学。元诗的真率,首先是毫无掩饰地把自己的真情实感通过诗歌奉献出来,其次是在一些以豪放著称的诗中,诗人对人生强调惬意,追求精神上的满足,表达宏阔的胸襟。这种真率的世风诗风,对文学的影响是巨大的,它"使诗人在最大程度上得到自由发挥,从而也造就了一大批多才多艺的文人";又"使得诗人在学古时不是泥古不化、亦步亦趋,而是参合变化,把艺术手法只是作为抒发性情的手段"。该文对元诗成就给予较高评价,认为元人学唐做到了变通、变达。《齐鲁学刊》1993年第3期发表刘明浩《关于元诗的模拟问题》,对于元人"模拟"问题做出了积极方面的理解,进而探讨元诗风格。他认为,元人提倡的学诗的过程,是由模拟而走向转益多师,融会多家之长,形成自己的风格,是元人"模拟"观的最高境界。只是元人没能在实践中贯彻他们的理论,因而,与唐宋相比,创风格、创流派的诗人不多。作者还对元诗宗唐的说法提出异议,认为元人宗唐意识不强。在元人诗论中,普遍认为"三百篇"是至高境界,但是"三百篇"不可企及,只能求其次学汉魏了。元人力图学习并超过汉魏诗。至于学唐、宗唐,那不是元诗的主要倾向。中国社会科学院文学研究所和少数民族文学研究所编著的《中华文学通史》对元诗特点的概括又有所不同,认为:"与宋诗多议论不同,元诗注意意象韵味;与宋人以才学为诗不同,元诗特别肯定'吟咏性情',承认并强调诗人感情的抒发;与宋诗各立门户各有专主不同,元诗走向转益多师。其中最值得注意的是注重抒发性情。""只是元人学唐却缺乏唐代特别是盛唐诗人的信心、抱负和气度,因此元诗中看不到唐诗中那种恢弘的气象。"[1]对于宗唐的不同见解,可以看到这个时期研究视野的多样化和学术探讨的开放性。

---

[1] 张炯等主编:《中华文学通史》(三),华艺出版社,1997年版,第138页。

思想的解放和文学史观的革新，使90年代对于元诗特点的研究取得了令人欣喜的进展，有些观念和看法是以往研究者所想象不到的。1991年，中州古籍出版社出版了武安国、聂振弢的《元诗选注》，该书前言从元代诗人的特点探讨诗歌的特点，说元代少数民族诗人多，遗民诗人多，画家诗人多。章培恒在《元明清诗鉴赏辞典》序言中，借古人之语概括元诗各个时期的特点：初期追求"鸿朗高华"，中期"风流儒雅"，元末则是一个"奇材益出"的时代。所谓"鸿朗高华"，指诗具有直抒胸臆、感情强烈、不受羁勒的特点，而要加以艺术的锤炼。所谓"风流儒雅"是说作品有真情实感，在艺术上经过精细锤炼，达到了优美的境界，但一般不反映个人与社会的矛盾、自我与群体的冲突，在感情上没有剧烈的震荡。元末所谓"奇材益出"的时代，其最突出的代表是萨都剌和杨维桢。关于元末诗歌，章培恒说：

> 这阶段的诗歌的新变，首先在于初步冲破了"儒雅"的框子，承认并追求感官的享乐、以此为实际内容的炽烈的生活，同情并讴歌由此生发的七情六欲，作品的基调往往是乐而淫、哀而伤，强烈的感情多伴以炽烈、艳丽的色彩，而以丰富、瑰奇的想象来增强感情的激荡。……可以说，这时期的诗歌在我国诗史上为进入新天地打开了一扇虽则是很狭窄的门，也许只是推开了一条缝，但仅仅这一点就值得大书特书。

与文学史上一些研究较集中的论题相比，元诗特点的研究仍相对薄弱。80年代之后虽然有了比较深入的探索，但研究者观点各异，缺乏共识，对某些问题的看法仍在不同层面上，一些沿袭的成见尚未完全破除，许多问题需要重新思考。21世纪以来，对元代诗歌特点的研究更加深化，研究者从文化背景等方面深入探究元诗特点及其成

因。如查洪德对元代诗文的特点与理学精神的内部关联进行了探究,认为:

> 诗文之"平易正大",是理学家追求的'圣贤气象'人格精神的体现;诗文之'自得之趣',是理学家学问与道德修养中追求'深造自得'的表现;诗文之'气和声和',是理学家要求'志以御气'的结果。总之,元代诗文追求的雍容平易、萧散高致、淡雅光洁,是理学家外圆内方人格追求的体现:在儒雅闲静的背后,深藏着孤介不倚、凛然难犯的君子之性。[①]

传统研究中形成的一些观念和看法,在新世纪也得以重新审视和再思考。如刘嘉伟根据其师查洪德的意见,对长期以来以"雅正"为元代主导诗风的说法进行辨析,认为元诗形成了不同于唐宋的"清和"诗风,清和诗风是元代主导性诗风。元代清和诗风的形成,与元代多族士人圈中各族诗人的相互影响有着紧密的联系。他以元大都为中心,考察多族士人圈的互动与诗风的关系。在频繁的文化互动中,少数民族诗人的尚清诗风被文坛广泛接受认同;汉儒的熏陶浸染,也使得民族诗人涵醇茹和、笔触工润。多元文化的碰撞融合促成了诗风的新变[②]。

五、元诗专题研究

20 世纪的元诗研究,除了上述总体的研究外,还有大量的作家

[①] 查洪德:《外儒雅而内奇崛:理学家之人格追求与元人之文风追求》,《晋阳学刊》2007 年第 1 期。

[②] 刘嘉伟:《元大都多族士人圈的互动与元代清和诗风》,《文学评论》2011 年第 4 期。

作品研究和专题研究。作家研究中比较集中的有萨都剌研究、杨维桢与铁崖派研究等。比较集中的专题研究，涉及元诗的社会文化背景的，有关于元代诗人隐逸问题的研究，还有关于科举、理学等与元诗关系的研究；关于元诗分类研究，突出的是题画诗和山水诗的研究；此外还有关于元诗内容、少数民族创作对元代诗风影响的研究等。

1. 诗人出处问题研究

有关元代诗文的社会背景研究，首先是有关诗人的仕与隐也即出处问题，尤其是关于隐逸问题的讨论。1946年，《辅仁学志》第十四卷第1、2期合刊发表周祖谟《宋亡后仕元之儒学教授》，其中所列出仕之儒学教授，多是一时诗人。文章所述出仕之原因，出仕后之自悔，诸公出仕之评论等内容，实际已涵盖了心态研究、文化背景研究等范畴。作者认为"年老家贫，无以为活""免除徭役""避种人之歧视"是主要的出仕原因，在另处又谈到为名所累等。这些观点在后人论著中仍有近似论述。

70年代，台湾学者包根弟认为元代诗人无论在朝在野，多爱好山林田园，所以诗中多表现隐居思想。她认为其中有两个原因：一是由于种族歧视，心情抑郁，因而向往隐居生活；二是元廷信奉道教，文人求其庇护，又把道教作为精神寄托之所，诗人们的思想或多或少染有道家色彩[①]。

80年代，这一问题的研究有汇泉的《试论元代诗人的隐逸倾向》和周月亮的《也谈元代作家斗士精神的形成》。前文发表于《古典文学论丛》第2辑，认为元诗中隐逸倾向比较突出的一个重要的社会

---

① 包根弟：《元诗研究》，台北幼狮文化事业公司，1978年版，第48—51页。

原因,是仕元的汉族知识分子经常受到蒙古贵族的压抑排挤,内心充满矛盾和苦闷,向往着退隐生活。由于元代文人与蒙古统治者之间有着离心的倾向,元代文人的隐逸一般是真诚的,与前代文人(如唐代)隐居往往身在江湖心存魏阙或走终南捷径不同,他们对隐逸生活的追求和歌颂也发自内心。元代的隐逸诗人并没有完全忘怀世事,相反有些人对于国家和人民的命运前途倒是十分关切的,这使他们的作品不失掉现实的意义。文章指出,在错综复杂的社会矛盾中,这些隐逸诗人也呈现出错综复杂的状况,从而造成其作品的复杂性。后文发表于1984年11月6日《光明日报》,文中所论"浪子""斗士"主要指元曲作家,而"隐逸"则包含诗文作家。作者说:

> 元人隐逸简言之是一种社会性的退避:具有空前的社会普遍性,又是一种对社会的退避——从人生哲理上对世上的纷纷扰扰究竟有何目的和意义这一根本问题怀疑、厌倦、舍弃……元人的隐逸固然基于对元朝统治的不满……但不囿于仅对一家政治的愤激,而是引发一种对人世生活的超脱之想。究其实质是以苏轼为先驱开启的封建社会中个体与社会总体分离这样一种精神运动的发展。这是一个深刻的思想解放运动,使长期囿于封建统治的士子们获得一种回归自己本体的觉醒……它与明中叶以来的思想解放运动同一系统,是一种中国式的个性解放运动。

90年代初,张宏生的《感情的多元选择——宋元之际作家的心灵活动》用忠爱、悲愤、反省、控诉、逃避、苦闷、尤悔、沉沦八个题目历数宋元之际的诗人,分析他们的心灵世界,作者认为宋元之际是一个特殊的时代,"民族压迫性质的改朝换代的现实,既给人们的心灵打上了深刻烙印,也给人们全新的生活体验,反映在文学中,就显示了以往任何时期所没有的特色。"①么书仪则从文人心态角度认识元代文人的隐逸问题。她认为以儒家的理想人生作为追求目标是中国文人长期以来形成的传统观念,但到元代,这些传统观念和精神遇到了危机。元代文人在物质的困顿和精神的危机面前,一是耽于声色之乐,一是隐逸退避之风盛行②。1994年《吉首大学学报》第4期发表吕养正的《元初士人的"时隐"意识和殉道精神》,认为促使元人隐逸的社会原因有三:地位的失落、对兵燹的畏惧和厌战心理、"夷夏大防"的观念。作者也指出了元人的隐逸与以往时代文人的隐逸之不同。

新世纪以来对出处问题的研究仍不断深入,徐子方《挑战与抉择——元代文人心态史》(河北教育出版社2001年版)以灭金(1234)、灭宋(1279)和仁宗重开科举(1315)为契机,将元代文人心态史分为三个发展时期,系统考察自蒙古入主中原直到被推翻退回漠北为止一个完整时代的文人的心路历程。杜改俊《论元初金莲川文人集团的文学创作》(《文学遗产》2008年第4期)和任红敏《金莲川藩府文人群体之文学研究》(南开大学2010届中国古代文学博士学位论文)探讨了元初汉儒集团成员政治选择和文学创作的多元性。相关研究仍在继续推进。

2. 科举、理学与元诗关系的研究

科举、理学对元诗的影响,是元诗发展之社会文化背景研究的重要方面。

---

① 张宏生:《感情的多元选择——宋元之际作家的心灵活动》,现代出版社,1990年版,第142页。

② 么书仪:《元代文人心态》,文化艺术出版社,1993年版,第7—12页。

王忠阁的《元代科举与诗》①一文分析了戊戌选、皇庆开科和元末科举对元诗的不同影响,认为戊戌选中以词赋或诗赋中选的人最多,从而促进了元初诗歌的发展。皇庆科举则促进了元代中叶雅正诗风的形成,并促进了复古风气的发展。随着对文章法度的重视,讲论诗法风气开始盛行,诗法著作大量问世。元末科举则影响到至正间诗坛的两种倾向,一是复古之风进一步发展,在有些方面超过中期,二是由于科举对知识分子的约束力减弱,动摇了雅正诗风的地位,促进诗坛出现了多种诗风并存的繁荣局面。

一般研究者认为是元代理学家放弃了宋儒"文章害道"的观念,因而理学对文学的影响也不再是纯消极的了,而马积高则认为这恰恰是理学对文学控制的加强。在《元代诗文发展的道路与理学》②中他探讨了元代理学与文学融合的问题,认为"到了宋元之际,随着理学的普及,它的排它性已逐渐在削弱,不仅理学内部有融合的趋势(吴澄即欲调和朱陆之争),理学家对文学家和其他地主阶级思想家也比较地不那么排斥甚至有所包容了。这对理学本身来说是一种蜕变,而对文学来说,则是加强了控制。"文章对元代初、中、后期各类诗人作家与理学的不同关系和他们的诗文成就进行了讨论,认为越是受理学影响深刻的,成就越低,而取得较大成就的人,或受理学影响较小,或因在特殊时期而突破理学的束缚。由此他认为,元代诗文的成就,前期后期都高于中期。张晶《辽金元诗歌史论》提到,"元代理学对于诗歌的影响不是直接的,而是间接的,折射的,这些理学硕

---

① 王忠阁:《元代科举与诗》,《历史文献研究》第9辑,北京师范大学出版社,1998年版。
② 马积高:《元代诗文发展的道路与理学》,《宋明理学与文学》第六章,湖南师范大学出版社,1989年版。

儒决不在诗中演绎性理,可以肯定地说,元诗没有'堕于理窟'之作。……元代理学家从不把诗作为理的工具,诗就是诗,诗本身就是目的。"①

新世纪元代文学研究在这一命题上有许多重要的理论收获,如查洪德专著《理学背景下的元代文论与诗文》(中华书局2005年版)"对文道离合与文学思潮的变迁、理学'流而为文'的现象、区域学术精神与诗文风貌、元人对文学本体问题的思考、宋元人对理学文弊的批判等问题进行了深入的研究,深刻地揭示了元代理学与文学内在的紧密联系,多有新见"(詹福瑞《序》)。此外,他还发表了《元代理学"流而为文"与理学文学的两相浸润》(《文学评论》2002年第5期)的专题论文,对元代理学与文学的关系进行了更深入的探讨。

3. 题画诗与山水诗研究

元诗一个突出特点是多题画诗、多山水诗。包根弟《元诗研究》第二章《元诗之特色》认为元诗的特点之一是多精工俊逸之题画诗,她按内容将元代题画诗分为六类:直写画中景色或事物者;见画而感慨议论或有所寄托者;是人是物,语意双关者;议论绘画技巧者;因画而说偈者;与画无关,仅叙相赠之意者。从另一角度说,"在数量上以山水题画诗最多,仍因元代山水画最盛之故。所以这类题画诗的风格也最俊逸,手法也最高超,甚且超过真正的山水诗"。其体裁则"以绝句为多,而且都属于清逸俊灵的作品"②。充分肯定元代题画绝句的成就。该章第二部分("多山林田园之隐退思想")、第四部分("多塞外景色及风物之描写")中对山水诗也有所涉及。

---

① 张晶:《辽金元诗歌史论》,吉林教育出版社,1995年版,第298页。
② 包根弟:《元诗研究》,台北幼狮文化事业公司,1978年版,第51—60页。

刘继才《论元代的题画诗》①以一系列数字的比较来说明元代题画诗之多在中国诗史上是突出的,他认为元代大批文人不仕,因而有闲情也有时间从事题画诗的创作,而绘画艺术尤其是文人画的发展为题画诗的写作提供了题材,书法艺术的发展及书法家与诗人、画家的密切结合促进了题画诗的兴盛,题画诗便于托物言志的特点也适应元代诗人的创作需要。他将元代题画诗的特点概括为三多,即:反映隐居生活的多,反映民族意识的多,反映恬淡情趣和自然美的作品多。同时又指出,元代题画诗中也有大量无聊之作。李佩伦《民族艺术的瑰宝——元代题画诗》②对题画山水诗特别是少数民族诗人创作的题画山水诗中的新气象非常关注,赞扬他们以独特的眼光去描山绘水,表达了同为华夏主人的自豪感。文章突出强调了元代题画诗的现实感,认为:

> 元代题画诗,大都具有较强的现实感。无论画题、画旨为何,无论创作方法上有怎样区别,题画诗人,神游于画境之中,一般很难忘却自己立足的现实。哪怕画面完全超然物外,题画人也要借助诗笔,把画境与人境与人的心境沟通起来,进而发人作深深联想。

与之形成鲜明对照的是石麟《历史断层裂变的低谷回音——元人题画诗研究》③,将题画诗的主旋律概括为"悲",认为:"元代诗人所处的是一个特殊的时代。历史断层的裂变、自身价值的跌落、人格理想

---

① 刘继才:《论元代的题画诗》,《辽宁师院学报》1982年第3期。
② 李佩伦:《民族艺术的瑰宝——元代题画诗》,《民族艺林》1988年第2期。
③ 石麟:《历史断层裂变的低谷回音——元人题画诗研究》,《湖北师范学院学报》1993年第2期。

的破碎、传统文学的萎缩,这一切一切,使元代许多诗人共同产生了一种巨大的失落感。"元人题画诗正是这种失落感的回声。吴企明《元人题画诗撷秀》①着眼于题画诗的历史发展,认为自宋徽宗始创画面题诗以后,该风气在南宋并未盛行,到元代才其风大倡。因为元诗多胎息于唐宋诗,在气格风貌、题材内容及写作技巧等方面都很难有所转变,而题画诗体制短小灵活、易写易诵,易于摆脱前人窠臼;与其他诗体相比,绝句更易于表现诗人的性情,所以普遍受到元代诗人和画家的青睐;从诗画艺术的交融看,诗境从画境中托出,诗思与画意结合,风神独具,绝非一般题材的绝句可比拟。

王琳的《元代山水诗述略》②是研究山水诗的专题文章。作者首先谈到元代山水诗题材在地域上的拓展,前代山水诗较少涉及的中亚细亚、塞外草原及云贵高原等地区的自然景色、风俗民情,空前多的出现在当时的山水诗中。伴之以风格的拓展,元代写边塞的山水诗,充满了被奇异风光所陶醉的浪漫精神,突破了怀乡望远的老调,诗中出现的是自我的潇洒形象和边塞民俗的独特风貌。大量的少数民族诗人创作山水诗,使元代山水诗表现出蓬勃的自信。作者把题画山水诗也纳入山水诗的范畴,说:

> 综观元代的题画山水诗,数量多且最能体现这类诗之成就的是那些简短的作品……这类短作缀于图卷上,与画面相映成趣,便于人们加深对诗情画意的理解领悟,若把它从画卷上分离出来,也堪称清远洁秀的山水精品。因其数量众多,无疑是元代山水诗中不容小视的瑰宝。

---

① 吴企明:《元人题画诗撷秀》,《苏州大学学报》1997年第2期。
② 王琳:《元代山水诗述略》,《内蒙古民族师院学报》1997年第2期。

进入21世纪,元代题画诗的研究仍受关注,发表了不少专题论文。王韶华的专著《元代题画诗研究》(中国传媒大学出版社2010年版)系统地探讨了题画诗的界定、内涵及演变,将元代题画诗兴盛原因归结为画家诗心、诗人隐心、元人书艺、书画鉴藏,对诗人、书家、画家、少数民族题画诗分类论述,并总结元代题画诗人的成就及地位。

20世纪90年代以来元诗研究取得了很多成绩,元诗的价值和特点正日益被认识,元诗在中国诗史上的地位也逐渐被肯定。但元诗研究还是很薄弱的,许多问题还需要解决。比如关于作家作品的微观研究不足,所以宏观概括的基础就不够坚实。一些本应纳入元诗研究范畴的作家作品,被研究者人为地排除了。元诗的文献整理做得不够,也影响着研究的深入与扩展等。新世纪以来,众多研究者自觉梳理和总结以往元代文学的研究状况,尤其是20世纪以来的元代文学研究。李修生、查洪德主编之《辽金元文学研究》(《20世纪中国文学研究》之一种)对20世纪元代各体文学的研究进行了系统梳理。温故以知新,通过对以往和当下研究的反思,研究者对21世纪元代文学研究的发展提出了自己的忧虑和思考。杨镰的《元诗研究与新世纪的元代文学研究》[1]和查洪德的《元代文学研究的困境和出路》[2]都将新世纪元代文学的出路放在开拓诗文研究上,在《元代文学史研究再审视》中,查洪德又提出"应祛除遮蔽,在多民族共有文化精神的统摄下,书写完整的、通观性的元代文学史"[3]。邓绍基

---

[1] 杨镰:《元诗研究与新世纪的元代文学研究》,《殷都学刊》2002年第3期。
[2] 查洪德:《元代文学研究的困境和出路》,《民族文学研究》2006年第3期。
[3] 查洪德:《元代文学史研究再审视》,《陕西师范大学学报》2010年第5期。

在《期待金元诗文研究的繁荣》中提到:"一个学术领域的成熟和兴旺发达,应至少有如下三个标志:首先,此领域内文献资料的积累和整理应具有基本的规模;其次,学术论文及论著不断出现,而且出现被学界公认的优秀著作甚至权威著作;再次,出现一批专攻或兼攻此一研究领域的学者,其中还应出现一些被学界公认的优秀学者。"[①]我们期待着元诗研究的繁荣。(查洪德、翟朋撰稿)

---

① 邓绍基:《期待金元诗文研究的繁荣》,《江西师范大学学报》2009 年第 1 期。

第一章　元好问与金诗研究

金代文学与南宋文学并行发展,共同构成了十二至十三世纪中国文学发展的壮丽景观。故吴梅指出:"金自抚有中土以来,投戈息马,稽古右文,绩学之士,后先相望。士大夫之润色鸿猷者,多产于幽并燕赵齐鲁之间,得其山川雄深浑厚之气,习其北方整齐严肃之俗,发为文章,每能华实并茂,风骨遒上,绝胜江南之柔弱。试一读其遗文,当不以予言为河汉也。"[①]金代文学自有独特的价值和风貌。20世纪的金诗研究,较好地揭示了金诗的价值和风貌。而金诗研究,又以元好问为大宗。

第一节　元好问研究

在中国诗歌史上,元好问始终是受关注的重要诗人,所谓"两朝文献一衰翁",他是这一时期最重要的诗人。沈德潜撰《宋金三家诗选》,曾国藩作《十八家诗钞》,都将元氏置于我国古代文学大家之列,著名学者赵翼、翁方纲、潘德舆等也对元氏的杰出成就给予很高的评价。迄至20世纪,随着学术视野的拓展、研究方法的变化、观照

---

① 吴梅:《辽金元文学史》,商务印书馆,1934年版,第28页。是书实由顾巘成代笔。

角度的更新，元好问及金代文学研究，均有长足进展和丰硕的成果。本节从生平思想、诗词艺术、理论特色等方面，对20世纪的元好问研究作一勾勒。

一、元好问生平思想研究

关于元氏生平研究，20世纪以来共发表论文成果有60余篇，仅年谱和传记就有缪钺《元遗山年谱汇纂》[①]，郝树侯、杨国勇《元好问传》[②]，朱东润《元好问传》[③]，刘明浩《腹心欤，寇仇欤：元好问传》[④]，钟屏兰《元好问评传》[⑤]以及狄宝心《元好问年谱新编》[⑥]等。其中以缪钺《元遗山年谱汇纂》最有影响，该书以清翁方纲、凌廷堪、李光庭、施国祁等几家年谱成果相比勘，广征博引，兼采各家之长，详加考订，对元遗山的生平交游、作品系年以及文学思想多所梳理。不足的是由于资料所限，是书亦有一些失误，比如对李光庭之年谱许多合理推断即因证据不足便轻易予以否定等。1990年代以来，又有多篇论文发表，人们似乎比较关注元好问的交游，如降大任的《元好问新论》[⑦]，其《元遗山交游考》《元遗山交往僧道考》《元遗山亲属考》等篇，对元氏所交游人物469人、僧道60人、亲属30人之生平情

[①] 原载《国风》第七卷第三号、第五号，南京钟山书局，1935年版，今收于《元好问全集》附录之中。
[②] 郝树侯勇：《元好问传》，山西人民出版社，1990年版。
[③] 朱东润：《元好问传》，东方出版中心，1999年版。
[④] 刘明浩：《腹心欤，寇仇欤：元好问传》，东方出版社，1999年版。
[⑤] 钟屏兰：《元好问评传》，台北文津出版社，1999年版。
[⑥] 狄宝心：《元好问年谱新编》，中国文联出版社，2000年版。
[⑦] 降大任：《元好问新论》，北岳文艺出版社，1988年版。

况都作了较详细的考证辨析。相近的成果还有狄宝心《元好问与郝氏祖孙的交往和影响》[1]和胡传志《论元好问的跨民族交往》[2]等。

元氏生平研究中的热点问题,亦是难点问题,大致有三,一是天兴二年(1232)正月之所谓"崔立碑"事;二是天兴二年蒙古军围汴京,四月二十二日元好问上书蒙古国中书令耶律楚材事。此时金哀宗尚在,元氏此举,被认为是金未亡时的"境外之交";三是金亡后元氏北觐忽必烈,请其为儒教大宗师事。三件事都涉及到元好问的"气节"问题,历来争议颇多,见仁见智。前辈学者如郭绍虞、朱东润就认为元氏气节有亏,其或文过饰非,或结交蒙古,摧眉折腰,因而对元氏颇有微辞。20世纪80年代以来,一些学者对元氏际遇持同情态度,为其辩枉。20世纪,就此三个问题,发表了大量文章。在以"出处大节"为评价人的根本标准的思维模式下,这些都是极其重要的问题,所以引得不少学者争论不休。随着时间的推移和观念的改变,这些问题,逐渐淡出人们的视野。

值得关注的是,元氏一些传记资料、研究资料的汇编的出版,如《元好问研究资料汇编》(纪念元好问800年诞辰学术研讨会编)、《纪念元好问800年诞辰文集》(刘泽、孙安邦选编)、《元好问资料汇编》(孔凡礼编)[3]等,这些成果也为元氏生平研究的进一步深化提供了很大的方便。

关于元好问思想的探讨,大体上有两种观点,一种认为元氏的思

---

[1] 狄宝心:《元好问与郝氏祖孙的交往和影响》,《忻州师范学院学报》2007年1期。
[2] 胡传志:《论元好问的跨民族交往》,《民族文学研究》2011年第5期。
[3] 孔凡礼编:《元好问资料汇编》,学苑出版社,2008年版。

想以儒家为主导,此方面的代表成果有郝树侯、杨树勇《元好问传》,詹杭伦的《元好问诗文自警发微》[①]等。郝、杨提出儒术是元好问的主导思想,其作品中包含着浓郁的忧国忧民之情。詹认为元氏十分敬仰宋代名臣范仲淹,"正是范仲淹一流名臣奇士的言行气节陶冶了元好问的人格操守,在《兴定庚辰太原贡士南京状元楼题名引》中,他曾明确表达愿以名臣、奇士为法的人生态度。正是这样的人生态度,使他能在金元易代的社会大动荡中,'立心于毁誉失真之后,而无所恤;横身利害相磨之场,而莫之避'"(《写真自赞》)。另一种观点,则强调元氏的隐逸之思。陈长义《壮岁长存归隐志,老年身怀济世情》[②]、李剑柔《论元好问隐逸思想》[③]等文章都持此种观点,他们认为归隐之思是元氏思想的主流,并用较大篇幅详细分析了这种归隐之思发展的历程和产生的原因。狄宝心在《元好问的生平思想与诗词创作》[④]中对上述思想有所整合,他认为"他(元好问)身为拓跋氏后裔,生活在女真、蒙古政权之下,对汉文化的吸收多有抉择。他以儒学为本,向往文治,反对暴政,孔子所提倡的仁人志士的人生价值观是其一生的行动指南,但有些思想超出传统儒学之外",于是他总结说:"遗山于道、释两家也兼收并蓄,有所抑扬。……对道士超脱尘世的高情雅致十分羡慕。……对佛家本于普救众生的教义,劝阻蒙古贵族奴役人民的功绩也予以充分肯定。"反映出学界对元

---

① 詹杭伦:《元好问诗文自警发微》,《晋阳学刊》1996年第2期。
② 陈长义:《壮岁长存归隐志,老年身怀济世情》,《山西大学学报》1996年第3期。
③ 李剑柔:《论元好问隐逸思想》,《忻州师范学院学报》2003年第1期。
④ 狄宝心:《元好问的生平思想与诗词创作》,《忻州师范学院学报》2005年第6期。

氏思想研究的深入。

此方面的成果,还可举狄宝心、任立人《元好问对佛教文化的弘扬兼蓄》[1]、李正民《论元好问的价值观》[2]、《"沧海横流要此身"——论元好问对传统价值体系的冲决与开拓》[3]、刘扬忠《从执着的故国家山之思向宏通的大中华观念提升——元好问文学中"中国"意识和华夏正统观的呈现》[4],以及赵洛《元好问:金朝的忠臣,元朝的功臣》[5]等。

二、元好问诗歌研究

元好问一生著述甚丰。史载金亡后其多有史学著述,如《壬辰杂编》《金源君臣言行录》等,后虽亡佚,但元人修《金史》多赖此编。为保存金一代文献,元氏还编撰了《中州集》十卷附《中州乐府》一卷。至于文学创作,有《遗山集》四十卷。清光绪读书山房重刊本《元遗山先生全集》收诗文四十卷,词、小说(《续夷坚志》)各四卷和年谱三种。1990年,山西人民出版社出版姚奠中主编的《元好问全集》。略作统计,元氏现存诗1380首、词380余阕、文260余篇。

---

[1] 狄宝心、任立人:《元好问对佛教文化的弘扬兼蓄》,《忻州师范学院学报》2000年第4期。
[2] 李正民:《论元好问的价值观》,《江苏大学学报》2007年第4期。
[3] 李正民:《"沧海横流要此身"——论元好问对传统价值体系的冲决与开拓》,《民族文学研究》2007年第4期。
[4] 刘扬忠:《从执着的故国家山之思向宏通的大中华观念提升——元好问文学中"中国"意识和华夏正统观的呈现》,《忻州师范学院学报》2008年第6期。
[5] 赵洛:《元好问:金朝的忠臣,元朝的功臣》,《山西社会主义学院学报》2010年第2期。

关于元好问诗歌研究,20世纪中叶以前,成果很少,论文不足10篇,相关编著只有6部,其中2部还是出于日本学者之手。以夏敬观《元好问诗》[①]最有影响。1949年以后,包括诗歌在内的元好问研究有了大的发展。50—70年代是元好问研究升温期,学界发表论文近50篇,专著7部。研究的重点首先是其"丧乱诗"。论者普遍肯定元氏"丧乱诗"的成就,认为正是这些诗使得元好问成为继杜甫之后又一位写出了"诗史"的诗人。代表成果有陈中凡的《元好问及其丧乱诗》[②],文章第一次提出"丧乱诗"的概念,以此来概括自正大八年(1231)凤翔陷落至汴京沦陷前后,元氏反映时代丧乱、感伤国破家亡的纪乱诗章。指出遗山是"用接近人民的俚语,抒写他们深藏在心底的痛楚",认为他就是"当代人民的歌手"。自此,"丧乱诗"成为元好问诗研究的重点。几乎与陈文同时,郝树侯发表了《金元诗人元好问》[③],该文是其《元好问诗选》[④]的书后总评,他认为元氏反映现实的诗篇,"已足够地把13世纪的我国社会现象鲜明地垂示在我们眼帘之前。假如我们承认杜甫的诗是唐代诗史,那么元好问的诗,也够得着称为金元之际的诗史了。"此期元氏诗研究成果还有程千帆《对于金代作家元好问的一二理解》等。

60—70年代,元好问研究主要集中在诗论上。其诗歌创作研究的成果主要是台湾学界的一些论著,如续琨的《元遗山研究》[⑤]、吴美

---

① 夏敬观:《元好问诗》,商务印书馆1939年发行,为王云五主编《学生国学丛书》之一。
② 陈中凡:《元好问及其丧乱诗》,《文学研究》1958年第1期。
③ 郝树侯:《金元诗人元好问》,《山西师范学院学报》1958年第2期。
④ 郝树侯:《元好问诗选》,人民文学出版社,1959年版。
⑤ 续琨:《元遗山研究》,台北中华书局,1974年版。

玉的《元遗山诗研究》①、李冠礼的《诗人元遗山研究》②、李长生的《元好问研究》③等。其中续著分行谊、史案、学术、文艺、著述等五篇,共24章54节,搜罗宏富,勾稽深细。吴著以文学为本位,从人生观、情感生活、丧乱诗、题画诗等方面探讨了元诗的主要内容,还用很多篇幅梳理了元诗用典、用前人成句、用韵以及平仄等艺术形式特征。

80年代以后,是元好问研究的高峰期,1990年8月成立了中国元好问学会,先后召开了四次学术会议,学术成果急剧增多,发表论文400余篇,出版专著20余部,如詹杭伦的《金代文学思想史》④、周惠泉的《金代文学学发凡》⑤、张晶的《辽金诗史》⑥、贺新辉的《元好问诗词研究》⑦、胡传志的《金代文学研究》⑧、张晶《辽金元诗歌史论》⑨,以及王庆生增订的《金诗纪事》(原陈衍辑)⑩等,都以重要篇幅讨论元好问。此期,"丧乱诗"仍然是研究的重点,学界扩展了"丧乱诗"的内涵,由"丧乱"变为"纪乱",除反映蒙古灭金的丧乱外,还包括揭露金统治腐败和感伤金亡的诗篇。代表成果有陈

---

① 吴美玉:《元遗山诗研究》,台北嘉兴水泥公司文化基金会,1976年版。
② 李冠礼:《诗人元遗山研究》,台北中正书局,1977年版。
③ 李长生:《元好问研究》,台北文史哲出版社,1979年版。
④ 詹杭伦:《金代文学思想史》,成都科技大学出版社,1990年版。
⑤ 周惠泉:《金代文学学发凡》,东北师范大学出版社,1994年版。
⑥ 张晶:《辽金诗史》,东北师范大学出版社,1994年版。
⑦ 贺新辉:《元好问诗词研究》,中国妇女出版社,1990年版。
⑧ 胡传志:《金代文学研究》,安徽大学出版社,2000年版。
⑨ 张晶:《辽金元诗歌史论》,吉林教育出版社,1995年版。
⑩ 陈衍辑,王庆生增订:《金诗纪事》,上海古籍出版社,2003年版。

书龙《论元好问的"丧乱诗"》[1]、赵廷鹏《赋到沧桑句便工——论元遗山的纪乱诗》[2]等，前者将元氏"丧乱诗"分为抗元爱国的沉郁诗、抨击金统治者腐败的悲愤诗、哀叹金朝丧亡的忧伤诗三类。后者则划分为南渡避兵、三为县令、金亡被俘、元初飘游等四个时期，认为"这四个时期的纪乱诗，反映社会的深广度、思想倾向和艺术造诣都有不同，最杰出的是第三时期的作品"。在艺术上，元氏"据以抒情的史，多是能反映军政大事的具有审美价值的稀奇细节，利用典型细节构成具有审美价值的意象，强化诗的艺术性"。此外，张晶《鲜卑诗人元好问的诗歌成就及其北方民族文化基质》[3]则从元好问诗歌与北方民族文化的关系出发提出："遗山诗之所以堪入'大家'之列，一则在于其可歌可泣、震撼人心的悲剧审美效应，二则在于他为诗史提供了新的艺术范本"。

此期，元氏山水诗、题画诗、咏物诗、碑铭诗研究也取得了进展。关于山水诗，有陈书龙《元好问山水景物诗的艺术特征》[4]、姚乃文《试论元好问的山水诗》[5]、苏涵《北中国山水间磅礴的灵魂交响——元好问山水诗论》[6]等论文。其中，姚文以金亡为界，将元氏山水诗

---

[1] 陈书龙：《论元好问的"丧乱诗"》，《中南民族学院学报》1984年第4期。
[2] 赵廷鹏：《赋到沧桑句便工——论元遗山的纪乱诗》，《文学遗产》1986年第6期。
[3] 张晶：《鲜卑诗人元好问的诗歌成就及其北方民族文化基质》，《民族文学研究》1992年第3期。
[4] 陈书龙：《元好问山水景物诗的艺术特征》，《中南民族学院学报》1988年第1期。
[5] 《晋阳学刊》1990年第6期。
[6] 苏涵：《北中国山水间磅礴的灵魂交响——元好问山水诗论》，《运城高专学报》1994年第2期。

分为前后两期,认为后期山水诗多用长篇巨制描写雄壮奇伟的山水,寄寓世事沧桑的感慨,不专于一字一句求工,而是以整篇的布局与气格取胜,这是元氏新开拓的领域,与"丧乱诗"具有同等价值,是遗山诗的两座高峰。关于题画诗等其他诗体,主要成果有门岿《一片伤心画不成——论元好问的题画诗》[1]、贺新辉《试评元好问的题画诗》[2],门岿《论元好问的赠答诗》[3],郭政《元好问饮酒诗散论》[4],王晓枫、王志华《元好问碑铭诗的文学成就》[5],陈长义《试论元好问的乐府诗》[6],王玉声《元好问与他的忻州诗》[7],王基《元好问与开封相关诗略论》[8],吴照明《元好问赠酬七绝的抒情色彩》[9],王辉斌《论元好问与金代的乐府诗》[10]、《元好问的乐府诗创作》[11],詹杭伦《论元好问七言律诗的审美结构》[12],胡传志《天放奇葩角两雄——陆游与元

---

[1] 门岿:《一片伤心画不成——论元好问的题画诗》,《文学遗产》1990年第4期。
[2] 贺新辉:《试评元好问的题画诗》,《山西大学师范学院学报》1994年第2期。
[3] 门岿:《论元好问的赠答诗》,《山西大学师范学院学报》1994年第1期。
[4] 郭政:《元好问饮酒诗散论》,《太原师专学报》1993年第3期。
[5] 见元好问学会编《元好问及辽金文学研究》,中国国际广播出版社,1998年。
[6] 陈长义:《试论元好问的乐府诗》,《四川省教育学院学报》1994年第4期。
[7] 王玉声:《元好问与他的忻州诗》,《春潮》1983年第3期。
[8] 王基:《元好问与开封相关诗略论》,《忻州师专学报》1990年第1期。
[9] 吴照明:《元好问赠酬七绝的抒情色彩》,《安徽科技学院学报》2011年第6期。
[10] 王辉斌:《论元好问与金代的乐府诗》,《贵州师范学院学报》2011年第5期。
[11] 王辉斌:《元好问的乐府诗创作》,《南都学坛》2011年第4期。
[12] 詹杭伦:《论元好问七言律诗的审美结构》,《民族文学研究》2011年第3期。

好问诗歌比较论》①、刘福燕《元好问咏花诗管窥》②，以及李量《试论元好问的理趣诗》③等等。其中《一片伤心画不成——论元好问的题画诗》认为元氏题画诗具有时代风云之气，元氏能从画面上联想到社会动乱、民生疾苦，抒发心底悲愤，成为他现实主义诗作的一个不可分割的部分，具有强烈的时代精神。他这种把原画面作为引爆抒情的导线，用个人情感将画面和社会场景交融一体的创作手法，大大扩展了画面境界的艺术表现，为题画诗如何反映社会人生的重要课题开拓了一条新路。王晓枫、王志华《元好问碑铭诗的文学成就》则认为元氏的碑铭诗突破了碑志文字尚简尚实的局限，具有诗的艺术品格，其中的四言诗、骚体诗填补了元氏诗歌体裁的不足。

  关于元好问诗歌的取径及艺术风格等问题，学界也给予了一定的重视。卢兴基《万古骚人呕肺肝，乾坤清气得来难——从金源诗风看元遗山诗歌艺术》④、《在唐宋诗歌成就面前的元遗山》⑤，狄宝心《元好问对宋诗的批判继承》⑥，陆岩军《乞灵白少傅佳句倘能新——试论元好问对白居易的接受》⑦，以及吴振华《论韩愈对元好

---

① 胡传志：《天放奇葩角两雄——陆游与元好问诗歌比较论》，《北京大学学报》2010 年第 4 期。
② 刘福燕：《元好问咏花诗管窥》，《今日湖北》2007 年第 4 期。
③ 李量：《试论元好问的理趣诗》，《咸阳师范学院学报》2005 年第 1 期。
④ 卢兴基：《万古骚人呕肺肝，乾坤清气得来难——从金源诗风看元遗山诗歌艺术》，《社会科学战线》1990 年第 4 期。
⑤ 卢兴基：《在唐宋诗歌成就面前的元遗山》，《文学遗产》1990 年第 4 期。
⑥ 狄宝心：《元好问对宋诗的批判继承》，《忻州师专学报》1989 年第 2 期。
⑦ 陆岩军：《乞灵白少傅佳句倘能新——试论元好问对白居易的接受》，《重庆邮电大学学报》2007 年第 3 期。

问的影响》①等都作了专门的研究,认为元氏能并蓄唐宋诸家之长而卓有成就,其丧乱诗学杜甫,山水诗学李白,近体诗学晚唐,对宋诗"亦时以苏黄为粉本"。具体艺术手法,既吟咏性情,亦不废才学,恰到好处的用典,使得其诗深邃密致而又饱含思想见识,形成"廉悍沉挚"的风格。

关于元好问诗的成就及其在文学史上地位的研究,金声《论元好问在文学史上的地位》②较有代表性。文章认为:元氏是中国文学史上成就最高的少数民族诗人;是继杜甫之后"诗史"之亚式的现实主义诗人,其他古代诗人一般都没达到这样高的水平;是屈原之后少有的表现了悲壮崇高之美的诗人。门岿《元好问与元代文学》③则进一步提出:元好问不仅是金代文学的领袖,而且还为元代文坛的建设立下了汗马功劳,他不仅通过自己的创作为元代文学树立了典范,还训练出了一批有生力量,带出一代新人,所以,他可以说是元代文坛的第一位领袖。孙望、常国武在《宋代文学史》④一书中,阐释了元好问诗风的成因,认为:"元好问其人天禀本多鲜卑族与汉族相互交融而形成的豪健英杰之气,加上生长于风土完厚、质直尚义的云、朔地区,又亲历了金源亡国、鼎革易代的社会巨变,民族的、地域的、时代的各种因素交互影响,从而赋予他的作品,特别是诗作以慷慨悲壮、沉郁刚健的风格。"李正民的《时代与元好问》⑤也属相类的成果。

---

① 吴振华:《论韩愈对元好问的影响》,《安徽师范大学学报》2007年第5期。
② 见元好问学会编《元好问及辽金文学研究》,中国国际广播出版社,1998年。
③ 门岿:《元好问研究文集》,山西人民出版社,1987年版。
④ 孙望、常国武:《宋代文学史》,人民文学出版社,1996年版。
⑤ 李正民:《时代与元好问》,《太原师专学报》1998年第2期。

三、元好问诗论研究

元好问诗论一直是元好问研究乃至金代文学研究的重点之一。元氏诗论主要集中在《论诗三十首》《论诗三首》《答俊书记学诗》《自题〈中州集〉后五首》《与张仲杰郎中论文》等诗,以及《杜诗学引》《杨叔能小亨集引》《陶然集诗序》等序跋文章及《中州集》内作家小传之中。据统计,20世纪以来,学界共发表元氏诗论研究论文百余篇,另有郭绍虞《元好问〈论诗三十首〉小笺》[1]、刘泽《元好问〈论诗三十首〉集说》[2]、方满锦《元好问〈论诗三十首〉研究》[3]等专门著述。可以说,既有微观研究,也有宏观透视。宏观研究,有李正民《元好问诗论的民族特色》[4]《元好问诗文理论的美学系统》[5],刘怀荣《金元之际文化融合与元好问及其诗论》[6],詹杭伦《元好问的杜诗学》[7],辛刚国《伦理主义的回归与禅宗思维方式的渗透——元好问晚期诗学倾向初探》[8],美国学者威世德《元好问论诗诗研究》[9],胡

---

[1] 郭绍虞:《元好问〈论诗三十首〉小笺》,人民文学出版社,1978年版。
[2] 刘泽:《元好问〈论诗三十首〉集说》,山西人民出版社,1992年版。
[3] 方满锦:《元好问〈论诗三十首〉研究》,台北万卷楼图书股份有限公司,2002年版。
[4] 李正民:《元好问诗论的民族特色》,《文学遗产》1986年第2期。
[5] 李正民:《元好问诗文理论的美学系统》,《民族文学研究》1994年第2期。
[6] 刘怀荣:《金元之际文化融合与元好问及其诗论》,《元好问诞辰800周年纪念文集》,山西人民出版社,1992年版。
[7] 詹杭伦:《元好问的杜诗学》,《元好问诞辰800周年纪念文集》,山西人民出版社,1992年版。
[8] 辛刚国:《伦理主义的回归与禅宗思维方式的渗透——元好问晚期诗学倾向初探》,《忻州师专学报》1990年第1期。
[9] 〔美〕威世德:《元好问论诗诗研究》,德国威士巴登墓碑出版社,1982年版。

传志《元好问诗论的阶段性特征》①，王志清《宗杜论诗：元好问的意义与局限》②，李献芳《元好问的文艺思想与金元之交的文坛》③等。至于微观研究，主要集中在元氏《论诗三十首》上，该组诗中元氏评论了自建安以来千余年的主要诗人、流派和风格，疏凿源流，褒贬清浊，自成体系，因而最受学界关注。

首先，关于《论诗三十首》的写作时间，学界或认为作于青年时期，或认为作于青年时期晚年改定，或认为就是晚年的作品。代表性的学者首推郭绍虞，他的《元遗山论诗绝句》判定为元氏二十八岁时所作④，但后来他又提出：从末首诗句"老来留得诗千首"来看，疑晚年曾有改定⑤。再有，周本淳作《元好问〈论诗绝句〉非青年之作》⑥，认为"老来留得"是"实录"，并非悬揣的口气；其"分明自任疏凿手"也很难说是什么青年诗人的"自信"，特别是"乱后玄都失故基"一诗，分明有亡国之感，这都证明《论诗绝句》作于元氏晚年时期。但刘泽《元好问〈论诗三十首〉系青年时作》⑦、赵廷鹏《元好问〈论诗三十首〉晚年改定说辨证》⑧持反对意见，他们分别对周本淳、郭绍虞的

---

① 胡传志：《元好问诗论的阶段性特征》，《晋阳学刊》1999年第6期。
② 王志清：《宗杜论诗：元好问的意义与局限》，《民族文学研究》2008年第4期。
③ 李献芳：《元好问的文艺思想与金元之交的文坛》，《中国文学研究》2003年第3期。
④ 《文学年报》第2期，1936年5月刊行。
⑤ 郭绍虞：《中国历代文论选》，上海古籍出版社，1979年版。
⑥ 周本淳：《元好问〈论诗绝句〉非青年之作》，《江海学刊》1989年第4期。
⑦ 刘泽：《元好问〈论诗三十首〉系青年时作》，《晋阳学刊》1990年第5期。
⑧ 赵廷鹏：《元好问〈论诗三十首〉晚年改定说辨证》，《忻州师专学报》1990年第1期。

论据给予辩驳,认同为元氏二十八岁时所作的观点。

其次,关于创作动机与目的。郭绍虞认为是元氏"书生技痒","不甚经意之作"①,但更多学者以为是元氏针对当时混乱的诗坛,为拯救当时的诗风而作。比如刘明今《元好问诗论新探》即以金末诗坛的复古风尚以及理论上的混乱为切入点,认为元氏要明辨泾渭以指示师古正途,以诚本论来明确师古精神,用"学至于无学"点出师古方法的诗学现实意义。陈书龙则提出元氏作为金代文人,争正统、承正统、传正统的强烈意识是写作《论诗三十首》的重要原因。而"其诗学理论最根本的是强调思想内容,强调诗歌创作的现实主义精神。这像一根主线贯穿于他的全诗……'真淳'二字是元好问现实主义创作思想的真谛。"②刘禹昌《元好问诗论》③则从辨别正体、伪体的角度阐释了元氏对传统的继承性和创造性,比如对杜甫"别裁伪体亲风雅"这一原则的具体继承和发展。

第三,关于具体作品的解读。主要以第十五首(笔底银河落九天,何曾憔悴饭山前。世间东抹西涂手,枉著书生待鲁连)和二十八首(古雅难将子美亲,精纯全失义山真。论诗宁下涪翁拜,未作江西社里人)争论最多。第十五首讨论的焦点是元氏究竟在论谁,争论早在60年代就开始了,傅庚生认为是在论杜甫④,戴鸿森认为是评

---

① 郭绍虞:《元好问〈论诗三十首〉小笺·后记》,人民文学出版社,1978年版。
② 陈书龙:《评元好问论诗绝句三十首》,《中南民族学院学报》1982年第2期。
③ 刘禹昌:《元好问诗论》,《武汉大学学报》1980年第5期。
④ 傅庚生:《探杜诗之瑰宝,旷百世之知音》,《光明日报》1962年4月15日"文学遗产"410期。

论李白[1]，吴庚舜则认为是针对当时"李杜优劣论"的批评[2]。80年代以后，学界又有新的讨论，如冉友侨《纪念杜甫诞生1270周年感言》[3]认为诗的第二句为并论李杜，第三句是批评时人抑李扬杜或抑杜扬李的倾向，第四句则用曹植《与杨德祖书》中的典故，以"书生"指代"好诋诃文章者"。而第二十八首争论的焦点是对"论诗宁下涪翁拜"的理解。有的学者认为"宁下"是"岂能"，是否定的意思；有的论者以为是"宁可"，是肯定的含义。如李正民《元好问诗论初探》[4]即认为应理解为"宁可"，并从元氏诗学渊源、元黄诗论的共同点等方面加以阐释。相近的看法，还有陈长义《元好问〈论诗三十首〉二解》[5]和刘泽《元好问〈论诗三十首〉辨释三则》[6]等。

至于第二首"曹刘坐啸虎生风"、第三首"风云若恨张华少"二句，也有一些讨论，比如有黄瑞云《"曹刘"是指谁——元好问〈论诗绝句〉商榷》[7]、何三本《元好问〈论诗绝句三十首〉笺证》[8]、陈长义

---

[1] 戴鸿森：《读者来信》，《光明日报》1962年9月23日"文学遗产"433期。

[2] 吴庚舜：《略论元好问三诗论》，《光明日报》1964年7月19日"文学遗产"470期。

[3] 冉友侨：《纪念杜甫诞生1270周年感言》，《四川师范学院学报》1982年第2期。

[4] 李正民：《元好问诗论初探》，《西南师范学院学报》1981年第4期。

[5] 陈长义：《元好问〈论诗三十首〉二解》，《文艺理论研究》1984年第4期。

[6] 刘泽：《元好问〈论诗三十首〉辨释三则》，《文史研究》1990年第3期。

[7] 黄瑞云：《"曹刘"是指谁——元好问〈论诗绝句〉商榷》，《语文月刊》1986年第1期。

[8] 何三本：《元好问〈论诗绝句三十首〉笺证》，《中华文化复兴月刊》第七卷3、4、5、6。

《元好问〈论诗三十首〉之三、四新解》[1]、方满锦《元好问论曹刘之新探》[2]与《元好问〈论诗三十首〉的师承探析》[3],以及邝健行《元好问"排比铺张"论诗绝句审读补议》[4]等。新世纪以来,有的学者还采用比较的视角来研究《论诗三十首》,如狄宝心《元好问与严羽弃宋宗唐诗学比较》[5]、胡传志《元好问与戴复古论诗绝句比较论》[6]、刘福燕《元好问、严羽唐诗持论考察》[7]等。《论诗三十首》之外,由于元氏《杨叔能小亨集小引》明确提出了"以诚为本"的观点,与《论诗三十首》相互表里,也受到学界的重视,如朱良志《试论元好问的"以诚为本"说》[8]、狄宝心《元好问"以诚为本"说的出发点和归宿》[9]等。

当然,关于元氏诗学理论的研究成果还有很多,像程亚林《〈答俊书记学诗〉钱说献疑——兼论元好问诗禅观》[10],门岿《论元好问的

---

[1] 陈长义:《元好问〈论诗三十首〉之三、四新解》,《忻州师专学报》1990年第1期。

[2] 方满锦:《元好问论曹刘之新探》,《中国辽金文学学会第五届年会暨学术研讨会论文集》,2009年9月。

[3] 方满锦:《元好问〈论诗三十首〉的师承探析》,《忻州师范学院学报》2011年第1期。

[4] 邝健行:《元好问"排比铺张"论诗绝句审读补议》,《忻州师范学院学报》2011年第1期。

[5] 狄宝心:《元好问与严羽弃宋宗唐诗学比较》,《江苏大学学报》2010年第3期。

[6] 胡传志:《元好问与戴复古论诗绝句比较论》,《文学遗产》2012年第4期。

[7] 刘福燕:《元好问、严羽唐诗持论考察》,《西北农林科技大学学报》2009年第5期。

[8] 朱良志:《试论元好问的"以诚为本"说》,《安徽师范大学学报》1984年第4期。

[9] 狄宝心:《元好问"以诚为本"说的出发点和归宿》,《民族文学研究》2001年第2期。

[10] 程亚林:《〈答俊书记学诗〉钱说献疑——兼论元好问诗禅观》,《武汉大学学报》1989年第6期。

文学批评体系》[1],卢兴基《近古诗歌的精神与元好问》[2],杨松年《论元好问评苏轼诗》[3],查洪德《借鉴中求超越:在唐宋诗之外求出路——元好问关于诗歌发展之路的思考》[4],李孬《聚讼纷纭说"女郎"——元好问"女郎诗"说及其辩驳的重新审视》[5],裴兴荣《从〈中州集〉作家小传看元好问的诗学思想》[6],孙达《金末中州区域的文学地理论——以元好问唐诗学探索中的行迹为线索》[7],刘淮南《元好问〈论诗三十首〉中评苏诗的问题》[8],张立荣、彭新元《元好问〈唐诗鼓吹〉的诗学思想》[9]等都是此方面的成果,因篇幅所限,恕不赘述。

四、元好问词研究

与其他领域相比,遗山词的研究相对薄弱,主要的成果胪列如

---

[1] 见元好问学会编《元好问及辽金文学研究》,中国国际广播出版社,1998年版。

[2] 卢兴基:《近古诗歌的精神与元好问》,《文学遗产》1999年第3期。

[3] 杨松年:《论元好问评苏轼诗》,《苏州大学学报》2001年第2期。

[4] 查洪德:《借鉴中求超越:在唐宋诗之外求出路——元好问关于诗歌发展之路的思考》,《杭州师范大学学报》2009年第6期。

[5] 李孬:《聚讼纷纭说"女郎"——元好问"女郎诗"说及其辩驳的重新审视》,《安康学院学报》2012年第3期。

[6] 裴兴荣:《从〈中州集〉作家小传看元好问的诗学思想》,《江苏大学学报》2012年第1期。

[7] 孙达:《金末中州区域的文学地理论——以元好问唐诗学探索中的行迹为线索》,《洛阳师范学院学报》2012年第4期。

[8] 刘淮南:《元好问〈论诗三十首〉中评苏诗的问题》,《文艺理论研究》2012年第2期。

[9] 张立荣、彭新元:《元好问〈唐诗鼓吹〉的诗学思想》,《江西师范大学学报》2006年第6期。

下:赵兴勤、王广超《元好问词艺术初探》[①],赵慧文《元遗山词概论》[②],赵兴勤《论元好问词创作的三个阶段》[③],张晶《论遗山词》[④],王兆鹏、刘尊明《风云豪气,慷慨高歌——简说金词》[⑤],赵维江《效体·辨体·破体——论元好问的词体革新》[⑥]《论元好问以传奇为词现象》[⑦]《论金元北宗词学的理论建构》[⑧],刘扬忠《元好问对辛弃疾其人其词的接受和学习》[⑨],颜庆余《元好问与词序的进化》[⑩],王昊《雅正与尊情:元好问词学思想的内在张力及其意蕴》[⑪],邓昭祺《元好问词味说初探》[⑫],胡传志《稼轩词的北归及其走向——兼论元好问在其中的作用》[⑬],以及赵永源的一些论文等。关于遗山词的创作

[①] 赵兴勤、王广超:《元好问词艺术初探》,《徐州师院学报》1983年第1期。
[②] 赵慧文:《元遗山词概论》,《晋阳学刊》1990年第5期。
[③] 赵兴勤:《论元好问词创作的三个阶段》,《徐州师院学报》1991年第3期。
[④] 张晶:《论遗山词》,《文学遗产》1996年第3期。
[⑤] 王兆鹏、刘尊明:《风云豪气,慷慨高歌——简说金词》,《古典文学知识》1997年第5期。
[⑥] 赵维江:《效体·辨体·破体——论元好问的词体革新》,《文艺研究》2012年第1期。
[⑦] 赵维江、夏令伟:《论元好问以传奇为词现象》,《文学遗产》2011年第2期。
[⑧] 赵维江:《论金元北宗词学的理论建构》,《文艺理论研究》2010年第4期。
[⑨] 刘扬忠:《元好问对辛弃疾其人其词的接受和学习》,《忻州师范学院学报》2012年第3期。
[⑩] 颜庆余:《元好问与词序的进化》,《兰州学刊》2009年第4期。
[⑪] 王昊:《雅正与尊情:元好问词学思想的内在张力及其意蕴》,《社会科学战线》2009年第9期。
[⑫] 邓昭祺:《元好问词味说初探》,《忻州师范学院学报》2007年第4期。
[⑬] 胡传志:《稼轩词的北归及其走向——兼论元好问在其中的作用》,《安徽师范大学学报》2007年第5期。

道路,赵兴勤认为,元好问词创作的第一阶段是泰和五年(1205)到元光二年(1223),此期词人对国家振兴充满乐观信心,坚信收复失地指日可待,作品以劲词壮语,吐豪情壮志抒磊落情怀,有雄健浑朴之气,风格豪健、疏快。正大元年(1224)至正大八年(1231)"赴召史馆"之后为遗山词的第二阶段,题材上多写广阔的社会生活,以旷达之言来掩饰其悲慨之怀。词中狂欢与深痛、旷达与幽愤、豪迈与酸辛相互交织,显出词人对国家、对人生充沛而丰富的情感。第三阶段是天兴元年(1232)至蒙古宪宗七年(1257),金源亡国,蒙元新朝建立,于是黍离麦秀之感、坎坷遭际之叹,成为遗山此期创作的主题,词风转向沉郁顿挫,蕴藉多致。赵慧文则将元氏词分为咏怀词、言情词、咏物词、山水词、农村词以及寄赠词等类别,并以此类别归纳遗山词风格特征,认为其咏怀词多与驰骋疆场、雪耻杀敌、国运危殆相关;其言情词表达了词家忠贞不渝的爱情观,真挚深沉,有时他还以爱情来隐喻家国身世之感怀;其咏物词以曲笔抒怀,托物言志;山水词多状写北国雄伟壮丽的风物,从中可窥见词人崇高的主体精神;农村词既写恬静优美的农村风光,也表现农家之苦,反映了阶级压迫下民生之艰;此外,寄赠词则以寄赠激励友人、抒写抱负。最后作者指出:"元词反映了金末广阔的社会生活,内容之丰富、深刻,词境之扩大,不愧为金词之冠"。在前贤研究的基础上,张晶、赵维江等人站在词学史的高度,对遗山词进行辨析,指出其词熔豪健与婉约为一炉,既有北国雄风、又不乏蕴藉深沉,既柔婉之至又沉雄之至,从而肯定元氏为金源词人之冠的地位。特别是赵维江提出"北宗词"的概念和理论,其中元氏正是"北宗词"的代表人物,这些观点都符合遗山词的实际,是遗山词研究的重要成果。

第二节　金诗文献整理与金诗整体研究

由于传统士人以汉族为中心的"华夷之辨"等"正统"观念，以及在此观念引领下的以汉族汉语文学创作为主导的文学史观的影响，金诗自诞生以来的漫长历史时期里，并未得到应有的重视。清人黄廷鉴即指出："金之立国，元既相仇，明人又视同秦越，其文一任散佚"（《金文最·序》）。迨至清朝建立，由于清统治者与女真族同属一脉，出于民族的认同感等原因，故有清一代对金源文学多所关注，注重整理金源文献，先后有《金文雅》（庄仲方编）、《金文最》（张金吾编）、《全金诗》（郭元釪编）之编辑，且在辑录金人遗作的同时，还发表了一些有见地、有价值的看法，或勾勒金代文学的大致轮廓，或综论金代文坛的总体成就，或评说金源诗人的生平创作，这些议论有的至今仍有借鉴意义。但对金诗的系统研究成果，则到20世纪才出现。

20世纪30年代以前，当时民族意识高涨，反清排满思想流行，甚至有些人将南宋同金的关系比附成中国与日本的关系，金代文学研究仍处于低谷。30年代以后，局面有所改变，出现了苏雪林《辽金元文学》[1]、吴梅（实由顾巍成代笔）《辽金元文学史》[2]等成果。苏著共七章，其中第二章为"金之初中叶作家"、第三章为"金之末叶作家"。其参照《金史·文艺传》等典籍，按三个时期分别介绍了30余位金代作家。吴著比苏著篇幅有所增益，其将金文学分为文家、诗

---

[1]　苏雪林：《辽金元文学》，商务印书馆，1934年版。
[2]　吴梅：《辽金元文学史》，商务印书馆，1934年版。

家、词家、曲家四个部分,在谈到诗歌时,他指出:"金元诗人专集之传于世者甚少,迄今尚能窥其渊源者,实赖元好问之《中州集》及其清代御定之《全金诗》。余尝取二书而博观之,知其一代诗人,皆从北宋欧苏入手,以进窥乎三唐,其高者出入陶、谢,以写其自然之真趣,要与宋之江西、四灵、江湖各派,如泾渭之各别。其所以能如此者,盖其所处皆中原文献之邦,趋向独真,不为浮靡之习所移。故其所作,沉郁简淡,奇崛巧缛,各能自成一家,以振其风气。取而陈之,亦足见一代风骚之所尚也。"可以说,二书都在一定程度上梳理了金诗的创作情形及其特征。

此外,郑振铎问世于 1932 年的《插图本中国文学史》①专设《辽金文学》一章,其稍后的《中国俗文学史》②也设立"宋金的'杂剧词'"和"鼓子词和诸宫调"来关注金代文学。四十年代,钱基博出版《中国文学史》③,在第五编《南宋》一章专设"金党怀英、赵秉文、王若虚、元好问"一节。稍后,钱锺书作《谈艺录》,用《施北研遗山诗注》《遗山论江西派》《金诗与江西派》等章节来讨论金诗。此期,论文成果主要是许文玉的《金源的文囿》④,文章将金代文学划分为开国至海陵朝、大定明昌至贞祐南渡、南渡以后至国亡三个时期,并重点介绍了王寂、王若虚、元好问等几位代表诗人。文章还认为由于金熙宗以后诸位国君雅好吟咏,倡扬文学,乃是金代文学发展的重要条件;同时指出金朝系"新开辟的国家,那时候是中国北方完全沦陷在

---

① 郑振铎:《插图本中国文学史》,北平朴社,1932 年版。
② 郑振铎:《中国俗文学史》,商务印书馆,1938 年版。
③ 钱基博:《中国文学史》,湖南蓝田新中国书局,1943 年版。
④ 许文玉:《金源的文囿》,《小说月刊》十七卷号外"中国文学研究"专号,1927 年 6 月。

异族统治之下,自然会有一种新民族的文学产生"。将文学与时代、民族文化的背景联系起来的研究,见出作者的学术眼光。

新中国成立以后,由于政治原因,有关金代诗歌的研究依然沉寂,从50年代到70年代的三十年间,除了个别金代诗人如元好问、王若虚等有人关注以外,其他研究几乎空白。值得一提的成果有章荑荪《辽金元诗选》①,该书收录了金代诗人39人之151首诗,这是第一部将辽金元三朝诗合编一集的选本。60年代,中国科学院文学研究所与游国恩、王起、萧涤非、季镇淮、费振刚等分别编写了两部《中国文学史》,二书都以一定的篇幅探讨了金代文学,虽然很简略,但在当时也属值得重视的成果。同时,在基本文献方面,中华书局上海编辑所先后出版了《中州集》《河汾诸老诗集》标点排印本。台湾学界也出版了张健《宋金四家文学批评研究》②、林明德《金代文学批评资料汇编》③等著述。

80年代以后,包括金诗在内的金代文学研究进入了活跃期,研究方法、视角、观念等日趋多元,学术阵容明显壮大,学术成果大幅增加。兹从以下方面作一梳理。

一、金诗文献整理

关于金诗文献的情况,周惠泉的《金代文学保存整理概观》(一)、(二)、(三)④作了梳理,对其中16种古代著作的内容特点、建

---

① 章荑荪:《辽金元诗选》,古典文学出版社,1958年版。
② 张健:《宋金四家文学批评研究》,台北经联事业出版公司,1975年版。
③ 林明德:《金代文学批评资料汇编》,台北成文出版社,1979年版。
④ 《社会科学辑刊》1992年第6期、1993年第1期、1994年第1期。

树得失、版本源流等都做了考证和评价。此期的金诗整理成果,有薛瑞兆、郭明志重编的《全金诗》①。是书从宋元诸家别集、总集、史书、方志、类书、道藏、诗话、笔记、金石碑刻、书画题跋及考古资料中爬梳辑佚,共辑出534位诗人12066首诗,数量超过清编《全金诗》的两倍。同时,是书还考订诗人生平,撰写小传,而小传材料详实丰赡,是对《中州集》的超越。之后,山西古籍出版社还出版了相近的成果《全辽金诗》②。之前,唐圭璋还整理出版了金词文献《全金元词》③。是书分上下两册,上册为金词,下册为元词,金词部分收70人3572首。该书是目前搜集最为完备的金元词总集,为研究金词的创作情况和发展历史提供了丰富的史料。1992年,刘达科校注的《河汾诸老诗集》由山西古籍出版社出版。该书以清代曹刻敬翼堂本为底本,参校其他诸本,对其中人名、地名多加注释,具有一定的学术价值。

在金诗别集方面,早在新中国成立前,金毓黻搜集、整理了王庭筠的《黄华集》④。是书八卷,卷首为金氏所作之叙目,卷一为文6篇;卷二为诗44首及残句4则;卷三为词13首,卷四为王氏家集,是其父兄子侄之作,收有王遵古、王万庆等人的诗文8篇;卷五为纪事,汇集王氏及祖、父等人传记资料;卷六为题识,集录诸家题咏;卷七为杂记,为随笔所纪若干则;卷八为金氏所作王庭筠年谱。书后附有引用书目。2014年,黑龙江大学出版社出版了马振君整理的《赵秉文集》。金诗别集整理,最好的还数元好问集,1990年姚奠中主编的校

---

① 薛瑞兆、郭明志编:《全金诗》,南开大学出版社,1995年版。
② 阎凤梧、康金生主编:《全辽金诗》,山西古籍出版社,1999年版。
③ 中华书局,1979年首版,2000年修订重印。
④ 辽沈书社,1985年版,《辽海丛书》第三册。

点本《元好问全集》①出版。元氏研究情况前文已论，此不赘述。

总的来说，金诗文献整理取得了一定的成就。但必须看到，相对于其他朝代的诗歌文献，金诗文献还有大量的工作要做，比如元好问的《中州集》，迄今尚未有完善的校注本。其他诗人像蔡松年的《明秀集》、王寂的《拙轩集》、王庭筠的《黄华集》、"二段"的《二妙集》均没有排印、点校本出版。金诗人别集的点校、笺注、译释工作有待研究者的投入。

二、金诗整体研究

首先是关于金诗性质的讨论。主要有两派观点，其中一派认为包括金诗在内的金源文学是北宋文学的附庸，比如吴梅在《辽金元文学史》②中即提出，辽金文化的成熟是"逐渐舍弃其旧俗，而服从我中夏之文教"的结果，钱基博《中国文学史》则说："金无文学，以宋之文学为文学。"郭绍虞《中国文学批评史》③也持相近观点。乃至80年代以后，仍有人持相同或相近的观点，如范宁《金代的诗歌创作》④即称金诗的思想和艺术是"赵宋王朝文学的延续，只是在特殊的情况下略有变化而已"。另一派观点是强调金诗以及金文学的独立地位。如许文玉《金源的文囿》指出金朝"会有一种新民族的文学产生"。顾易生等《宋金元文学批评史》⑤说金代文学"虽上承北宋，然

---

① 山西人民出版社，1990年首版，2004年山西古籍出版社出版李正民增订版。
② 吴梅：《辽金元文学史》，商务印书馆，1934年版。
③ 郭绍虞：《中国文学批评史》，新文艺出版社，1955年版。
④ 范宁：《金代的诗歌创作》，《文学遗产》1982年第4期。
⑤ 顾易生等著：《宋金元文学批评史》，上海古籍出版社，1996年版。

不受北宋的局限；与南宋相比，更有其独特的发展道路"。周惠泉则进一步指出："植根于各民族文化接合部特殊人文地理环境之上的金代文学，在汉文化与北方民族文化的双向交流、优势互补中，则以质实贞刚的审美风范彪炳于世，为中国文学北雄南秀、异轨同奔的历史走向增加了驱动力，促进了中华文化从多元发展为一元的进程。"①

其次，关于金诗特征的探讨。随着对金文学性质的讨论的日益深化，学界对金诗特征的研究也不断深入，认为金代文学是中国古代文学史的一个环节，其同在中华文化的大环境之中，因而它有历代文学具有的共性，同时它又是女真族统治下的北中国文学，有自己的独特性。比如詹杭伦在《金代文学思想史》中认为金代文学具有雄健的风格，但并非十分成熟，仍属发展中的文学，其"以借才异代始，以流落异代终；以追求中州文派始，以总结中州文派终；以保持华实相扶、骨力遒上为特点，也不免生硬粗率、苦少蕴藉的弊病"。胡传志《金源文学特征论》认为金代文学有四个特征，一是金源文学向北拓展了中国文学的地域范围；二是少数民族文人的崛起为文学注入了新鲜血液；三是金末大量豪杰式文人振起末代文学，体现出中国文学发展的多样性；四是南北政权对立赋予金朝文学诸多个性。相类观点还见于一些对金词的研究中，如唐景凯《金元明词派》②、方智范《金元词论：批评的两个走向》③、张晶《乾坤清气得来难——试论金

---

① 周惠泉：《金代文学学发凡》，东北师范大学出版社，1994年版。
② 唐景凯：《金元明词派》，《语文月刊》1986年第5期。
③ 方智范：《金元词论：批评的两个走向》，《华东师范大学学报》1992年第5期。

词的发展与词史价值》①等。

再次，关于金诗分期的研究。学界主要有"三分说""四分说""五分说"等不同意见。"三分说"是很多学者所主张的，如吴梅、郑振铎、游国恩、金启华、周惠泉、王兆鹏等人都将金诗或金代文学分为初、中、晚三个时期。而张晶的观点与"三分法"不同，在《辽金诗史》②中他结合金诗发展内在逻辑，将金亡前后元好问及其他遗民诗人的创作视为"升华期"，这样就在通行的"三分法"的基础上，分出第四个时期来。詹杭伦《金代文学思想史》和《金代文学史》③则将金代文学的发展分为五个时期，即准备时期（1114—1160）、发展时期（1161—1189）、兴盛与转折时期（1190—1208）、金末文学复兴时期（1209—1233）、金亡后金代文学的总结时期（1234—1271）。詹氏把金代文化背景、士人心态与文学创作、文学思想结合起来观照，归纳了每一时段的内涵和特征，并在此基础上对一些问题作了理论的梳理。

第四，关于金诗的艺术成就和历史地位的研究。主要的成果，著作有张晶《辽金诗史》和《辽金元诗歌史论》④，周惠泉《金代文学学发凡》⑤，《金代文学论》，以及由周氏主持编写的《辽金元文学史话》⑥，阎凤梧和刘达科《河汾诸老研究》等。论文主要有张晶的《金

---

① 张晶：《乾坤清气得来难——试论金词的发展与词史价值》，《学术月刊》1996年第5期。
② 张晶：《辽金诗史》，东北师范大学出版社，1994年版。
③ 詹杭伦：《金代文学史》，台北贯雅出版公司，1993年版。
④ 张晶：《辽金元诗歌史论》，吉林教育出版社，1995年版。
⑤ 周惠泉：《金代文学学发凡》，东北师范大学出版社，1994年版。
⑥ 周惠泉主编：《辽金元文学史话》，吉林人民出版社，1998年版，为《中国文学史话丛书》之一。

代诗歌发展的独特轨迹》①《金诗的北方文化特质及其发展轨迹》②《论金诗的历史进程》③和《论金诗的"国朝文派"》④，黄瑞云的《金诗概观》⑤，姜剑云、王岩俊《金源后期怪奇诗派引论》⑥等。关于金代诗歌的学术成就，周惠泉《金代文学论》⑦指出：金诗在前期接受了北宋诗歌的一些影响，但是由于北人具有刚健粗犷的气质，因而往往呈现出朴直而遒劲的风格；中期以后，特别是贞祐南渡以后，则"以唐人为指归"，对于纠正宋诗末流之弊起了一定作用，开元明两代诗风转变、弃宋学唐的先河。金词在北宋词的基础上有所发展和创造，对于豪放派和婉约派的词风都有所继承，而且出现了使之并流合一的趋势。同时，周氏还首次提出了"金代文学学"的理论概念，初步构建了金代文学研究的学科框架。

　　第五，关于女真等民族的诗词创作研究。金朝是一个多民族的国家，其统治区域内居住着女真、契丹、渤海、奚等少数民族，而作为统治民族的女真族，及其政治盟友的渤海族，由于其全面地接受了汉文化，才有金源文学"自树立唐、宋之间"的兴旺景象。故女真等民族作家的汉语诗词创作也是学界关注的重点之一。研究女真文学的成果，有金启孮《论金代的女真文学》⑧、李成《略论女真文学的民族

---

① 张晶：《金代诗歌发展的独特轨迹》，《辽宁师范大学学报》1987年第2期。
② 张晶：《金诗的北方文化特质及其发展轨迹》，《江海学刊》1991年第2期。
③ 张晶：《论金诗的历史进程》，《文学评论》1993年第3期。
④ 张晶：《论金诗的"国朝文派"》，《文学遗产》1994年第5期。
⑤ 黄瑞云：《金诗概观》，《湖北师范学院学报》1993年第1期。
⑥ 姜剑云、王岩俊：《金源后期怪奇诗派引论》，《山西大学学报》1997年第4期。
⑦ 周惠泉：《金代文学论》，东北师范大学出版社，1997年版。
⑧ 金启孮：《论金代的女真文学》，《内蒙古大学学报》1984年第4期。

文化特征及对中国文学的贡献》[1]、张晶《文化变异中的金代女真诗人创作》[2]、赵庆显《女真族文学发展轨迹概说》[3]。新世纪的论文则有周延良《金源完颜璟文行诗词考评》[4]、刘崇德和于东新《论金代完颜皇族词——以胡汉文化融合进程为中心》[5]、于东新《关于女真"本曲"文学史意义之考察》[6]、李玉君《论金朝皇族的文学艺术成就及其成因》[7]等。其中金启孮文是80年代以来第一篇专论女真文学的论文。文章将女真文学划分为口头文学和书面文学两大类。认为十一世纪前的萨满"巫歌"为其口头文学的滥觞,到十二世纪中期以后发展为"自度歌",然后再发展为"本曲",最后缓慢地衰落下去。书面文学是指以女真文字书写的作品,但它始终没有发展起来,原因是当世宗大力提倡女真文化时,女真文字还不具备文学创作的条件。所以女真人用汉语创作的作品应被看成是女真文学。对于女真文学及其与金代文学的关系的研究,新世纪以来,周惠泉推出了一系列成

---

[1] 李成:《略论女真文学的民族文化特征及对中国文学的贡献》,《齐齐哈尔师范学院学报》1994年第2期。

[2] 张晶:《文化变异中的金代女真诗人创作》,《元好问及辽金文学研究》,中国国际广播出版社,1998年版。

[3] 赵庆显:《女真族文学发展轨迹概说》,《辽宁广播电视大学学报》1998年第1期。

[4] 周延良:《金源完颜璟文行诗词考评》,《民族文学研究》2004年第2期。

[5] 刘崇德、于东新:《论金代完颜皇族词——以胡汉文化融合进程为中心》,《河北大学学报》2010年第1期。

[6] 于东新:《关于女真"本曲"文学史意义之考察》,《民族文学研究》2010年第1期。

[7] 李玉君:《论金朝皇族的文学艺术成就及其成因》,《大连大学学报》2010年第2期。

果,如《论金代女真族口传长篇叙事文学的发现在文学史上的意义》[①]、《论满族说部》[②]、《说部渊源的历史追寻与金代文学的深入研究》[③]、《金代文学与女真族文学历史发展新探》[④]、《满族说部的历史渊源与传承保护》[⑤],以及《论金代多元一体的各民族文学(上)》、《论金代多元一体的各民族文学(下)》[⑥]等。至于契丹、渤海等民族文学研究,也有一些成果问世,如米治国《辽圣宗耶律隆绪能诗新证》[⑦]、刘达科《金元耶律氏文学世家探论》[⑧]、周惠泉《论辽代的契丹文文学》[⑨]、白显鹏和于东新《论金代契丹族耶律履父子词》[⑩]、吴奕璇《契丹文学与辽文化的关系》[⑪]、马赫《略论金代辽东诗人王庭筠》[⑫]、张

[①] 周惠泉:《论金代女真族口传长篇叙事文学的发现在文学史上的意义》,《江苏大学学报》2009年第1期。

[②] 周惠泉:《论满族说部》,《民族文学研究》2009年第1期。

[③] 周惠泉:《说部渊源的历史追寻与金代文学的深入研究》,《文学评论》2008年第2期。

[④] 周惠泉:《金代文学与女真族文学历史发展新探》,《江苏大学学报》2008年第2期。

[⑤] 周惠泉:《满族说部的历史渊源与传承保护》,《古典文学知识》2008年第5期。

[⑥] 周惠泉:《论金代多元一体的各民族文学(上)》、《论金代多元一体的各民族文学(下)》,《吉林师范大学学报》2006年第2—3期。

[⑦] 米治国:《辽圣宗耶律隆绪能诗新证》,《社会科学战线》1989年第4期。

[⑧] 刘达科:《金元耶律氏文学世家探论》,《民族文学研究》2003年第2期。

[⑨] 周惠泉:《论辽代的契丹文文学》,《江苏大学学报》2006年第2期。

[⑩] 白显鹏、于东新:《论金代契丹族耶律履父子词》,《黑龙江民族丛刊》2010年第5期。

[⑪] 吴奕璇:《契丹文学与辽文化的关系》,《沈阳师范大学学报》2010年第4期。

[⑫] 马赫:《略论金代辽东诗人王庭筠》,《社会科学辑刊》1987年第5期。

晶《论金代诗人王庭筠的诗歌创作》[1]、都兴智《王庭筠的文学艺术成就及其影响》[2]、于东新《论金代渤海族词人王庭筠——兼论民族融合语境下词人的艺术取向》[3]等。

三、金代其他诗人研究

除元好问以外，金代其他诗人的研究也取得了一些进展。早在20世纪三四十年代，许文玉《金源的文圃》以王寂、王若虚、元好问为考察对象；毛汶作《宇文虚中年谱》[4]；金毓黻撰《王庭筠年谱》《黄华山主王庭筠传》[5]；钱基博《中国文学史》讨论了党怀英、赵秉文、王若虚、元好问等诗人的成就等。

80年代以后，金代诗人个案研究全面展开，主要成果如《中国大百科全书·中国文学卷》[6]为21位金代作家建立词条，对他们的生平创作及成就给予了梳理；詹杭伦《金代文学思想史》和《金代文学史》、张晶《辽金诗史》和《辽金元诗歌史论》、胡传志《金代文学研究》，以及周惠泉的《金代三文学家评传》[7]《金代文学家评传》

---

[1] 张晶：《论金代诗人王庭筠的诗歌创作》，《辽金文学论稿》，北京广播学院出版社，2004年版。
[2] 都兴智：《王庭筠的文学艺术成就及其影响》，《辽宁师范大学学报》1997年第1期。
[3] 于东新：《论金代渤海族词人王庭筠——兼论民族融合语境下词人的艺术取向》，《黑龙江民族丛刊》2011年第5期。
[4] 毛汶作：《宇文虚中年谱》，《国学论衡》第2、3期，1933年12月—1964年6月。
[5] 金毓黻撰：《王庭筠年谱》《黄华山主王庭筠传》，《黄华集》，辽沈书社，1985年版，《辽海丛书》第三册。
[6] 中国大百科全书出版社，1986年版。
[7] 周惠泉：《金代三文学家评传》，《山西师范大学学报》1993年第2期。

(一、二)①等论文,都较详细地考订、论述了金源一些重要诗人的创作。可以说,研究者既有对汉族诗家的批评,也有对少数民族文人的探讨,既有文学创作的观照,也有生平事迹的考证,如归纳一下,三十多年来,学界主要关注的金源诗人有宇文虚中、吴激、蔡松年、施宜生、马定国、完颜亮、王寂、王重阳、丘处机、党怀英、王庭筠、周昂、赵秉文、李纯甫、杨云翼、完颜璹、王若虚、刘祁、李俊民、李汾等,几乎囊括了金源诗坛不同时期的重要人物。如胪列其中的成果,大体是:周惠泉《王若虚生卒年辨证》《金代文学家王寂生平仕历考》②《金代文学家李纯甫生卒年考辨》《宇文虚中及其文学成就论略》③,马赫《王庭筠生年及其〈大江东去〉词的写作年代》④,刘浦江《书〈金史·施宜生〉后》⑤,张晶《从李纯甫的诗学倾向看金代后期诗坛论争的性质》⑥,张博泉《赵秉文及其思想》⑦,吴庚舜《金代边塞诗人周昂》⑧,周延良《完颜璹的文化翰藻与词旨归趣》⑨,胡传志《论金初词家蔡松年》⑩,刘锋焘《论"吴蔡体"》⑪等。此外,对于金末遗民诗人的研究

---

① 分别见于《山西大学学报》1993第2期、1994年第1期。
② 分别见于《文学遗产》1986年第1期、第6期。
③ 分别见于《社会科学战线》1984年第3期、1987年第3期。
④ 马赫:《王庭筠生年及其〈大江东去〉词的写作年代》,《文史》二十八辑。
⑤ 刘浦江:《书〈金史·施宜生〉后》,《文史》三十五辑。
⑥ 张晶:《从李纯甫的诗学倾向看金代后期诗坛论争的性质》,《文学遗产》1990年第2期。
⑦ 张博泉:《赵秉文及其思想》,《学习与探索》1985年第3期。
⑧ 吴庚舜:《金代边塞诗人周昂》,《光明日报》1984年5月22日。
⑨ 周延良:《完颜璹的文化翰藻与词旨归趣》,《民族文学研究》2000年第4期。
⑩ 胡传志:《论金初词家蔡松年》,《社会科学战线》1996年第6期。
⑪ 刘锋焘:《论"吴蔡体"》,《北京大学学报》2007年第3期。

也有收获,如阎凤梧、刘达科的专著《河汾诸老研究》,索宝祥的论文《河汾诸老综论》《二段"双飞"(同登第)与二妙之誉不同时》《河汾诸老合谱》①,以及台湾范长华的论文《试探亡金遗民段氏兄弟词》②等。

进入新世纪,金诗研究成果更为丰硕,这里作简单罗列,以见其兴盛之势,其主体是一些中青年学者以博士论文为基础的著述,如赵永源《遗山词研究》③、左洪涛《金元时期道教文学研究》④、李艺《金代词人群体研究》⑤、杨忠谦《政权对立与文化融合——金代中期诗坛研究》⑥、张静《元好问诗歌接受史》⑦等,或者通过答辩的博士学位论文,如杜成慧《金元时期浑源刘氏家族研究》(中央民族大学,2005年)、沈文雪《宋金文学整合研究》(浙江大学,2006年)、龙小松《冲突与融合——金代文化的变迁》(浙江大学,2008年)、李秀莲《金朝"异代"文士与皇权政治互动关系研究》(中央民族大学,2006年)、王定勇《金词研究》(扬州大学,2006年)、邹春秀《宋金之际的政治事件与文学——以徽钦北迁和完颜亮南侵为中心》(安徽师范大学,2010年)、尹晓琳《辽金元时期北方民族汉文创作研究》(中央

---

① 分别见于《元好问及辽金文学研究》,中国国际广播出版社,1998年版;《晋阳学刊》1997年第6期;《文献》1997年第2期。
② 范长华:《试探亡金遗民段氏兄弟词》,《元好问及辽金文学研究》,中国国际广播出版社,1998年版。
③ 赵永源:《遗山词研究》,上海古籍出版社,2007年版。
④ 左洪涛:《金元时期道教文学研究》,人民出版社,2008年版。
⑤ 李艺:《金代词人群体研究》,首都师范大学出版社,2008年版。
⑥ 杨忠谦:《政权对立与文化融合——金代中期诗坛研究》,人民出版社,2010年版。
⑦ 张静:《元好问诗歌接受史》,中国社会出版社,2010年版。

民族大学,2010年)、于东新《多民族文化背景下的金代词人群体研究》(河北大学,2010年)、王欣《赵秉文研究》(黑龙江大学,2011年)等。展示出金诗研究阵容的新生力量,和可期待的未来。(于东新撰稿)

第二章　刘因、赵孟頫与元前期诗歌研究

元代前期,是中国诗歌发展史上一个很具特色的时期。诗坛由北方作家和南方作家两种风格迥异的创作群体构成。大略而言,北方诗坛多承金源余绪,诗风淳朴刚健;南方诗坛未摆脱江湖诗派影响,风格秀丽婉约。随着元诗研究的不断深入,一些学者逐渐尝试用新的视角审视元前期的诗坛,对元前期诗歌特点及成就的宏观研究也有了新的认识,越来越多的诗人受到学界的关注。

元前期的南北诗坛,分别以刘因(北方)和赵孟頫(南方)为代表。这种认识不是今人才有,在元代当时,诗僧释来复已作此论,他在为诗人张翥《蜕庵集》所作序中说:"逮及于元,静修刘公复倡古作,一变浮靡之习。子昂赵公起而和之,格律高深,视唐无愧。"[1]清人顾嗣立也同此论,他编《元诗选》,以元好问为元诗第一人,在《寒厅诗话》中他说:"元诗承宋金之季,西北倡自元遗山,而郝陵川、刘静修(因)之徒继之,至中统、至元而大盛……东南倡自赵松雪(孟頫),而袁清容(桷)、邓善之(文原)、贡石林(奎)辈从而和之,时际承平,尽洗宋金余习,而诗学为之一变。延祐、天历之间,风气日开,赫然鸣其治平者,有虞、杨、范、揭……"[2]在《元诗选》卢挚(疏斋)小

---

[1] 释来复:《蜕庵集》,张翥《蜕庵集》卷首,文渊阁《四库全书》本。
[2] 顾嗣立:《寒厅诗话》,《清诗话》本,上海古籍出版社,1978年版。

传中又说:元初,"推诗专家,必以刘因静修与疏斋为首。"①后人一般以元好问为金人,如此顾嗣立所推元初南北诗人,显然也以赵孟頫、刘因为代表。本文论述20世纪关于元代前期诗歌的研究,也以刘因、赵孟頫为代表。

第一节 20世纪元代前期诗歌研究概况

20世纪的元前期诗歌研究,相对于整个元诗研究而言,是学界用力较多,但又难形成定论的研究领域。一方面是由于此时期诗坛构成较为复杂,北承金而南承宋;另一方面此时期的许多别集散佚,如杜仁杰原有诗集,诗上千首,今存寥寥。这给宏观研究带来了不少的困难。有关此一时期的诗歌研究,大致从以下三个方面展开:元诗分期研究涉及的何谓"前期",元前期诗歌特点与成就研究,以及重要诗人个案研究。

一、元前期诗坛及其特点概述

元诗发展分期,学术界有三分法和两分法。所谓元前期,在不同的分期法中,所指时段不同。我们采用三分法,以蒙古灭金(1234)到元世祖至元三十一年(1294)忽必烈去世、元成宗即位为前期,而我们的叙述,还包括蒙古破金中都并占领黄河以北地区的这段时间,我们称之为早期。

20世纪前半期,没有专门的元诗分期研究,直到30年代的文学

---

① 顾嗣立:《元诗选》三集,中华书局,1987年版。

史著作中,才出现了元诗发展三分法,如梁乙真《中国文学史话》[1]、张振镛《中国文学史分论》[2]。40年代钱基博《中国文学史》继承了这种三分法,但没有具体展开讨论。60年代,游国恩等主编的《中国文学史》提出了前后两分法。之后学界对元诗的分期一直有三分法和两分法。

研究者观念中的元前期,或称元初期,有不同说法。孟瑶《中国文学史》以至元、元贞之间为元诗发展的初期,高越夫《元诗试评》认为应以至元十四年至大德元年(1277—1297)。包根弟不同意此二说,主张以窝阔台灭金至元成宗大德元年(1234—1297)[3]。包根弟之说,在90年代得到李梦生的响应,他在《元代诗歌概论》中以元灭金至大德以前(1234—1297)为元代诗歌的初期[4]。而黄瑞云《元诗略说》则以1270年,大致是世祖建元以前出生的人属前期[5]。章培恒《中国文学史》也将元诗发展分为三期,但未明确具体分界。其所指元初,大致断至南北统一稍后的一段时期[6]。张晶《元诗发展概说》根据元代诗史的自身更替变革,将从大蒙古国建立到成宗即位之前的时间界定为元诗的前期[7]。

关于元前期诗歌特点,顾嗣立《寒厅诗话》认为,元初北方诗坛,承金而来,由元好问主导,与郝经、刘因等一批诗人,在元世祖中统、

---

[1] 梁乙真:《中国文学史话》,上海元新书局,1934年版。
[2] 张振镛:《中国文学史分论》,商务印书馆,1934年版。
[3] 包根弟:《元诗研究》,台北幼狮文化事业公司,1978年版。
[4] 李梦生:《元代诗歌概论》,《北京师范大学学报》1991年增刊。
[5] 黄瑞云:《元诗略说》,《湖北师范学院学报》1993年第4期。
[6] 章培恒等主编:《中国文学史》,复旦大学出版社,1996年版。
[7] 张晶:《元诗发展概说》,《文史知识》1994年第5期。

至元间,开创了北方诗坛之盛。南方则由赵孟𫖯主导,袁桷、邓文原、贡奎等人为主将,开创元初南方诗坛之盛。李梦生多承之,认为顾嗣立的概括"切中肯綮"。在《元诗选》丙集袁桷小传中,顾嗣立说:"元兴,承金宋之季,遗山元裕之以鸿朗高华之作振起于中州,而郝伯常、刘梦吉之徒继之。故北方之学,至中统、至元而大盛。赵子昂以宋王孙入仕,风流儒雅,冠绝一时,邓善之、袁伯常辈和之,而诗学又为之一变。于是虞、杨、范、揭,一时并起。至治、大历之盛,实开于大德、延祐之间。"以"鸿朗高华""风流儒雅"分别概括元好问与赵孟𫖯的诗歌特点,进一步也成为南北诗坛的特点。这些说法也为20世纪的研究者所吸收。张晶从诗坛格局来说明元初诗坛的特点:众派汇流、异彩纷呈。这一说法隐含着对元初诗歌成就的肯定。

二、前期重要诗人研究

1. 北方诗人郝经、王恽、卢挚、刘秉忠等研究

郝经是元前期与刘因并称的重要诗人,钱基博《中国文学史》把他看成元好问的继承者,不仅"阐扬师法,明其流变",而且"笔力健举,沛然出之若有余,几欲追好问而肩之"[1]。邓绍基主编的《元代文学史》特别肯定郝经诗文中表现出来的那种积极的精神,其诗歌抒情性浓,诗风奇崛[2]。董国炎《论郝经的文学成就和地位》以为郝经在元初是第一流的诗人,认为郝经追求文学作品有充实的内容和雄浑风格,追求阳刚之壮美,作者分三个阶段看郝经诗文,早期他生活在动荡的岁月中,诗文中却无惶恐悲切之情,而有高迈雄健的文学情趣、审美

---

[1] 钱基博:《中国文学史》,中华书局1993年整理本,第759—760页。
[2] 邓绍基主编:《元代文学史》,人民文学出版社,1991年版。

追求乃至人生理想。入忽必烈幕府后,他的眼界和胸襟气度都达到新的境界,文学创作的内容、格局、气象都获得全新的风貌。出使南宋被留时期,由于长期的监禁生活,使他的思想和诗风都发生了很大变化,诗风转为苍凉悲慨,又中藏激越①。张晶《辽金元诗歌史论》认为,郝经在诗歌创作上得元好问之真传,奇崛宏肆,笔力健劲。而被拘真州期间的篇什,尤为沉郁感荡,动人肺腑。一些乐府诗继承《离骚》的抒情传统,回环往复,恻恻动人,带有强烈的悲剧性美感。近体诗声韵浏亮而沉郁深婉,其中七律得元好问的真精神,虽不如遗山那样大气包举,但也能融悲慨与雄浑为一炉。就元诗发展史说,他认为郝经在元诗从前期到大德、延祐年间的鼎盛时期的过渡中,有很重要的作用,"后来元诗那种光英朗练、明秀流畅的特点,在郝经这里已经形成,不过是他的诗更为深沉幽愤而已"②。查洪德《郝经的学术与文艺》认为,郝经的诗文风格是纷繁多彩的。他各体诗显示出不同特色,而又可以使宋被留为界,分为前后两期。郝经的五言古诗学汉魏晋,晋诗味最浓,其中以诗言理学的,则受宋诗影响。后期五言古诗较前期成就高得多。他诗歌的成就主要表现在律诗和歌诗两方面,歌诗多写于前期,律诗多写于后期。其歌诗有李贺的奇崛和盛唐边塞诗的气势,有沉郁顿挫之体,清新警策之神,震撼纵恣之力,喷薄雄猛之气,也有飘逸的、清丽的风格,后期歌行则表现出郁闷之极的旷达,风格反而变得平易畅达。郝经律诗成就最高,后期律诗着意学杜,只是学杜甫的沉郁顿挫而成含蓄苍凉,学杜甫的精密工致而实入于晚唐的工巧。这类诗在改变元初北方诗的粗豪之习中有积极作用。绝句中之优秀

---

① 董国炎:《论郝经的文学成就和地位》,《山西大学学报》1991年第1期。
② 张晶:《辽金元诗歌史论》,吉林教育出版社,1995年版,第289—293页。

的,是那些充满意趣、情趣的作品。他前期诗内容多怀古,多议论,风格多豪壮奇崛;后期内容多借景抒情,风格多悲凉①。

王恽的诗歌成就也为一些研究者关注。包根弟重视王恽的成就和在当时的影响,说他的诗风亦绍承元好问,又上宗唐代元、白。内容上屏弃风月绮丽之作,而崇尚元白社会写实之诗②。邓绍基主编《元代文学史》看重的是他的文学主张,说他是宗唐的,其主张与后起的虞、杨、范、揭等观点大致吻合,"王恽作为元代早期文人,他的诗作虽然并不出色,但他的论诗见解确也在宗唐诗风兴起过程中起着一定的先驱作用"③。

卢挚的研究很少,其实在元初北方诗文作家中,卢挚是一位影响风气的人物,他诗与刘因齐名,文与姚燧并称,散曲成就也很高。卢挚诗集不传无疑是元代诗文研究的一大遗憾。李修生辑录了《卢疏斋集辑存》,还发表《元代文学家卢疏斋》论文,以及《中国历代著名文学家评传》之《卢挚》④,他说,卢挚的诗文创作是宗法先秦魏晋,在学古的同时又很注重辞采,并要求自然,认为从卢挚的诗文理论中,不仅可以看到元初诗文理论的面目,还可寻出金元明诗文发展的线索。卢挚论诗推崇屈原、李白、韩愈,也喜欢梅尧臣的诗风。他自己的诗写得风致澹泊。《中华文学通史》卢挚部分由查洪德撰写,把卢挚作为重要作家论述,说他的五言古诗,清空虚静,一洗尘虑,体现了

---

① 查洪德:《郝经的学术与文艺》,《文学遗产》1997年第6期。
② 包根弟:《元诗研究》,台北幼狮文化事业公司出版,1978年版,第83页。
③ 邓绍基主编:《元代文学史》,人民文学出版社,1991年版,第401—402页。
④ 李修生:《卢疏斋集辑存》,北京师范大学出版社,1984年版;李修生《元代文学家卢疏斋》,《北京师范大学学报》1982年第6期;李修生:《卢挚》,《中国历代著名文学家评传》续编二,山东教育出版社,1989年版。

他追求的"大雅清风",一些小诗既洒脱也有风趣,与同时代北方其他诗人诗风判然大别①。

刘秉忠也是早期北方一位有一定影响的诗人。钱基博《中国文学史》将刘秉忠与郝经、刘因并举,说:"经歌谣跌宕,挟幽并之气,出奇于长句杂言;而秉忠巧缛新丽,尤工七言律绝;其风力不如经之腾骧,而雕缋满眼,才亦足以发藻。……盖振唐风之朗丽,而救宋诗之伧野者也。"又说:"刘秉忠诗嗣唐音,而刘因学承宋儒。"②邓绍基主编《元代文学史》也专论刘秉忠,说他的诗明白晓畅而不追求新奇,但也带来平实而缺乏诗味的缺点,有时还有粗疏笨砺之病。就内容说,他诗中经常表现出出仕和归隐的矛盾心情,这种思想感情,在当时仕人中有一定代表性③。

元初北方作家研究中还有东平文人群体研究。

进入研究视野的前期北方诗文作家,还有阎复、安熙、李俊民、胡祗遹、李孟、杜仁杰、李庭、李治、刘祁、邱处机、张养浩。这些零星研究,难成规模,不再介绍。

元初北方诗文作家作品的研究是薄弱的。这一时期是元代文学史上的重要时期,对以后文学的发展有一定的影响。元中期的文风,是南北融合的结果。所以弄清这一时期北方的诗文创作状况,非常必要。

2. 南方诗人方回、戴表元、袁桷、仇远等研究

南方前期诗文作家中影响较大的较之北方为多,方回、戴表元、

---

① 张炯等主编:《中华文学通史(三)》,华艺出版社,1997年版,第145—146页。
② 钱基博:《中国文学史》,中华书局,1993年整理本,第760页。
③ 邓绍基主编:《元代文学史》,人民文学出版社,1991年版,第395页。

赵孟頫等,都在元代诗风的发展走向中起着重要作用。

方回的成就主要在诗学理论,研究他诗作的并不多。其论诗被视为江西后劲,但他的创作则另是一回事。钱基博《中国文学史》说他的诗格力苍劲,意兴婉惬,殆不为江西所囿。又说他论诗跻江西而祧晚唐,"然方回为律绝,体物写怀,以愁苦出清新,以瘦炼臻幽秀,则有不期而比于四灵以攀晚唐者。"进一步又说他"流连光景,同于四灵;感喟身世,则似司空图、方干;而瘦炼幽秀,澄复发越,此固晚唐之所以开宗,而祯永嘉之清音者也"①包根弟《元诗研究》则说:"方氏之诗学既然出自江西,故其所自作,也政有江西派素朴自然、真切清新的面目。……抒情诗多写兴亡之叹、古今之慨;叙事诗多咏乱世生民之疾苦;议论诗表露其诗学观点。……皆以真朴、切实的笔调抒写,无丝毫绮丽雕琢之痕。"②所论符合方回诗的特点,但这些特点并不出自江西。邓绍基主编《元代文学史》说他诗歌中有一些感时伤事、同情人民的作品,但更多的还是自我情性的倾吐,其中有仕、隐矛盾的心态,有人生变故的叹喟,有富穷变化的感慨③。张晶《辽金元诗歌史论》说方回诗歌表现了诗人渊深而复杂的心态,主要是由于他降元而又不见用,造成的懊悔和愧怍之感。因此其诗作往往是低沉的。认为他理论上是江西诗派的旗手,创作上也发挥江西诗派的特点,在诗眼、句法上颇致工夫,诗的意境也颇为生新峭健④。《中华文学通史》说方回诗作不能与其诗论相称,但肯定他的诗多有真情实感。在国家覆亡、干戈遍地和生民涂炭之际,他强烈地感到"哀而

---

① 钱基博:《中国文学史》,中华书局,1993年整理本,第779—781页。
② 包根弟:《元诗研究》,台北幼狮文化事业公司出版,1978年版,第88页。
③ 邓绍基主编:《元代文学史》,人民文学出版社,1991年版,第421页。
④ 张晶:《辽金元诗歌史论》,吉林教育出版社,1995年版,第270—271页。

不伤"诗教的不合理,写了不少感伤时世、同情人民的诗作。就艺术上说,他各体诗中,七绝和五律较佳①。人们对方回诗歌的看法差别很大。

戴表元的诗文创作也不如他诗文理论影响之大。钱基博《中国文学史》对他评价颇高,说他"诗格变宋,而文则得宋之趣"。赞扬他的诗"清深雅洁,其中七言古、五言律,律切而能健爽,跌宕以为沉郁,犹是杜陵矩矱,不为江西生拗,亦异东坡之容易,已为返宋入唐。而五言古则以高朗为古淡,体物入微,寓兴于旷,由陈子昂、李白以出入阮籍、陶潜,抑更以晋参唐"。又说其诗"力祛雕琢凡近之气,而亦不为犷伧驰骤之语,吐属婉惬,寄趣旷真,庶几晋宋之遗音乎?"②邓绍基主编《元代文学史》主要篇幅用来讨论他的诗文理论,对他的诗歌并不赞赏,以为与他的诗论不能相称,其绝句具有于清新淡雅中见出神韵的特点③。张晶《辽金元诗歌史论》认为在宋元诗风的嬗变中,戴表元起着承上启下的作用,他力革宋末流弊,创造出高朗健拔的诗风。他的诗在体裁上较为多样化,各体均有佳什。就内容说则不回避社会矛盾,以犀利的诗笔,涂写出当时社会底层的悲惨景象,揭露黑暗现实,他是带着深厚的同情和强烈的社会责任感,来写人民所遭受的苦难的。作者重视戴表元那些揭露社会黑暗、描写百姓苦难的乐府诗,认为诗的字里行间融进了诗人的感情态度,在元代乐府诗的发展中开辟了一条很广阔、很健康的道路,对袁桷、杨维桢的乐府诗有较深远的影响。戴表元的近体诗力矫宋

---

① 张炯等主编:《中华文学通史》(三),华艺出版社,1997年版,第150页。
② 钱基博:《中国文学史》,中华书局1993年整理本,第782—788页。
③ 邓绍基主编:《元代文学史》,人民文学出版社,1991年版,第423—425页。

弊,写得清新明秀,神气贯通,但往往流于清浅,缺少深厚博大的境界。作者最后说:"由宋到元诗的过渡与转折,戴表元是一个关键的人物。其实,他的诗中不可摆脱地带着宋诗的痕迹,如有些诗作中有江西诗派的炼句风格;但他确是力矫宋季余习,开元诗之新声。在审美取向上,戴表元是皈依盛唐之诗的……但因为缺乏了唐诗的文化土壤与社会基础,戴诗中的一些诗流入清浅圆融,缺少厚重感,这正预示了元诗的流向。"①这是他的看法,其实,戴表元诗歌更多的承袭江湖诗派风格,但变江湖诗派的尘俗为清圆。章培恒等主编《中国文学史》也指出,戴表元在宋亡后流落颠沛,他的诗大量记载了残酷的战争给人民带来的巨大灾难,伤时悯乱,悲忧感愤,感人至深。艺术上则格调清新,形象鲜明,虽然意思浅,但颇有韵致,在当时意味着艺术规范的转化②。今天的元诗研究者一般喜欢读戴表元诗,但又觉得虽清新而不深厚,所以研究也就不多。其实这也是一个小的误区,戴表元诗文并非只是清而浅,有时是浅中见深,因为他人生的体验很复杂,有些感慨只能委婉表达,所以有时也有婉曲之致。

袁桷是戴表元的学生,也是元代初期到中期诗文风气转变时期的诗文作家,在当时颇有影响。钱基博《中国文学史》对袁桷评价较高,说:"袁桷诗格俊迈而出以茂典,文笔拗强而不为疏快,皆欲以力矫宋风",他的诗"铺陈藻丽,气调振拔","语多比兴,杂以游仙,其原出于陈子昂、李白,而上阐张协、郭璞,下参晚唐李商隐,以博丽救宋诗之野,以缥缈药宋诗之直"。将袁桷与戴表元比较,说:"以唐救

---

① 张晶:《辽金元诗歌史论》,吉林教育出版社,1995年版,第278—282页。
② 章培恒等主编:《中国文学史》(下),复旦大学出版社,1996年版,第97页。

宋,以晋参唐,亦与戴表元同蹊径。惟表元美于回味,其意旷;而桷则才能发藻,其趣博也"[1]。邓绍基主编《元代文学史》说,前人论元诗曾把袁桷和赵孟頫、虞集等并称,但袁桷诗作比不上赵和虞。"他的诗作很多,大部分是写景抒怀,往来赠答之作,少量诗歌吊古伤今,流露了沧桑之感。大抵他的近体胜古体,绝句胜律诗"。其诗宗唐,欣赏李商隐,并效仿其"无题",但和李作相差甚远[2]。张晶《辽金元诗歌史论》首先肯定他是有成就的诗人,在当时有"首倡元音"之功。但是,他的经历中没有大的坎坷不幸,加之当时社会号称"治世",因而,"他的诗中没有那种块垒峥嵘的磊落不平,更多的是较为自然清雅的即景抒情之作。正因为如此,袁桷之诗,在某种意义上讲,更能典型地体现延祐时期文人儒士们的心态"。赞赏他对景物的刻画"笔力甚健",能随物赋形又能超越物象,使人得到美的联想,"但总觉得诗中所抒的感慨,是较为一般化的"。其原因就是"缺少一颗饱经忧患、内蕴巨大的痛苦与矛盾"的心。他的近体诗都写得清雅自然,不乏远致,意境淡远而浑融,这种清雅平淡的诗风,可作"雅正"的标本,对继之而起的"元四家"等,无疑是很有影响力的[3]。

仇远也是受到一定关注的诗人。仇远在元初属于活跃的诗人,但诗集散佚。清人对他评价不高,说其诗"格调靡靡,远在赵孟頫之下"。邓绍基主编《元代文学史》为他翻案,认为"靡靡"之说显然不符合实际。其诗中不时流露出对国家兴亡,人事变迁的感慨,还有不少诗歌抒写他不愿富贵而志在田园的情怀[4]。章培恒等主编《中国

---

[1] 钱基博:《中国文学史》,中华书局,1993年整理本,第797—802页。
[2] 邓绍基主编:《元代文学史》,人民文学出版社,1991年版,第440—441页。
[3] 张晶:《辽金元诗歌史论》,吉林教育出版社,1995年版,第314—317页。
[4] 邓绍基主编:《元代文学史》,人民文学出版社,1991年版,第426—427页。

文学史》却给仇远以很高评价,说:"他的诗中,既集中表现了当时读书人空幻、消极的心态,又深藏着难以言说的苦闷。……对仇远来说,脱离对传统价值观的依傍而转向个人的生存和日常生活的乐趣,实在是现实所造成的无奈,但这却代表着文人的新的人生取向。"认为仇远的诗作以七律较著名,于清新圆畅的语言中表现出人事变迁的感慨和凄楚蕴结的心情①。

元初南方诗坛,研究者还关注月泉吟社诗社活动等。

元初南方诗文作家进入研究视野的,还有邓文原、牟巘、白珽、袁易、陈孚、黄庚、王义山、张玉娘。研究中都有一些精到的见解,由于过于分散,这里不再一一评介。

第二节 刘因研究

刘因作为元代代表性的诗人,一直受人关注,明李东阳《怀麓堂诗话》说:"极元之选,惟刘静修、虞伯生二人皆能名家,莫可轩轾。"②在20世纪,刘因当然也是研究者最关注的元代诗人之一。

一、生平及文献研究

1990年黄琳的《刘因研究三题》对刘因行年、世界观及诗歌艺术加以考略,但有些简单③。1996年,商聚德《刘因评传》出版,该书在第二章详细论述其生平及著述,对刘因经历,分少有大志、中年授徒、

---

① 章培恒等主编:《中国文学史》(下),复旦大学出版社,1996年版,第96页。
② 李庆立校释:《怀麓堂诗话》,人民文学出版社,2009年版。
③ 黄琳:《刘因研究三题》,《重庆师范大学学报》1990年第4期。

首次被征聘及第二次被征聘共四部分来论述。其中在第一章明确刘因生于元海迷失后壬子元己酉(1249),对侯外庐《宋明理学史》将刘因生年注为1247年提出质疑,并详细补充了有关的元人文献。书中还谈到今人能看到的《静修文集》主要有六种版本,这六种版本皆源于两个底本:至顺庚午本、至正九年本。并注意到"至正本在流传中,分卷变化较大"。指出"四部丛刊本因系据元至顺本影印,时代虽古,但缺佚较多"。并认为"至顺本也许是民间的初刻本,至正本则是收集较全的官方刊本"①。该书后附有刘因年谱。

二、诗歌研究

20世纪出版的文学史,对刘因的评价差别较大。谢无量的《中国大文学史》高度评价刘因诗,把他与虞集作为元诗最突出的代表:"极元之选,惟刘静修与虞伯生二人,皆能名家,莫可轩轾。"对当时一般论者"刘高于虞"的看法提出了不同的意见:"盖静修虽理学之儒,而诗调清深。"②这显然是承袭明代李东阳的观点。同时期的钱基博对此评并不赞同,他说刘因的诗"抑扬爽朗,得苏之笔,而理趣稍逊。""盖有元一代,义理而擅文章,北方之学者,莫之或先也。"还把他与许衡比较:"因制行之峻过于衡,博学有文过于衡,而高尚其志,遁世无闷,位不如衡之显,名不如衡之高,徒从亦不如衡之众。学统不在焉,文统亦不系焉。北方之学统,系于衡;北方之文统,系于衡之弟子姚燧。"③这虽是就学术与文章理论,也可作为评价诗人的参

---

① 商聚德:《刘因评传》,南京大学出版社,1996年版,第38—42页。
② 谢无量:《中国大文学史》,文化艺术出版社,1993年版,第137—145页。
③ 钱基博:《中国文学史》,中华书局,1993年整理本,第761—763页。

考。此一时期的刘因诗歌研究,观点上多承前人,但是将诗和理趣结合来谈,成为学者认识刘因理学诗的先导。三四十年代的郑振铎《插图本中国文学史》和刘大杰《中国文学发展史》却没有给刘因什么地位。

60年代出版的两部代表性的文学史:游国恩等主编的《中国文学史》(第三册,人民文学出版社1964年版)和中国科学院文学所编写的《中国文学史》(人民文学出版社1962年版)都把刘因、王冕等作为元代最重要的诗人。

70年代台湾学者包根弟的《元诗研究》则以刘因与王恽作为元初北方诗坛的代表,指出刘因诗有"豪迈苍凉"和"闲婉冲澹"两格外,认为其诗"虽出自元遗山,但因二人学问根底之不同,故在感情上,又自有俊爽和醇和之异"①。

80年代以来,学界开始思考元诗的个性问题,认为刘因诗歌成就在个性方面不及元后期的萨都剌和杨维桢等人。过去受到指责的郝经等人的文学成就渐被肯定。从整个元代诗坛来看,将刘因与郝经等人都定位于元初北方的代表性诗文作家,还是较客观的。这表明元代诗歌研究正朝着规范的学术方向发展。

90年代以来,刘因诗歌研究进入了一个活跃期。最主要是对刘因诗歌的理学特色认识更加深刻。其次是刘因的诗风问题。对刘因诗歌研究逐渐走向专题化。黄琳的《刘因研究三题》谈及他的近体诗"兼学唐宋而不着意求工。由于受理学的影响,诗中不免涉及理趣"。他是理学家,"又用理学家的心情来看待生活,使读者感到闲情和理趣,但其'不平'之气仍在压抑中不时露出"。张晶《元代诗人

---

① 包根第:《元诗研究》,台北幼狮文化事业公司,1978年版,第80—81页。

刘因初论》说：在元代诗坛上，刘因的诗歌创作是有颇为鲜明的艺术个性的，而他的诗歌风格，与其理学思想有内在的某种联系。同时，又显示出非理学所能囿圉拘束的诗人本色。他学李贺奇崛诡诞。与他的"观物"思想密切联系，其诗中多有超然物外、冷眼观世的视点与意境。诗人对世态人生以及时空迁替采取冷眼旁观的态度，因而使诗的意境宏阔深远而又富于变化。又由于他是理学家，力求以诗的意象来表现理性的东西，所以其诗"以意蕴深刻见长，诗人很少泛泛写景咏物，而是在写景咏物中寄托自己的人格，表达一种观念"。这种认识，注重艺术个性，关注作品中作家个体意识或主体精神的显现。作者由此论及了刘因的文学史地位。他说："从文学史的角度看，刘因是元代一位卓有成就、颇具个性的诗人，他的文学思想、美学思想及其诗歌艺术个性，都与其理学思想有一定的内在联系，同时，又在很大程度上超越之。刘因对于文学艺术的喜爱，对其审美特征、风格特征的把握辨析，都不是道学气的，而是本色的诗人艺术家的眼光。刘因的这种情形在元代理学人物中并非绝无仅有，而是有相当的代表意义。元代的著名文学家中颇有一些是理学中人物，如虞集、欧阳玄、揭傒斯、吴师道、柳贯、黄溍、吴莱等都是。他们是理学谱系的正宗传嗣，却又是元代文坛上的佼佼者。"[①]此文是从元代文学家与理学关系来看刘因的时代意义，无疑提高了刘因的文学地位。

邓绍基主编的《元代文学史》论及刘因诗体较全面，说："刘因论诗受元好问影响较大，其古体诗受韩愈、李贺影响也是事实，其诗想象奇特。辞官之后，刘因诗风趋于清雅……七律具有沉郁劲健之气……还有一些描绘自然景物和生活情趣小诗，语言清新而生动。"

---

① 张晶：《元代诗人刘因初论》，《漳州师院学报》1997年第3期。

按内容说,刘因"还有些写景诗想象丰富,很是优美,结尾处构思奇特,往往出人意外……刘因有不少题画咏物诗,大多寄托了他的感慨和抱负"。最后,作者说:"总之,刘因诗各体皆备,色彩不一,尽管在数量上不是很多,却显得丰富多姿,是元代诗歌的重要组成部分。"[1]

袁行霈主编《中国文学史》认为"在元代前期的理学家,刘因的文学成就最为突出"。"他的创作开创了元代理学家诗文创作的先河"[2]。刘因诗文的文学地位逐渐被重视。

关于其诗论,曾永义《元代文学批评史资料汇编》,王运熙、顾易生《宋金元文学批评史》都有涉及。邓绍基、张晶都曾引用刘因《叙学》来说明刘因诗观:因对晚唐诗风颇致不满,以"萎苶"来形容之,贬义甚明,他对温庭筠、李商隐的"尖新"和卢仝的"怪诞",都加贬斥。但二人对刘因诗论的整体把握上,也有不同之处。邓绍基是从刘因诗歌主张渊源来论,说"刘因诗论的见解基本上继承了元好问的论诗主张,实际上是提倡诗要有风骨,要高古,要富有沉郁悲壮和清刚劲健之气"[3]。而张晶《元代诗人刘因初论》是从刘因诗论受理学影响角度来谈的。他从总体上看"刘因虽然是著名的理学家……他对诗学有自己的认识,而这种认识又明显是在理学框架之中的"。指出刘因论述了诗的功能,"吟咏情性,感发志意",诗歌能泄导人情,但又应该是一种"中和之音"[4]。

另外,学界对刘因诗的专题研究,内容涉及到咏物诗、和陶诗、咏

---

[1] 邓绍基主编:《元代文学史》,人民文学出版社,1991年版,第407—409页。
[2] 袁行霈主编:《中国文学史》(三),高等教育出版社,2010年版,第371—372页。
[3] 邓绍基:《元代文学史》,人民文学出版社,1991年版,第407页。
[4] 张晶:《元代诗人刘因初论》,《漳州师院学报》1997年第3期。

史诗、丧乱诗、山水诗,以和陶诗研究为多。均有一定的见解,这里不再详谈。

三、词研究

关于刘因的词,清代况周颐非常推崇:"余遍阅元人词,最服膺刘文靖,以谓元之苏文忠可也。"①评其词"真挚语见性情,和平语见学养"。明代杨慎评其《风中柳·饮山亭留宿》"每独行吟歌之,不惟有隐士出尘之想,兼如仙客御风之游矣"②。香港学者黄兆汉《金元词史》是较早评价刘因词的著作。该书评刘因词"以其洒脱旷朗之情怀写出高洁飘逸、清疏淡宕的作品,正如诗中之陶渊明、曲中之马东篱。而且,又能寓豪放于和平,故别具一种风格"。"但也有一些略带豪气的作品,然而出之以和平语,故没有一点纵横姿态"。该书还引用《蕙风词话》语,肯定刘因词"是性情语,无道学气"③。

《元代文学史》评"刘因的词风格接近苏、辛,也受元好问的影响,但他在豪放中却趋于恬淡"。此说也是受况周颐的影响,肯定了况周颐对刘因词的评价抓住了刘因词"冲夷、恬淡风格的特点"。认为刘因的词在元人词作中属于上乘之作④。商聚德《刘因评传》评其词"多为写景抒情之作,缺乏深刻的思想内容,但艺术上有的也不错"⑤。赵维江《金元词论稿》评"刘因是一位典型的隐士,归隐之志

---

① 况周颐:《蕙风词话》卷三,香港商务印书馆,1961年版,第73页。
② 杨慎:《词品》卷二,见《词话丛编》第二册第2页,台北广文书局,1966年版。
③ 黄兆汉:《金元词史》,台北学生书局,1992年版,第194页。
④ 邓绍基主编:《元代文学史》,人民文学出版社,1991年版,第410页。
⑤ 商聚德:《刘因评传》,南京大学出版社,1996年版,第284—285页。

自是其词作内容的一个重要方面"①。该书是在金元词的隐逸避世基本主题大背景下,来认识刘因词的。

四、心态研究

"刘因出生北方蒙古时期,诗中却有大量怀念南宋的诗"。而且"刘因不光写诗悼宋,也悼金。在这些诗篇中,又往往超越对宋、金王朝的悼念而上升到对随宋金灭亡而毁灭的文化的哀悼"②。《中华文学通史》较详细地关注这一问题。这是用文化心态角度解读刘因诗较成功的地方。其实,许多学者都尝试从心态及出处角度认识刘因的诗,这几乎成了90年代初刘因研究的一股思潮,这种思潮可以说是文学研究中民族情绪冷静后与文化心态研究联姻的结果。关于其出处问题。李佩伦《他日休猜作逸民——论元代诗人刘因及其诗》,对历史上的遗民意识说,反元说,都不予认可③。邓绍基主编《元代文学史》从文化角度去阐释刘因的不仕:从文化的角度说,"作为由中国传统文化熏陶教养的一位儒者,他认为他的故国是遵行儒家之道的,他所说的不辞去元朝的征召就是'道不尊',正说明他认为元王朝统治者不可能实行'儒学汉法'。上述亲疏之感可能同这有关"④。么书仪《元代文人心态》着重沿着个人性格因素的方向去探讨:"刘因自认为道德、修养不差,但缺少从政的素质。既乏魄力,又少韧性,即使从政,也很难有所作为,而且与自己的本性形成尖锐

---

① 赵维江:《金元词论稿》,中国社会科学出版社,2000年版,第44页。
② 张炯等主编:《中华文学通史》(三),华艺出版社,1997年版,第143页。
③ 李佩伦:《他日休猜作逸民——论元代诗人刘因及其诗》,《北京师范大学学报》1991年增刊。
④ 邓绍基主编:《元代文学史》,人民文学出版社,1991年版,第405—407页。

冲突,最终于'国家'也可能是有害无益。因而,不如隐居不仕。"①

第三节　赵孟頫研究

赵孟頫生活在宋元易代之际,有两个方面引人关注:以宋皇室后裔身份仕元和突出的艺术才能。他也是元代重要的诗人,元末陶宗仪就说:"国朝之诗称虞、赵、杨、范、揭焉。"②从元至明清,赵孟頫诗虽不及书画之受推崇,但还是颇受关注的,明人杨士奇就说:"百年之前赵子昂、虞伯生、范德机诸公,皆擅近体,亦皆宗于杜。"③20世纪的元诗研究,赵孟頫一直被认为是元初南方最具代表性的诗人之一。

一、文献与生平研究

1979年姚公骞在《江西师范大学学报》发表《松雪斋校记》一文,较早关注赵孟頫文集的校注问题。《松雪斋集》校勘用功最深者是任道斌所整理《赵孟頫文集》。在赵孟頫生平研究方面,比较值得关注的是任道斌著《赵孟頫系年》④。此书是二十世纪末研究赵孟頫生平事迹较为详细的一部著作。

二、诗学观念与诗歌风格研究

赵孟頫诗歌研究,多关注其以宋王孙而仕元、仕元后的内心矛盾

---

① 么书仪:《元代文人心态》,文化艺术出版社,1993年版,第163页。
② 陶宗仪:《南村辍耕录》卷四,中华书局,1959年版,第50页。
③ 杨士奇:《东里续集》卷十四《杜律虞注序》,文渊阁《四库全书》本。
④ 任道斌:《赵孟頫系年》,河南人民出版社,1984年版。

和痛苦等问题。这种看法自元代始,民国时期尤盛,直到文革时期对其仕元才由批判转向同情。20世纪的后二十年,不再过分关注其仕元问题,而是转向其诗风的考察。

民国时期,对赵孟頫诗歌风格的评价多继承前人,同时也有一定的创新。钱基博《中国文学史》说赵孟頫诗"出入陈子昂、李白,以攀郭璞、陶潜,亦以晋化唐",对戴表元评赵孟頫诗"古诗沉涵鲍谢"提出质疑,认为"比于谢则秀朗而无其滞闷,比于鲍则婉惬而逊其劲挺"。显然其见解是在品读的基础上提出的。论其格调有二:"清才逸调,读之有飘飘出世之想。然孟頫以宋王孙仕元为显官,而不无沧桑之感,悲凉之音"①。刘大杰《中国文学发展史》认为其诗在情调和风格上,有和元好问相近处。在诗中"表现出失节者的穷途末路和没落的感情"②。该书还提到赵孟頫变节仕元,表现出了软弱性和动摇性。可以说,刘大杰是赵孟頫研究史上对赵孟頫批判较突出的学者。

60年代,学界多关注他仕元后矛盾和痛苦的心态。中国科学院文学研究所编《中国文学史》也认为他"在元初被迫出仕的文人中有他的代表性,诗中流露出无可奈何和希望放归乡里的心情,表现了他仕元的矛盾和自责"。70年代末,台湾包根弟对其皇族身份的关注,不再是讨论诗人的节操问题,而是转移到对其诗风形成的影响,说其诗端雅明俊是由于他的出身皇族,气度雍容。还特别注意到他的《题耕织图》二十四首,说:"曲曲道出十二月中田家耕作及养蚕之苦,纯以写实笔法叙述,自然平实,可比美储光羲的田园诗"③。

---

① 钱基博:《中国文学史》,中华书局,1993年整理本,第793—794页。
② 刘大杰:《中国文学发展史》,古典文学出版社,1957年版,第804—805页。
③ 包根弟:《元诗研究》,台北幼狮文化事业公司,1978年版,第84—86页。

八九十年代,学界对赵孟頫诗歌研究取得新的进展。在邓绍基主编《元代文学史》中安排一节专门论及赵孟頫,足见对赵孟頫的重视。书中对前人论及赵孟頫性格的软弱性提出质疑,并在综合前人对赵孟頫诗风认识的基础上,提出自己新的看法。认为戴表元评赵诗"古诗沈涵鲍谢,自余诸作,犹傲视高适李翱云",实际是说"赵孟頫古诗宗汉魏晋,近体宗唐,散文也宗唐";认为清人王士禛评赵诗"……雅意复古,而有俗气",是说"赵孟頫七律有唐风,俗气云云,大概是说赵诗毕竟还有浅露之处"。该书高度评价赵诗七律,同时提到七言绝句中也颇有佳品①。有的文学史著作论及赵孟頫不再过分关注其仕元问题,而是从其仕元对诗歌风格的影响及原因做进一步的探析。如章培恒等主编《中国文学史》从他的身世中寻求其诗文风格的成因:"一方面从前的贵族地位涵育了他的谨重性格,另一方面,由于他敏感的身份,无论仕元前还是仕元后,他的言行举止都不能不小心翼翼。因此,他无法以颓放的姿态求得自我解脱,也难以直率坦露地抒发情怀,而只能以一种稍稍隔远的态度,在高古的情调中寻求精神支撑,这就形成了……'风流儒雅'的特征"②。该说虽与台湾包根弟有相左之处,但都强调了其诗"雅"的一面。该书结合赵孟頫的身份与出处的精神世界来探析其诗风的形成,与包氏之作相比无疑是深刻的。章培恒等认为,赵孟頫诗歌"简淡平和",但内在的情感并不淡薄,又说他在复古中有创新。具体到某一诗体,说他"近体尊唐,七律一般以清丽委婉见长,令人想起他的书法。但也有写得

---

① 邓绍基主编:《元代文学史》,人民文学出版社,1991年版,第432—434页。
② 章培恒等主编:《中国文学史》(下),复旦大学出版社,1996年版,第98—99页。

较为深厚的"。

关于赵孟頫在诗坛的地位,《元诗选》引元中叶诗人欧阳玄的话说,元初北方诗歌尚有金人"尚号呼"(即粗犷而不精雅)的余习,到元之中期就完全改变了。这种改变的契机,顾嗣立指出就是赵氏的北上。新时期的赵孟頫诗歌研究也取得了进展,结合诗风转变论其与元诗坛的关系更加清晰。张晶《辽金元诗歌史论》高度评价赵孟頫在元代诗史的地位。认为其诗之所以受到论者推崇,主要是因其"始倡元音"。肯定其为延祐诗坛上首领风骚人物,及其在元诗由前期到鼎盛时期转变中起的关键性作用,同时对松雪诗中难以排遣的思想矛盾做了较详细的剖析。该书高度评价了松雪诗的艺术成就。说他在当时能一反时风,直接上承南北朝诗人的清丽高古,又融之以唐诗的圆融流畅,风格独特,开启了延祐诗风。另外该书还从绘画的角度来认识赵孟頫的七律、五律,并作了高度评价:"松雪的七律、五律这些近体之作,则是擅长运画境入诗境,使诗作具有了绘画美。但这种绘画美并非色彩秾丽,而是水墨画般的淡远含蓄。"[1]

关于赵孟頫诗论研究,具有开创性的是姚公骞,他在其《松雪斋集校记》一文中对"自明迄今,都有一些人把赵孟頫看成是文学艺术上的复古派"这一现象表示质疑。对赵孟頫曾经说过的"今之诗犹古之诗"(《薛昂夫诗集叙》)的观点进行客观分析。赵孟頫说:"诗在天地之间视他文最为难工,盖今之诗虽非古之诗,而六义则不能尽废,由是推之,则今之诗犹古之诗也。"(《南山樵吟序》)也就是说:在遵守六义这一原则上,古今之诗是一致的。并不是追蹈前人法则。同时指出赵孟頫所说的文章"一以经为法,一以理为本",其目的不

---

[1] 张晶:《辽金元诗歌史论》,吉林教育出版社,1995年版,第310—313页。

是因袭前人,而恰恰是为了救当时之弊①。邓绍基在《元代文学史》中也提出了自己的看法,说"今之诗犹古之诗"的观点"实际上是针对理学家轻视乃至否定辞章的观点而说的"②。前者对赵氏诗论与实践联系起来没有明确下结论,而后者进一步指出:"从他自己的诗风中也可见出受唐诗的影响,而于近体诗最为明显。"这实际是肯定了赵孟頫诗歌主张与实践的一致性。

三、词研究

清人陈廷焯《词坛丛话》曾道出自己对赵词的喜爱。吴梅《词学通论》具体谈赵词风格,说:"其词迢逸,不拘于法度,而意之所至,时有神韵。"③这段话确也道出了赵词的独特之处。

90年代,邓绍基等《元代文学史》论及赵词,以为"其内容或表现冶游闲情,或寄寓兴亡之感",前者举例《南乡子·云拥髻鬟愁》,后者如《浪淘沙·今古几齐州》。只是没有具体展开论述。香港学者黄兆汉指出:"孟頫之词清雅迢逸,幽淡自然,最富神韵。"这显然是受了吴梅的影响。同时还指出他"往往于词中流露出一点忧郁哀伤的情绪,欲说还休,其故国之思,身世之感是隐约可见的。"另以其十二首《巫山一段云》为例,说明其写物咏怀,词意荒寒遥深,几乎每一首都有伤感的调子。该书还涉及到赵孟頫的失节问题在词中的显现④。《中华文学通史》也指出:赵孟頫的词流传下来的有二十多首,

---

① 姚公骞:《松雪斋集校记》,《江西师院学报》1979年5月。
② 邓绍基主编:《元代文学史》,人民文学出版社,1991年版,第435页。
③ 吴梅:《词学通论》,中华书局,2010年版,第124页。
④ 黄兆汉:《金元词史》,台北学生书局,1992年版,第207—209页。

数量不多,却兼有婉约与豪放两派风格。并认为《虞美人·浙江舟中作》颇能代表其词作风格。"他的具有婉约色彩的词作多半写冶游闲情,大抵是早年之作。"[①]陶然《金元词通论》中把赵孟𫖯作为大都词人群中的"南派",将其和虞集并论,指出其词创作体现了南北词风的融合。

学界还尝试从文人心态角度对赵孟𫖯进行研究,其中内容就涉及到了赵孟𫖯的仕元及其内心矛盾和由此形成的个性等问题。如戴宪生的《赵孟𫖯仕元略议》、余辉的《赵孟𫖯的仕元心态及个性心理》、么书仪《元代文人心态》中《于通达中寻求平衡——赵孟𫖯的从政态度》等,这些分析无疑对于认识其诗词创作是有帮助的。

赵孟𫖯作为一个全能的艺术家,其书画艺术长期受到学界的关注,而在当时的文人世界里占主导地位的诗歌,在赵孟𫖯研究中还相对冷落,对其人品的质疑,也一度影响了对其诗歌成就的评价。还原历史,尊重真实,对赵孟𫖯这样一个具有特殊身份和才能的诗人来说,进行客观、深入的研究显然是非常必要的。(查洪德、张艳撰稿)

---

① 张炯等主编:《中华文学通史》(三),华艺出版社,1997年版,第155页。

第三章 "元诗四大家"与中期诗歌研究

　　学界对元诗的发展分期,大体以三分法为主,对中期分界的具体年份也不必确指,约在元成宗即位之后至元顺帝即位之前的这段时期。传统说法多将该时期作为元代诗文的繁盛期,其代表是虞集为首的"元诗四大家",或称"元四家",除了同是江西人的虞集、范梈和揭傒斯,还有杭州的杨载。传统的元诗研究多认为,"四大家"的创作实践和诗文理论,最能反映元代诗歌的艺术特色与独特价值。

　　元初南北各具特点的诗风,经过一段时间的融会,逐渐统一,打破南北抗衡的格局。从地域上说,元代中期诗歌,基本上是江西和浙东两个中心。两地自宋以来形成的哲学和文学风气都不相同,在元中期形成了东西相应的局面。这种局面一直到元后期吴中文人集团兴起,江西学术逐渐衰落才被改变。除"元诗四大家"外,本章也对元中期江西和浙东两个文化中心诗歌的研究情况作介绍。

第一节 "元诗四大家"研究

　　以虞集(字伯生)、杨载(字仲弘)、范梈(字亨父,一字德机)、揭傒斯(字曼硕)作为元中期诗风和元代诗歌成就的代表,在黄溍为揭傒斯写的《文安揭公神道碑》中就已经有近似说法。元末戴良在其所作《皇元风雅序》中说:

第三章 "元诗四大家"与中期诗歌研究

> 唐诗主性情,故于风雅为犹近;宋诗主议论,则其去风雅远矣。然能得夫风雅之正声,以一扫宋人之积弊,其惟我朝乎?我朝舆地之广,旷古所未有。学士大夫乘其雄浑之气以为诗者,固未易一二数。然自姚、卢、刘、赵诸先达以来,若范公德机、虞公伯生、揭公曼硕、杨公仲弘,以及马公伯庸、萨公天锡、余公廷心,皆其卓卓然者也。

释来复《蜕庵集序》则颂扬虞杨范揭"更唱迭和于延祐、天历间,足以鼓舞学者而风厉天下,其亦盛矣哉"!将虞杨范揭并称"四家",这一并称在四人生活的当时已经形成。明程敏政编《明文衡》卷55收胡广《虞揭诗记》云:"虞文靖公尝作范德机诗序,有云:当时中州人士谓清江范德机、浦城杨仲弘、豫章揭曼硕及集四人诗为四家。"说这是当时"天下之通论"。"元诗四大家"这一概念则形成于清代。"四家"和"元诗四大家"两个称呼是有区别的,前者表示四人成就或风格接近,后者则把四人作为元诗风格与成就的代表。

一、"元诗四大家"总体研究

"四大家"的诗作在宗唐等方面有一些共同处,但他们又各有特点,把他们作为一个整体研究的并不多。20世纪40年代,刘大杰《中国文学发展史》有一段总论四家,说:"他们作诗大都讲法度,求工炼,而无浮浅之病,但其作品多为寄赠题咏之作,内容一般贫乏。"在艺术上,"他们喜作律诗,诗中常有警句,终少全篇,固前人所称,实为过誉"[①]。60年代,游国恩等主编《中国文学史》则明确指出,他

---

① 刘大杰:《中国文学发展史》,上海古籍出版社,1957年版,第806—807页。

们"同样是歌咏承平而实际成就不高的诗人。他们诗的内容彼此区别不大,但风格各有不同",他们都宗法唐诗,但所取规范略有不同[①]。中国科学院文学研究所编《中国文学史》则认为:

> 他们是当时文坛的领袖,"声名满天下",但实际的成就并不那么高。他们虽偶尔也有些反映现实的作品……客观上暴露了封建社会的某些黑暗;但他们作品的基本情况却是内容空泛,题材狭窄,思想性不高。在艺术上模仿多,创造少,没有自己独特的风格。[②]

90年代,与之前只肯定"四大家"个别作品比较出色的研究不同,张晶《辽金元诗歌史论》中对"四大家"进行了总体评价,肯定他们与同时的欧阳玄、柳贯等以其丰富多采的诗歌创造,造就了元诗的全盛时代,他们的作品体现了元诗"雅正"的核心审美范畴。尽管有着各自独特的艺术风格,但总的说来,他们的创作在内容上基本是表现元代中期的承平气象,在诗中所表露的诗人心境也较为平和,很少有怨愤乖戾的情绪。在诗的艺术上,体式端雅而少有生新奇峭的语言与拗折的句法。更多的是趋近唐诗的风神,而不同于宋诗的戛戛独造。文中说:

> 虞、杨、范、揭这四位诗人,被称为"元诗四大家",在元代诗坛上极有地位,一是因为他们在当日文坛上享有很高声望,天下文士闻风归趋;再则是他们都有诗论著作,有明确的理论主张,

---

① 游国恩等主编:《中国文学史》第三册,人民文学出版社,1964年版,第265—266页。

② 中国科学院文学研究所编:《中国文学史》,人民文学出版社,1962年版,第804页。

成为当时社会审美思潮的理论代表。他们的诗论虽然有很多具体差异,但归结起来,却可用"雅正"概括。"雅正",是最能代表这个时期审美倾向的一个范畴。要求诗作温润含蓄,优游不迫,具有雍容的气象,是总的审美要求。这一方面是元代中期社会景象在一定程度上的反映,一方面也适应着元蒙统治者的心理需要。作为北方游牧民族入主中原,做了大一统帝国的统治者,很需要文人学士们为之唱赞歌,装点升平……①

稍后出版的章培恒等主编的《中国文学史》认为,"元四家"诗风是赵孟頫"风流儒雅"诗风的推展,是消去了赵诗中历史与个人身世伤感之后而形成的"盛世之音"。在理论上,他们"表明了宗唐复古的取向。在诗艺方面,他们发表了不少见解,对诗的结构、声律的调节、字句的锤炼,都加以仔细的探究,巩固和发展了前期诗歌的成就"。在讲究诗歌艺术特征的同时,他们"重视文学与'治道''教化'的关系,创作中有一种个性收缩和伦理回归的倾向"。他们在艺术上也呈现出明显的整一性,即讲求法度,形式工整,措辞典雅,不追求情感或个性的激烈或纵恣的表现,而崇尚一种合乎正统美学趣味的风格。作者认为:

> 对元四家,历来不乏"为一代之极盛"的评价,这其实是从"风流儒雅"这一类正统美学趣味而言的。如果单论诗歌写作的精致,他们确实是元代最突出的,但要说热烈的抒情而形成的诗中的生气,则四家比之前期、后期均为逊色。我们只能说它是元诗发展过程中的一个重要环节,而无法给予太高的评价。②

---

① 张晶:《辽金元诗歌史论》,吉林教育出版社,1995年版,第317、333页。
② 章培恒等主编:《中国文学史》(下),复旦大学出版社,1996年版,第100页。

1999年高等教育出版社出版袁行霈主编的《中国文学史》认为,对"雅正"的追求使元中期诗歌"消解了对社会、政治的批判功能,也削弱了抒发真情实感的抒情功能。诗坛上最流行的是歌功颂德、粉饰太平和赠答酬唱、题咏书画的题材","元诗四大家"正是这种风气孕育下的产物。"其实他们的创作成就并不高,不但不能与前代诗坛的大家相比,就是在元代诗坛上也并不一定是最优秀的诗人"。

"元诗四大家"总体的研究不多,但针对他们个人的研究则相对较多。

二、虞集研究

虞集被认为是元代诗文最突出的代表,古人多持此论。20世纪初,谢无量的《中国大文学史》就说:"元之诗文,虞集最为大家。"并对刘因胜于虞集的说法进行反驳,说:"予独谓高牙大纛,堂堂正正,攻坚而折锐,则刘有一日之长;若藏锋敛锷,出奇制胜,若珠之走盘,马之行空,始若不见其妙,而探之愈深,引之愈长,则有取于虞焉。"① 尽管是重复前人之说,也同样是他的看法。郑振铎《插图本中国文学史》把他视为元代诗文中兴之主,说"虞集出而诗坛为之一振",认为他是元好问后一人,"盖继元遗山而为文坛祭酒者,诚非集莫能当之"②。这是当时的普遍认识,此前1915年上海泰东图书局出版的曾毅《中国文学史》,此后1934年上海元新书局出版的梁乙真《中国文学史话》等,均持这种看法。40年代,钱基博《中国文学史》肯定虞集在元代诗文发展史上的地位,并赞赏他的诗,说"文无笔力,而诗

---

① 谢无量:《中国大文学史》,中华书局,1918年版。
② 郑振铎:《插图本中国文学史》,人民文学出版社,1957年版,第752页。

有笔力;文无远韵,而诗有远韵",评其诗说:"五言古襟怀冲旷,辞笔轩爽,而出以游仙,发其逸趣,欲攀陈子昂,上参郭璞。七言古朗丽而出以驰骤,惝恍而不害现实,俊迈跌宕,具体李白。五言律意趣清真,妙能秀润,王维之遗音也。七言律格律深严,绰有变化,杜陵之矩矱也。其诗颇以唐音之柔厚,而欲渐宋诗之伧野"①。

虞集诗歌的艺术技巧确实达到了很高水平,他在当时又是一位既影响风气又能提掖后进的人物,所以传统的研究对他在当时的地位都加以肯定,并对他的诗文赞不绝口。到了刘大杰《中国文学发展史》里,因为引入社会学的方法,关注文学作品的社会内容,虞集的作品因为"内容贫乏"而被排斥,地位一落千丈。在此后的五六十年代的文学史著中,他不仅不被作为代表作家,连专门的论述也没有,只不过作为"元四家"之一被提到而已,即使有论到者,也只说其诗歌典雅精切,"但应酬、题画之作占去大半数篇幅,成就并不高"②。

70年代台湾出版的包根弟《元诗研究》,极力推崇虞集诗歌。1988年,邓绍基在《阴山学刊》第1期发表了《略论元代著名作家虞集》,对虞集的诗肯定得不多,说他诗歌中表现叹老嗟贫和退隐归田情感的作品占有相当的数量,这是因为他在朝受到排斥和打击。又由他"舒迟而淡泊"的审美观点所决定,他诗歌中缺乏广阔的社会生活内容。只在诗风上,显得雅赡圆熟。对前人对他诗艺术的推崇,作者也有不同看法,认为讲究工力的诗歌在虞集诗中并不很多,他的绝句倒更多地表现出一种挥洒自如的风格。

---

① 钱基博:《中国文学史》,中华书局,1993年整理本,第806—811页。
② 游国恩等主编:《中国文学史》第三册,人民文学出版社,1964年版,第265页。

90年代,论诗强调艺术个性,强调感情的真挚,对作品心灵的、文化的观照,重视思想和艺术的新质。张晶《辽金元诗歌史论》对虞集的诗多所肯定,说他的律诗多而且好,用律严谨,隶事恰切而深微,显得稳健而深沉。其中的优秀之作,笔力之苍劲沉雄,格律之谨严浑然,立意之深沉微茫,在元诗中确乎是难出其右的,是元诗中的瑰宝。作者当然也承认虞诗中泛泛之作不少,但认为上举虞诗的优长,是他的特出之处①。章培恒等主编《中国文学史》分析虞集身世对创作的影响,认为:虞集历数朝皆受优宠,诗文中不乏歌颂朝廷盛德之作,但同时不少作品仍带有一种惆怅、哀伤或感慨,实即显示了历史遗憾和种族歧视给汉族知识分子带来的心灵创伤。他的一些作品中包含着在元人统治下的无归依的失落飘零感,和个人无法抗衡的历史遗憾。和钱基博一样,作者认为虞集诗高于文,说他"对诗歌主张温厚平和而不失声韵光彩之美,他的作品也就是循着这一条路数,题材大多严肃,是四家中最为典雅的。但他的诗虽然缺乏洋溢的才情、洒脱的风致,却也并不古板迂腐,具有抒情的特点"。

20世纪虞集诗歌研究走过了从推崇赞赏到几乎彻底否定,再到有所肯定的路程。随着研究者对艺术技巧的进一步重视,虞集还可能得到多一些的肯定。

三、杨载研究

前人对杨载的诗颇多赞誉,20世纪对他的研究却较少,常常是在谈"四大家"时提到。钱基博《中国文学史》对他的诗评价较高,说是"发唱高圆,造语雅练,其原出于唐音,而意境则取材晋宋"。其诗

---

① 张晶:《辽金元诗歌史论》,吉林教育出版社,1995年版,第321页。

第三章 "元诗四大家"与中期诗歌研究

风大略近于虞集,"沉郁之怀,而托之于冲旷;委曲之笔,而发之为高亮;词参游仙,气必为遒,盖出于陈子昂、李白,以追攀郭璞、左思,与虞集同其机杼者也。驰骤变化不如集,而风规雅赡,则过于集。宋人之伧,一洗而空;而亦不为元诗之纤"。虞集概括杨载诗风如"百战健儿",钱氏认为这一概括得其豪迈而未及其风调,说杨诗"有意有笔,词气豪迈而风调清深"①。

包根弟《元诗研究》强调杨载诗作沉雄和豪迈的特点,说其诗"皆沈雄典实,步骤中程,一扫四灵、江湖靡弱之音","气势不弱,骨力亢健"等②。90年代,邓绍基主编《元代文学史》说他有的诗写得清空圆润,风格确像唐诗。一些比较好的绝句蕴藉含蓄,但这样的好作品并不多。"诗有佳句而非完整好诗,正是杨载诗的通病"。他和元代其他诗人一样,也是送赠、怀古和写景、题画之作占多数。他在炼字造句上颇下功夫,虞集对杨载诗如"百战健儿"的评价,邓绍基认为"可能也是指他重视诗法,犹如老兵重视战法一样"③。张晶《辽金元诗歌史论》认为杨载之作"诗语健劲,富有变化腾挪之势,雄浑横放,长于议论",有一种"脱略束缚、横放杰出的艺术气质",所谓"百战健儿",就是这样的艺术气质。但这种气质只表现在他的歌行体中,其近体诗则更为明显地体现着"雅正"的特点,格律圆熟,艺术谐婉,表现的意蕴也是较为温雅和顺的④。章培恒等主编《中国文学史》注意他诗文中的浪漫色彩,说在"四家"中,他多一些浪漫的诗人气质,他自己说是"放浪天地间",但这种放浪很有分寸,所以"常体

---

① 钱基博:《中国文学史》,中华书局,1993年整理本,第818—819页。
② 包根弟:《元诗研究》,台北幼狮文化事业公司,1978年版,第99—100页。
③ 邓绍基主编:《元代文学史》,人民文学出版社,1991年版,第452—454页。
④ 张晶:《辽金元诗歌史论》,吉林教育出版社,1995年版,第322—323页。

现为一种潇洒,富有雅致的意趣",表现在诗中,有些地方能使他避免平淡,但显得中气不足,境界不够开阔。所以说他的"放浪"仅暗示着个性的某种意向,未得到多少发展[1]。张炯、邓绍基、樊骏主编的《中华文学通史》说杨载各体诗均有佳构。其优秀诗篇,既有汉魏诗的朴实,又有唐诗的风致,写得气韵生动,一气呵成。他诗中有一种蓬勃向上的气势,读后令人感奋。作者对"百战健儿"的理解是,既指其诗法娴熟,运用自如,又指其诗风豪健。有佳句而乏完篇,绝句则少蕴藉,是杨载诗的缺点[2]。

由之前研究可以看出,杨载虽与江西的虞、范、揭并列为"四大家",但其风格与江西诗风实不相同。

四、范梈研究

范梈的研究情况与杨载近似,针对个体的研究较少,常在谈"四大家"时提到。据载虞集曾评范诗如"唐临晋帖"而"终未逼真",揭傒斯评范诗则说:"范德机诗如秋空行云,晴雷卷雨,纵横变化,出入无朕;又如空山道者,辟谷学仙,瘦骨棱嶒,神气自若;又如豪鹰掠空,独鹤叫野,四顾无人,一碧万里。"[3]后人的研究往往围绕这一争论展开。20世纪30年代,郑振铎的《插图本中国文学史》就指出范梈的诗"也有天然流露,不纯是模拟古人"[4]。钱基博《中国文学史》认

---

[1] 章培恒主编:《中国文学史》下卷,复旦大学出版社,1996年版,102—103页。

[2] 张炯等主编:《中华文学通史》(三),华艺出版社,1997年版,第160—161页。

[3] 《范先生诗序》,《揭傒斯全集》文集卷三。

[4] 郑振铎:《插图本中国文学史》,人民文学出版社,1957年版,第753页。

为,范梈的五言古诗"豪跌清遒,足为高调",诗中"萧闲之境,沉郁之意,令人味之亹亹不倦",但他的律诗"气调警而意不新,趣不永"。认为他"古体胜于近体,五言古出陈子昂,七言古敩李太白"。钱氏倾向于虞集之评,说:"其实梈诗如晓钟疏唱,清音独远,意有沉郁,语会缥缈,以魏晋之缥缈,发唐人之沉郁,此所谓'唐临晋帖';而不免有疏涩处,故曰'终未逼真'。然魏晋诗格,明而未融,亦尽有疏涩之笔而转饶古媚;安知集之所谓未逼真者,乃所以为逼真耶? 特嫌其五言古辞烦不杀,尚失魏晋高简之意耳"。作者又把他和虞集、杨载比较,说:"其诗比虞集变化不如而较雅适;视杨载则惊丽少逊而特清遒。"①包根弟《元诗研究》说范梈持身淡泊廉正,其诗格调高逸,正与其立身行事相合。其诗之内容有两方面:儒士清廉公正之节操和归欤之叹。范诗的突出之处在于,当时诸家,"清思高韵,诚无出其右者"②。

邓绍基主编《元代文学史》认为揭傒斯所言范梈"尤好为歌行"乃是事实,范梈的歌行呈现出多种情调和色彩,有的奔放,有的含蓄,有的怪诞,有的愤懑,他"论七言长古宗李白、岑参,但他的诗缺乏唐人气势,而只在片段上表现出他才思的闪光"。作者认为揭傒斯对范诗的评论"显属夸张之辞,但能指出范诗的风格多样,却也有一定道理"。歌行之外,他还擅长五古,优秀小诗也写得颇有情趣。就内容说,他写日常生活和朋友间往来应酬的多,少量诗内容稍微宽泛些③。张晶《辽金元诗歌史论》认为,在元四家中,范梈是较有特色

---

① 钱基博:《中国文学史》,中华书局,1993年整理本,第817—818页。
② 包根弟:《元诗研究》,台北幼狮文化事业公司,1978年版,第101页。
③ 邓绍基主编:《元代文学史》,人民文学出版社,1991年版,第454—456页。

的。他在元中期诗坛上有重要地位,主要是他在扭转江西诗派遗风和提倡风雅、宗唐的诗风变化中,发挥了相当的影响。作者认为虞集对范诗的比拟是不够贴切的,揭傒斯之评固然是夸饰,但可看出范诗风格的多样化。范诗的歌行豪放超迈,跌宕纵横而又流畅自如,受李白诗风的濡染,而律诗方面则受杜甫影响,有些五律近于杜甫的沉郁凝炼。作者说:

> 范梈论诗归于雅正,而其诗作则以多种风格体现了他的论诗主张。在圆熟之中,范诗更具有一种神韵之美,在体段风神上更近于唐诗,但在艺术上很难说有多大的独创价值。①

《中华文学通史》认为,虞集对范诗的评价,大意是说他学古而肖。就其学古来说,是的评,但有以偏概全之病。揭氏之评,未免形容过当,但从说明其风格的多样来说,则有其合理性。范梈的学古并非规行矩步古人,更不是生硬模仿,他在学古的同时,又能机杼自运。范诗有一些反映现实之作,这与他的思想、经历、人品和论诗主张有关②。

五、揭傒斯研究

揭傒斯诗的内容远较其他三家为丰富,研究也相对三家为多。钱基博对其诗十分称赏,言其古诗"擅有左思之风力,发以明远之警挺,卓落为杰",律诗绝句"亦婉秀顿挫,绰有笔意,不仅风神独绝"。他不赞成虞集对揭傒斯"三日新妇"之评,说:"其实傒斯清词,运以

---

① 张晶:《辽金元诗歌史论》,吉林教育出版社,1995年版,第236—329页。
② 张炯等主编:《中华文学通史》(三),华艺出版社,1997年版,第161—162页。

逸气,如太原公子轻裘缓带,顾盼自俊,非新妇诗。"①刘大杰《中国文学发展史》对这些艺术品格的东西,都置而不论,只注意他诗中反映民间疾苦的内容,从这方面给以肯定②。包根弟《元诗研究》指出,揭傒斯多题画诗,多咏生民疾苦之社会写实的诗,这是儒家"人溺己溺"之怀抱。从这一角度,她也不同意"三日新妇"之评。她说,由于揭傒斯一生宦途通达,故其诗气度雍容,别具神韵③。1985年,李梦生标校的《揭傒斯全集》④出版,书的《前言》把揭傒斯的一生以40岁为界分为前后两期,40岁以前为家居或漫游阶段,40岁以后为仕宦或闲居阶段。前一阶段,他是一介布衣,或在家守贫耕读,或为衣食四处奔波干谒。日常所见到的是战乱遗患和贪官污吏、水旱灾害,以致民不聊生的悲惨景象,所以在这一时期的作品中有不少反映社会现实的篇章。后一阶段,由于社会地位的改变,他的生活日益优裕。受到文宗的礼遇,他更是感激万分。在这时期,他写了大量颂圣、应制、赠答的作品;但同时对下层人民的疾苦并未完全忘怀,形诸诗文的仍然不少。他还写了大量山水诗,表现了对大自然的热爱,对人民的风俗习惯也有所描绘。从艺术上说,"三日新妇"之评确实不当,他的诗虽有艳丽之作,但往往艳而新,不给人以涂抹堆砌之感。有些诗写得意象飞动,气势豪放,有太白之风。有些山水诗清新平淡,深得三谢之旨趣。还有些诗意味隽永,感情沉挚。还有一些民歌体的诗,通俗明白,琅琅上口。其不足之处在于时有摹拟之作,有时喜刻意求工,而有雕琢之迹,和元代许多著名诗人一样,有句

---

① 钱基博:《中国文学史》,中华书局,1993年整理本,第814—816页。
② 刘大杰:《中国文学发展史》,上海古籍出版社,1957年版,第807页。
③ 包根弟:《元诗研究》,台北幼狮文化事业公司,1978年版,第102—103页。
④ 李梦生标校:《揭傒斯全集》,上海古籍出版社,1985年版。

无篇。邓绍基主编《元代文学史》肯定他擅长的五言古诗"趋向高雅",而其独特的五言短古"其中佳作确有自然悠长的特点"。在"元诗四大家"中,揭傒斯诗歌的内容较虞集、杨载和范梈的远为丰富,在一定程度上揭露了现实生活中的矛盾和不合理现象,对劳动人民和不幸者寄予同情,对于对南人的歧视,他"抗争的声音也很激烈"。作者说:

> 元代至元以来,诗歌中的尊唐主张越来越盛,但一些著名人物如卢挚、赵孟頫和虞集,更多地推崇韦应物的疏淡诗风,这里除了审美观点外,也有政治原因。揭傒斯也是肯定韦应物诗的,但他的创作实践,又明显地受杜甫、岑参和元结的影响。这也使得他在元代四家诗中显得独有特色。①

1993年第2期《河北师范大学学报》发表李延年的文章《非嫣红姹紫徒矜姿媚者所可比——为揭傒斯诗歌创作思想价值一辩》,指出揭诗具有丰富的社会内容和较为深刻的思想内涵。张晶《辽金元诗歌史论》也不同意虞集对揭诗"三日新妇""美女簪花"的比喻,说揭诗清婉流丽,但决不停留于此,而是在清美流畅中有很深的寄慨,因此显得自有深致。他推重揭傒斯的五言短古,说诗人在四句之中便创造一个淡雅幽峭的意境,却又于其中寄托深意。"揭傒斯的五言短古也许未可轻觑,在很大程度上体现了宋元以来'重逸轻俗'的审美倾向",是承续王维、孟浩然、韦应物、刘长卿一系的诗风而又加以发展的,境界高远,远离尘俗,表达了宋元以还的士大夫情调。作者强调,揭诗内容较为丰富,能反映人民的灾厄困苦,是对"雅正"诗风的

---

① 邓绍基:《元代文学史》,人民文学出版社,1991年版,第457—459页。

突破,难能可贵。

"元诗四大家"都以唐为宗,是元中期盛世诗风的代表。认识虞集等"元诗四大家",对了解和认识元诗的成就和风格,有着特别重要的意义。

第二节　江西与浙东诗人研究

元代中期诗歌的两大中心基本上是在江西和浙东,虽分属两地,却共同促成了元中期诗文风气的形成,表现出了某种整一性。两个中心的诗文作家们互相过从甚多,他们互序文集,互相志墓等。延祐文坛诗界的繁盛局面,是他们共同创造的。元代所称"儒林四杰"中,虞集、揭傒斯为江西人,黄溍、柳贯为浙东人。

一、欧阳玄等江西作家研究

元代江西诗人辈出,初期有程钜夫等,后期有傅若金等,而以中期最盛。元诗四大家中虞集、范梈和揭傒斯都是江西人,其研究状况如前所述。

吴澄由宋入元,按时代属元前期,但其享寿八旬,元中期依然活跃。"元诗四大家"之首的虞集是他的弟子。吴澄诗文,20世纪以来也有一些研究。为方便处理,也放在此处一并介绍。关于吴澄的诗,邓绍基主编《元代文学史》对明人徐燉所谓"诗亦多巧思"之评不以为然,而认为他的一些五言拗律"风格雅淡,情意深浓,笔法也颇老苍,在很大的程度上可代表吴澄的诗格。"作者赞扬吴澄对才艺的重视,并说:"他的诗作虽然不能和元代的诗家名流的作品争短长,但

103

自有它的意义在。"①张晶《辽金元诗歌史论》说吴澄"对于诗歌辞章，他只是率意为之，并不计较工拙。而其诗作多超逸清婉，且在其间自然流露出一种高洁品格来。"② 1998年10月在北京召开的国际元代文化学术研讨会上，查洪德提交了《吴澄的理学与文学》的论文。作者在分析了前人对吴澄诗的有关评论后说：吴澄七言律有纤巧一格，受晚唐体影响比较明显，其中好的作品，清新流转；五言律多老健，乃承江西之脉；吴澄受邵雍影响，是服其学问而及于诗，这一问题应从更大的背景上来认识：吴澄作为理学家而兼诗人，移理入诗，其成功之作是诗富理趣。这类诗风格冲淡，与他论诗远宗魏晋、近推卢挚相合。作者认为吴澄同时接受江西诗派、宋末"四灵"代表的晚唐诗风、理学三种力量的影响，可从这三方面认识吴澄诗的优点与缺点：由于晚期江西诗派主张"宁拙勿巧，宁粗勿弱"，吴澄受其影响，一些诗太拙而不成诗，又由于晚期江西诗派企图以浅白自然救其生硬之弊，吴澄受其影响，有的太俗太白而不成诗。受晚唐诗风影响，有些诗正好走向上一类的反面，写得巧而弱。以理学为诗、以学问为诗，是宋末诗弊突出的一个方面，吴澄也没有走出其理学先辈的误区。分体裁论，吴澄绝句之佳者，一是富于理趣意趣的，二是灵动可喜的，三是清淡幽雅的。吴澄五律诗格以苍老为主，他主张由江西入门而学杜，这在五律中体现出来。七律在吴澄诗中比重既大，风格又复多样。有圆转流畅，以工巧见文心的，确实见出作者巧思，但求巧也就不免于弱。七律又有沉郁顿挫一格，诗中表现的是诗人难以排遣的故国之思，悲凉而又厚重。吴澄古诗，五言朴拙，七言清逸。五言朴

---

① 邓绍基主编：《元代文学史》，人民文学出版社，1991年版，第438页。
② 张晶：《辽金元诗歌史论》，吉林教育出版社，1995年版，第301页。

拙中有浑重顿挫,见出盛唐诗的影响。五古中也有清而巧的,与朴拙诗风形成鲜明对比,不过它已近乎律诗。七古虽与五古风格不同,但欲学盛唐则无异,五古追求盛唐之厚重,七古追求盛唐之气势,欲作壮语,气不足而发为清逸。

欧阳玄是中期一位重要的作家。他祖籍江西,虽生活在湖南,但在文风上追摹其先祖欧阳修,在倡导平易正大文风上又与虞集同调,所以我们也把他归入江西一派的作家。欧阳玄文胜于诗,钱基博《中国文学史》主要讨论了他的散文成就。邓绍基主编《元代文学史》认为,他的诗大抵是题画、赠答之作,流畅自然,题画诗中常表达作家一时一地的感受,颇有情趣。有的诗也有新意[①]。张晶《辽金元诗歌史论》肯定他的诗"风格流畅自然,颇觉生气贯注"。绝句多得自晚唐,而又时有宋人杨万里"诚斋体"的流转轻快。律诗也多写得流美清丽,清新可喜,但并没有多少足以动人之处[②]。《中华文学通史》称欧阳玄诗不如文,但有些绝句则颇有情致[③]。

元代中期,江西诗文为大宗,20世纪的研究,也以江西作家为主。新世纪以来,研究者越来越多地从地域角度关注江西作家群体,这一研究还将不断推进。

二、黄溍、柳贯等浙东作家研究

"元诗四大家"中江西人四居其三,浙东则有黄溍、柳贯、吴莱所

[①] 邓绍基主编:《元代文学史》,人民文学出版社,1991年版,第460—461页。

[②] 张晶:《辽金元诗歌史论》,吉林教育出版社,1995年版,第336—337页。

[③] 张炯等主编:《中华文学通史》(三),华艺出版社,1997年版,第164—165页。

谓的"三先生",时人又称之为"义乌诸公",他们都师事方凤,又传于宋濂、戴良等。

黄溍在三先生中最为著名,但他像欧阳玄一样文胜于诗,所以对其诗歌的研究不多。钱基博《中国文学史》说他"承宋人之学,为宋人之文",诗则"不苏不黄,超绝町畦","雄茂之气,修洁之词,不专事模拟,讲格律,而卓然以自名家"。古体更是"以坦迤出雄迈,含茂丽于简澹,卓尔大雅,足以上攀陈子昂,而远窥陶元亮"①。邓绍基主编《元代文学史》赞赏他"以耿介之心表达对社会人情物理的感受,思想趋向深沉",还欣赏他风格淡雅的旅游诗作②。张晶《辽金元诗歌史论》称黄溍诗较为简古峻洁。认为他的近体诗格律整饰,意象不俗,而纪行五古,得"大小谢"之神气,清新冲和,但缺乏艺术开拓精神和个性特征③。

柳贯与黄溍既同乡又同门,当时以黄柳并称,二人研究情况也相似。柳贯不以诗称,但钱基博《中国文学史》对其诗颇为赞赏,说其诗"以唐矫宋,以晋参唐。……五七言律,俪不犯纤,健不乖律,跌宕昭彰,大体不离于杜者近是;而七言古则以李白参杜甫,五言古则以阮籍、郭璞参陈子昂、李白"④。邓绍基主编《元代文学史》对柳贯的诗有较多论述,说他论诗推崇杜甫和李白,但其诗风古硬奇瘦,实受江西诗派影响。他写有不少七古长篇,遣词命意都很奇特,也常发议论。又说:

---

① 钱基博:《中国文学史》,中华书局,1993年整理本,第820—823页。
② 邓绍基主编:《元代文学史》,人民文学出版社,1991年版,第461—463页。
③ 张晶:《辽金元诗歌史论》,吉林教育出版社,1995年版,第334页。
④ 钱基博:《中国文学史》,中华书局,1993年整理本,第824—828页。

> 他和大多数元代诗人一样,在反映社会生活方面显得苍白无力。他的一些纪行诗虽然在若干形式上有模仿杜诗之处,但并无深沉的苍生之念,而只有刻意的写景之笔,或者夹杂有泛泛的人生出处之感。他的咏史诗写得感情浮泛。倒是他的几首描写海滨盐民生活的诗……对于苦难中的人民寄予了同情。作为一个诗人,柳贯在延祐以后的诗坛上,之所以显出一些特色,并不由于他的诗歌内容,而是由于他的诗风。但这种明显地受江西诗派影响的诗风,在当时已不成为"时尚"。……这或许也就是柳贯诗歌较少有人谈及,他的诗名被文名掩盖的一个重要原因。①

张晶《辽金元诗歌史论》只说他的古体诗峭健有力,有"盘马弯弓"之势,律诗造语奇峭,也能见出受江西诗风之沾溉②。为促进柳贯研究的进展,1992年11月2日在浙江的兰溪还召开了"纪念柳贯逝世650周年大会",会议号召加强对柳贯的研究。

吴莱年岁小于黄柳,但与黄柳属同一辈份,在文坛上产生影响的时间相差也不远。他也曾被认为是元代很有代表性的诗文作家,清代王士禛论诗绝句就说:"铁崖乐府气淋漓,渊颖歌行格尽奇。耳食纷纷说开宝,几人眼见宋元诗。"③渊颖即吴莱,可见推崇之高。但多数研究者不认为吴莱诗文在元代的地位有如此之高,对他的研究也不多。钱基博《中国文学史》说吴莱为黄柳所不可比,"其诗以雄怪发才藻,以韩学杜;势崒语重,殆欲抗行北学之亢厉,而以力湔宋文之

---

① 邓绍基主编:《元代文学史》,人民文学出版社,1991年版,第464—465页。
② 张晶:《辽金元诗歌史论》,吉林教育出版社,1995年版,第335页。
③ 《戏仿元遗山论诗绝句三十二首》之十六。吴莱私谥渊颖。

冗絮"①。包根弟《元诗研究》称赞吴莱歌行气势之磅礴,意象之高骞,实可上追李白、韩愈,为元时诗家之冠。其所以善为乐府歌行,乃因精通乐律,"因通乐而驰其才华努力创作此类诗歌,遂使其造诣达于极致"。她将吴莱诗歌内容分为五类:一为怀古感慨之作;二为记述蒙元习俗之作,如记萨满降神等;三为登临叙景之作;四为论乐听乐之作;五为仙诗。吴莱41岁以后乡居,诗风逐渐趋于淡泊②。邓绍基主编《元代文学史》认为,黄溍偏爱古乐府,贬抑近体诗。他以宗唐代韩、孟诗派自居。吴莱也有雄俊而不艰涩的作品。"元人宗唐成风,但择师不一,吴莱专宗韩愈,使他在元诗家中几乎独树一帜。遗憾的是他也未能摆脱当时普遍存在的创造少而模仿多之病"③。

第三节 其他作家研究

还有一些作家,按生活时代也可放在中期,文名较著者有元明善和袁桷。

元明善文胜于诗,钱基博《中国文学史》独赞其散文。周双利在《内蒙古民族师院学报》1991年第2期发表《元代拓跋族作家元明善》,说元明善在元代为一代文宗,散文诸体皆备。同时也提到了他的诗,认为他的诗以绮丽豪放见长,其绮丽近楚骚,其诡谲似李贺,与他的古文迥异。

袁桷是元代初期到中期诗文风气转变时期的诗文作家,在当时

---

① 钱基博:《中国文学史》,中华书局,1993年整理本,第828—830页。
② 包根弟:《元诗研究》,台北幼狮文化事业公司,1978年版,第104—106页。
③ 邓绍基主编:《元代文学史》,人民文学出版社,1991年版,第467—468页。

颇有影响。钱基博《中国文学史》对袁桷评价较高。邓绍基主编《元代文学史》说,前人论元诗曾把袁桷和赵孟頫、虞集等并称,但袁桷诗作比不上赵和虞。张晶《辽金元诗歌史论》肯定他是有成就的诗人,在当时有"首倡元音"之功。具体论述参见本书第二章第一节中元"前期重要诗人研究"一节。

元中期还有一些诗文作家,如周权、朱德润、许有壬等,在20世纪也曾进入研究视野。研究中有些精到的见解,因为比较分散,这里不再一一评介。(查洪德、翟朋撰稿)

第四章　杨维桢与后期诗歌研究

元代后期，活跃在吴中的诗文作家，以杨维桢最为典型。这些作家多以诗人自认，重感情抒发，热衷追求个性自由；以顾瑛为中心的玉山雅集，对后世的影响也比较大。在另一文学中心浙东，作家多以儒者自居，有强烈的功名意识。但这一派的代表人物，如宋濂、刘基等，多入明且多为开国文臣，尽管他们的文学活动在元代，学术界却习惯把他们视为明人。故本章不再介绍这些人的研究情况，而将介绍有影响而未入明的浙东文人。元末还出现了许多画家诗人，在文学史上自有特色，本章也将介绍他们的相关研究。

第一节　杨维桢与"铁崖派"研究

一、杨维桢研究

杨维桢是一位在当时和后世都颇多争议的人物。他的朋友张雨在《铁崖先生古乐府序》中赞扬他说："廉夫又纵横其间，上法汉魏，而出入于少陵、二李之间，故其所作古乐府辞，隐然有旷世金石之声。人之望而畏者，又时出龙鬼蛇神，以眩荡一世之耳目，斯亦奇矣。"明清以来，对他的褒扬大多承袭了张雨的说法，欣赏他的奇变，看重其变当时诗风的作用。钱谦益《列朝诗集小传》对杨维桢褒贬参半，既肯定张雨的评价"良非夸大"，又批评杨维桢学杜甫未见脱换之工，学李贺未免刻画之消。贬低杨维桢的人往往因其奇艳,攻之为文妖。持中的评价,以《四库全书总目·铁崖古乐府》条较为公允:"元之季年,多效温庭筠体,柔媚旖旎,全类小词。维桢以横绝一世之才,乘其弊而力矫之,根柢于青莲、昌谷,纵横排奡,自辟町畦,其高者或突过古人,其下者亦多堕入魔趣。故文采照映一时,而弹射者亦复四起。"20世纪初至三四十年代的研究者,往往承前人旧说,新意较少。如谢无量《中国大文学史》、吴梅《辽金元文学史》之评就录自《四库全书总目》,李维《诗史》亦袭用前人的评价。1934年出版的梁乙真《中国文学史话》说:"他的诗波澜壮阔,变化奇突,而长篇歌行,尤能恣其磨荡回环之趣。""喜呈才气,务新奇,矫枉过正,往往失怪诞,坠入魔障"[①],虽未出前人之意,但指出了杨维桢对明诗的巨大影响。郑振铎《插图本中国文学史》只说杨维桢的短诗时有绝佳者,对历来为人称道的古乐府及"慷慨浓艳的诸篇"评价不高[②]。在这一时期的文学史著作中,最切实公允的是钱基博对杨维桢的研究。他在40年代所著的《中国文学史》中这样说:

> 其诗以写人所不写,道得情事出为工。乐府则拗语强调,陵纸怪发;律绝亦淫情古意,妙笔艳吐;而七律之作,直起直落,中四句排奡震荡,以生语作拗对,其原亦出杜甫……其诗以妥贴力排奡……文则寓雄骛于明通。

采用了分体评价的处理,分析杨维桢乐府与七律各自的特色,所论也独有心得。既注意到了他"欲作色张,以雄怪发才藻,由张籍、李贺

---

① 梁乙真:《中国文学史话》,上海元新书局,1934年版,第558页。
② 郑振铎:《插图本中国文学史》(北平朴社1932年初版),人民文学出版社,1957年版,第754页。

以攀韩愈,而出入李杜"的风格特点,也谈到了"特其才务驰骋,意务新异,不免滋末流之弊"的负面影响①。刘大杰《中国文学发展史》则是以现实意义为标准,从形式分析的角度评价杨维桢:"现在读他的作品,散文比较通顺,诗歌缺乏现实生活的内容,多以史事和神话为题材,文字过于藻饰,尤其乐府诸作,故意在语言、格调中,出入卢仝、李贺之间,流为奇诡乖僻,而实际徒以矫饰求奇而已。"同时也承认"其小诗中,确有佳作"②,结论贬大于褒。此种评价标准和结论,对50年代之后的研究者影响很深,如60年代出版的游国恩等主编的《中国文学史》就说杨维桢的古乐府"今天看来价值实在不高","但他的诗里也有少数具有现实意义的作品。"中国科学院文学所编写的《中国文学史》则说杨维桢的诗"由于过分追求新异,往往陷于怪诞、晦涩。乐府诗客观上揭露了一些社会黑暗。竹枝词语言通俗,清新,很有民歌风味。"批评其仿古的同时,肯定了他作品中通俗与具有社会意义的一面。台湾包根弟的《元诗研究》的看法则不同,强调杨维桢在当时"力矫时弊"之功,也指出他有时矫枉过正,引起非议③。

　　大致看来,40年代后期至80年代中期,研究者多用现实意义的标准评价杨诗,贬多于褒;从80年代中期以后,对杨维桢的评价提高了许多。此时的研究者从艺术个性角度出发,肯定杨维桢张扬个性、抒发情性的一面,又重视其诗歌及诗学中出现的新质,杨维桢被视作

---

① 钱基博:《中国文学史》(湖南蓝田新中华书局1943年初版),中华书局1993年整理本,第835—903页。
② 刘大杰:《中国文学发展史》(中华书局1949年初版),古典文学出版社,1957年版,第815—816页。
③ 包根弟:《元诗研究》,台北幼狮文化事业公司,1978年版,第113—114页。

第四章 杨维桢与后期诗歌研究

元代特别是元末代表性的诗人,代表了诗歌发展新趋向。于是专题研究逐渐丰富,各种文学史也逐渐用比较大的篇幅介绍杨维桢创作的各个方面。1989 年,邓绍基发表了《略谈杨维桢诗歌的特点》[①],指出杨维桢提倡乐府,反对模拟,实际上是对元初以来学唐风气中的一种模拟倾向的反思和批评。杨维桢主张写个人性情,实际上开了明代"性灵"说的先河。文章还评价了杨维桢的香奁体诗,认为香奁诗的写作与他晚年"耽好声色"背后的社会政治因素有一定关联。在邓绍基主编的《元代文学史》中,明确指出了杨维桢强调的"性情"的积极意义,与传统"性情之正"观点不同。作者还对杨维桢诗歌进行了细致的分体研究,并分析了各体的特点。

1994 年,浙江古籍出版社出版了邹志方点校的《杨维桢诗集》,在前言中从诗歌发展史的角度介绍了杨维桢诗的艺术特点:

> 铁崖乐府风格多样,有的幽艳奇诡,隐含汉乐府情调;有的柔媚旖旎,具有南朝民歌风味;有的清新自然,可以窥见李白情采;有的险怪兀臬,能够看到韩愈、李贺影响;有的秾丽妖冶,又带上了温庭筠、韩偓色彩。至于竹枝词,既有刘禹锡的风情,又有自己独特的韵致。这是由杨维桢转益多师的艺术修养决定的,也是杨维桢才务驰骋、意务新异的艺术追求的结果。

在前人论述的基础上,指出杨维桢诗各体特色和同一体裁中的多样风格,反映了杨维桢诗风的实际,只是对杨维桢自身风格的论述还有所欠缺。1996 年出版的章培恒等主编《中国文学史》留意结合时代

---

① 邓绍基:《略谈杨维桢诗歌的特点》,《湖北大学学报》1989 年第 4 期。

文化背景,说杨维桢思想中"引人注目的,是反叛传统的'异端'倾向。肯定人性的'自然',是其思想的核心价值范畴。""自我精神的恣意飞扬和赞美世俗享乐,构成了杨维桢诗内涵的两个基本特点。……这种自我形象,带有一种粗豪气,具有蔑视现世权威的反抗精神。……在这种意识的支配下,杨维桢诗的审美情趣也和前人有很多不同,他喜欢歌咏强健有力的生命状态。"作者非常重视其中包含的文学史价值,指出"他的诗代表了中国古典诗歌在新的历史状态中有力的新趋向,这是其价值所在。它在元末东南沿海地区引起强烈反响,受到广泛欢迎,是有着深刻历史原因的。"[1]张晶《辽金元诗歌史论》则说:

> "铁崖体"在体裁形式上以"古乐府"为主,力求打破古典主义的诗学规范,走出元代中期模拟盛唐、圆熟平缓、缺少个性的模式,而追求构思的奇特,意象的奇崛,造语藻绘的狠重,在诗的整体审美效果上具有"陌生化"的特征与力度美。而这些,都应出自诗人的情性,从而使作品富有相当的个性色彩。[2]

认为杨维桢的诗论在一定程度上具有文学解放的意义。同时以上几位学者也都指出了杨维桢诗的主要缺点,例如过分求奇,导致晦涩难读等等。

除了对杨维桢诗歌本身的研究之外,80年代之后,研究者还注意从文学发展史的角度入手,探讨杨维桢对明代诗歌发展的影响。

---

[1] 章培恒等主编:《中国文学史》(下),复旦大学出版社,1996年版,第109—113页。

[2] 张晶:《辽金元诗歌史论》,吉林教育出版社,1995年版,第351页。

以上几位学者的著作中都谈到了这个问题。此外还有专门的研究文章,如吴企明的《论明诗与杨维桢的关系》[1]和陈书录的《杨维桢——明代诗文逻辑发展的起点》[2]。吴文分三个方面谈杨维桢和明诗的关系:培养人才、诗歌理论与创作实践。文章认为,杨维桢在元末振兴风雅,为明初诗坛打下了良好的基础,对明诗的发展做出了贡献。从诗歌理论上说,杨维桢主张学古,提出了学古目标,清楚反映了与明代前后七子的复古主张之间的发展脉络,同时明人的拟古主张也肇自杨维桢。从创作实践来看,杨维桢的诗歌创作利弊兼具,对明代的影响久远。他的学古,使诗歌上薄风雅,以与元末萎靡诗风相抗衡,给明诗指出了一条向上之路,而其奇崛傲兀的一面,后学者流为槎牙钩棘,实际上又是一种不良影响。陈文归纳了明初人对杨维桢的几种认识,一是突出其崇儒尚理的前期,赞美其奇崛瑰丽的表征;二是传其衣钵,得其真髓;三是视为异端,骂为"文妖";四是显型上的分流,隐型上的融合;五是揭露弊端,复归雅正。作者由此总结,正因为杨维桢等人诗歌远离了雅正,所以元末明初的文人多力图扭转方向,倡导崇儒复雅,从这个意义上说,杨维桢及其铁崖派是明初崇儒复雅文学思潮兴起的一个诱因。杨维桢诗歌是元明文学链条中的一个重要环节,具有承上启下的作用。对上矫正柔媚旖旎诗风,对下开辟新异诗风,但又滋生新的弊端。因此,在这个意义上,杨维桢及其铁崖派可以被视为明代诗文逻辑发展的起点。

---

[1] 吴启明:《论明诗与杨维桢的关系》,《明清文学研究丛刊》第一辑,1982年版。

[2] 陈书录:《杨维桢——明代诗文逻辑发展的起点》,《南京师大学报》1995年第3期。

二、铁崖派研究

以前的文学史著作中,多将围绕杨维桢形成的文人群体及其诗作称为"铁崖体",历史上也有"铁崖宗派"或"铁崖流派"的提法。邓绍基《略谈杨维桢诗歌的特点》一文指出,杨维桢和他的弟子及追随者实际上形成了一个诗派,恢复了南宋词坛盛行的标立宗派的做法,在当时影响很大。80年代以来,相关的研究主要有刘明今的《论铁崖体》[1]、张晶的《"铁崖体":元代后期诗风的深刻变异》[2]、黄仁生的《铁雅诗派成员考》[3]和《论铁崖诗派的形成》[4]等。这一研究领域中,黄仁生的成就比较突出。其《铁雅诗派成员考》考清了这一诗派的构成和基本面貌,初步确认铁崖唱和友19人,铁门诗人71人,加上杨维桢本人,得铁雅派成员91人。作者又选出30名代表,分别考述其生平创作。其《论铁雅诗派的形成》一文,论及铁崖派的定义、特征及分期等重要问题。文章探讨了这一诗派的定义:"所谓铁雅派,实际上是一个以杨维桢为核心、以复兴古乐府为旗帜、主要由在野和半在野的文人所组成并且具有文学独立意义的诗歌流派。"并由此指出其特征:一是组合方式带有松散性;二是构成与活动具有地域性;三是创作风格具有多样性。文章将铁雅诗派的兴衰历程分为初创(1328—1339)、崛起(1340—1450)、发展(1351—1366)、衰落(明初)四个时期。刘明今《论铁崖体》一文分析杨维桢与李贺的异

---

[1] 刘明今:《论铁崖体》,《学术月刊》1985年第3期。
[2] 张晶:《"铁崖体":元代后期诗风的深刻变异》,《社会科学辑刊》1994年第2期。
[3] 黄仁生:《铁雅诗派成员考》,《中国文学研究》1998年第2期。
[4] 黄仁生:《论铁崖诗派的形成》,《文学遗产》1998年第5期。

同,认为杨维桢所倡的铁崖体风格颇似李贺,杨与李差别主要有二:一是强调传统的诗教,带有较重的复古倾向;二是在风格上更为排奡放逸,流荡不羁。文中说:

> 铁崖体的风格不妨以雄畅怪丽一语以概之。他和李贺一样务求创新,要造新言来代替陈言,他们都向古乐府学习,然而比之于李贺,杨维桢似更重视古乐府的气与势。他虽然倡言复古,但只有少数古乐府是如宋濂所说的"如睹商敦周彝,云雷成文"。其大部分作品则并非如是。……他是要从情性神气上去追摹古人的高格。正因为此,他不学李商隐而学李贺,且不满足于李贺,而是取李贺之奇而兼及李白之势,并力图由此上探汉魏六朝之格。

作者认为怪怪奇奇的铁崖体具有时代特征,不应就其艺术风格的性质判定其高下。杨维桢仍是以儒家的风雅之义为作诗的本旨,因而不同意铁崖体没有社会价值的说法。张晶的文章论及铁崖体在元代后期诗风变异中的影响,着眼于杨维桢转变当时诗风的作用,在艺术形式上也力求突破。文章认为,元代中期的"雅正"观念,是与理学在元代思想界所占的支配地位直接相关的。而铁崖体的代表作家不是理学中人,行为狂放不羁,其个性与铁崖体的形成有密切关系。铁崖体的风貌对元中期的"雅正"诗风是一种冲击,所谓变异,就是由中期的"雅正"变为晚期奇特、奇崛、个性强烈的诗风。对铁崖体的剖解,有助于明晰元代诗歌发展变迁的主要轨迹。

铁崖派的成员中,李孝光是杨维桢的朋友,当时与杨并称,影响也比较大。钱基博《中国文学史》说:"孝光以文章负名当世,其文取法古人,非先秦两汉语,弗以措辞。"评其各体诗说:"乐府古体,刻意奋厉,不作庸音;近体五言疏秀,有唐调;七言颇出江西派,而俊伟之气乃不可遏"。①李宪昭的《元代作家李孝光》②认为,李孝光隐居教授的生活限制了他的创作,但他的诗歌仍有现实意义,透露了有志未酬的苦闷。以诗歌内容论,咏史诗常常表现出一些新鲜活泼与传统看法不同的思想。山水诗在他的诗歌中占很大数量,所写都是东南一带的名山胜水,所以显得意境清新、融情入景而有余味。他的山水诗有时写到人间的灾难,有时写出一幅朴素的风景画,又善于写出自然界的生气、生命力。以各体论,作者认为李孝光比较擅长的是五七言古、近体诗,在诗意和表现手法上较有创新。而对于前人盛赞的古乐府则评价一般,认为只是做到了与汉魏乐府酷似而已,邓绍基主编《元代文学史》也认为,虽然在古乐府的写作上,杨维桢引李孝光为知己,但在现存李孝光作品中,古乐府并不很多,能称为佳作的也少。"如果要精选李作,还应数他的竹枝词或类似这样的作品最为精采"③。

张宪曾师事杨维桢,至正年间到京师,与人纵论天下事,使人惊骇,视为狂生。邓绍基主编《元代文学史》综合前人观点,说张宪伤时之作很多,是诗歌内容的主要特点。从他的诗歌,可以看出他对元王朝从期望到绝望的思想过程。他长于乐府体和歌行体,乐府诗风受李贺影响,色彩浓烈,形象奇特④。张晶《辽金元诗歌史论》也有关于张宪的专论,持论与邓绍基大致相同⑤。

此外还有涉及杨维桢竹枝词的研究。邓绍基《略谈杨维桢诗歌

---

① 钱基博:《中国文学史》,中华书局1993年整理本,第839页。
② 李宪昭:《元代作家李孝光》,《文学遗产》1982年第2期。
③ 邓绍基主编:《元代文学史》,人民文学出版社,1991年版,第502—503页。
④ 邓绍基主编:《元代文学史》,人民文学出版社,1991年版,第504—505页。
⑤ 张晶:《辽金元诗歌史论》,吉林教育出版社,1995年版,第366页。

的特点》①谈及杨维桢竹枝词,以为"婉丽动人",缺陷在于有时过于文雅以及浮艳描写。专门文章有孙小昭的《杨维桢与西湖竹枝词》②、希稼的《〈西湖竹枝词〉初探》③。研究指出了杨维桢竹枝词对后世的影响。90年代以后,研究者对杨维桢的诗歌理论与文学主张也有关注,相关文章有哈嘉莹《杨维桢诗歌思想片论》④、黄仁生《杨维桢的文学观》⑤。这些文章总结杨维桢诗歌思想的内容与成因,指出他的文学主张对后世的深远影响。

与杨维桢及其有关的研究,近年来已经成为元诗研究的热点。这一时期主要的研究成果,是研究者普遍注意以文学史的眼光看待问题,注意杨维桢及其代表的诗派对前人诗风的承继与反拨,以及对后世诗风带来的影响。目前研究的不足,则主要集中在重复研究过多,缺乏不同观点的交锋,著作数量不足等问题。

第二节 玉山雅集及元后期其他诗人研究

一、玉山雅集研究

元末以顾瑛为中心的玉山雅集对后世的影响很大,相应地也有涉及玉山雅集、顾瑛及玉山草堂诗的研究。钱基博《中国文学史》提及顾瑛,说他的诗词语流丽,亦足与杨维桢相唱和⑥。在邓绍基主编

---

① 邓绍基:《略谈杨维桢诗歌的特点》,《湖北大学学报》1989年第4期。
② 孙小昭:《杨维桢与西湖竹枝词》,《西湖》1982年第11期。
③ 希稼:《〈西湖竹枝词〉初探》,《柳泉》1983年第1期。
④ 哈嘉莹:《杨维桢诗歌思想片论》,《承德民族师专学报》1997年第1期。
⑤ 黄仁生:《杨维桢的文学观》,《复旦学报(社会科学版)》1997年第4期。
⑥ 钱基博:《中国文学史》,中华书局1993年整理本,第839页。

《元代文学史》中,顾瑛专列一目。作者认为顾瑛诗的情调是闲适恬淡,有些绝句写得颇有情韵,但总体看来佳作不多。对于玉山雅集及其诗中表现的旷达,认为是"充分显示了这些文人的颓唐、没落感情和心态",并称玉山草堂为"元末一部分文人逃避现实的见证"[①]。评价并不高。么书仪《元代文人心态》第七章《心理的变态》中《"世纪末"的享乐主义——玉山草堂文人的狂欢》称,玉山草堂文人面对着个人和社会吉凶祸福难定的令人沮丧、恐惧的状况,他们的恣意享乐,是一种寻求刺激以忘却现实烦忧的手段。作者认为,顾瑛的文意词采不过中才,一边注重声色享受,一边又要保持隐者声誉,玉山雅集是以最世俗的耳目口腹之乐,吸引以雅士自居的、自命不凡的文人才士。在表面的热闹欢畅之下,隐藏着深刻的思想矛盾,其中最突出的是对生命的体验和思考,也就是对世事无常和生命短暂的特别敏感,他们的心理和感情活动,显示出对于未来的恐惧和思考。"在有关玉山草堂的记载中,我们看到的几乎都是尽情尽性的狂饮沉醉的情绪,难以寻到在动乱年代表现文人传统责任感的文字。""无可救药的'绝望',导致了玉山草堂式的享乐思潮的诞生和蔓延,导致了文人对政事关切程度极大地削弱,离心倾向大大地增强。""看起来,玉山草堂文人们的言行,似乎是对宋代理学规范的一种叛逆,实际上,他们的情绪、举动都是绝望之余的一种变态,根本谈不到从哲学的高度来反叛理学道统。他们的思想,从本质上也始终并未跳出儒家传统观念的因袭和拘束"[②]。评价也比较低。进入21世纪之后,随着玉山雅集成为元诗研究的一大热点,对玉山雅集及其诗歌的

[①] 邓绍基主编:《元代文学史》,人民文学出版社,1991年版,第529—531页。
[②] 么书仪:《元代文人心态》,文化艺术出版社,1993年版,第260—266页。

正面评价也越来越多了。

二、元后期其他诗人研究

如前所述,元末的浙东诗文作家有许多是明代的开国文臣,不在本节的论述范围之内。在他们之外,戴良是忠于元王朝而成为元遗民的,陈基也同样忠于元王朝,但曾效力于张士诚政权。后期还有一些出生在浙东的诗文作家,并不能算作浙东一派。也就是说,元后期不入明而有影响的浙东诗文作家,只有戴良和陈基两人,而对这两人的研究也并不很多。在他们之外,元后期其他诗文作家的研究也附在这一节介绍。

戴良的诗歌,钱基博《中国文学史》评论说:"其诗依仿晋宋,颇得其明丽。"①包根弟《元诗研究》说"在元末诗坛,除杨维桢之奇崛,倪瓒之淡雅外,戴良又以慷慨激烈之音,别树一帜",而其和陶诗等则"冲淡有致"②。邓绍基主编《元代文学史》认为其诗不如文,对他的诗歌未作介绍。《杭州师范学院学报》2000年第5期发表查洪德等《金华之学的衍变与戴良的诗文成就》,认为《四库全书总目·九灵山房集》提要评"良诗风骨高秀,迥出一时。眷怀宗国,慷慨激烈。发为吟咏,多磊落抑塞之音。"反映了戴良诗主导的内容与风格。以为"客观地评价他在元代诗文发展史上的地位,应该说,在元代,他是一位较有成就的诗文作家;在元末的东南,他是雅正派诗文的重要代表作家"。在戴良各时期所写诗歌中,作者认为好的作品,是"经历世乱和元亡的震荡,备尝了人生的辛酸,世事之尝于心者多矣,真

---

① 钱基博:《中国文学史》,中华书局1993年整理本,第828页。
② 包根弟:《元诗研究》,台北幼狮文化事业公司,1978年版,第118—119页。

情动于中,肆口而出,无需文饰而自然感人。其中一组拟古乐府诗如《城上乌》《有所思》《艾如张》《西门行》等,风格古朴,确有古乐府之遗韵,但情调不免颓丧"①。陈基诗歌的研究很少,邓绍基《元代文学史》称陈基为张士诚政权的第一文人,"乐府体诗歌并不一味模仿前人体制,写来颇有民歌风味"②。

在戴良、陈基之外,周权、陶宗仪、张雨等也是当时的浙江诗文作家,但他们的学术承传和诗文风格,都和浙东文人有所区别。张雨是一位道士,也是著名的诗人。钱基博《中国文学史》评价"其诗文豪迈洒落,结体遒逸"③。邓绍基主编《元代文学史》则认为他的"诗作无显著特色",但"大致具有俊逸清淡的特点,不少诗都写他的隐居情怀……但有的作品颇有感慨",写出了社会不平和百姓疾苦④。李知文的《张雨其人其诗》⑤,认为张雨诗歌"拔俗,带有一种超脱的情调","意境清幽""蕴藉深沉",其题画诗形象生动,别有境趣。文章也认为,张雨的诗有"直面社会现实"的特点。

元后期其他诗文作家中,王逢是竭忠于元的遗民。钱基博《中国文学史》谈他诗歌的师承和自身特色,说:"逢早年学诗于延陵陈汉卿;而汉卿则学诗于虞集。集具体盛唐,不主一家,而欲窥晋宋;逢则气疏而才俊,仿佛杜牧,能以豪迈发才藻,盖得杜牧之一体。"总结

---

① 查洪德、李艳:《金华之学的衍变与戴良的诗文成就》,《杭州师范学院学报》2000年第5期。该文后收入查洪德《理学背景下的元代文论与诗文》,为该书第十五章,中华书局2005年出版。
② 邓绍基主编:《元代文学史》,人民文学出版社,1991年版,第533—534页。
③ 钱基博:《中国文学史》,中华书局1993年整理本,第839页。
④ 邓绍基主编:《元代文学史》,人民文学出版社,1991年版,第474页。
⑤ 李知文:《张雨其人其诗》,《贵州社会科学》1992年第7期。

其诗歌特色为"荐更丧乱,悲歌慷慨","亦复壮能发采,华而不靡,所以风骨警挺,音节铿锵"。以诗之各体论,谓其"五言古感喟苍凉,风流条达,语丽而气遒,其源远追张协《杂诗》。七言律沉郁顿挫,不害用事,干以风力,臻于刘亮,则杜牧、李商隐之学杜也。"[①]评价颇高。邓绍基主编《元代文学史》把王逢与戴良并列为"遗民作家"的代表人物,也谈到王逢诗的特色:

> 他的竹枝词风格素淡,几无纤浓之笔,在当时诸多竹枝词中也显得比较特殊。他的整体诗风既与当时流行的杨维桢"铁崖体"不同,也与王冕、贡性之等人的明畅诗风有别。看来他是在追求一种诗家们常说的沉郁诗格。……就诗论诗,王逢的长篇歌行所表现出的豪雄之势,正是杨维桢的歌行所缺乏的,或者说正可观照而见出异趣。

认为王逢诗中的悲凉情绪,"正是像王逢这样与没落的元王朝同命运的文人的整个心态"[②]。

傅若金是江西诗的继承者。邓绍基主编《元代文学史》说傅若金是元中期"四大家"的追随者,"被虞集、揭傒斯视为后起之秀",为虞集等人极力赞赏的五古确有疏淡之风,但并非他诗中的佳作,他的长律颇见功力,歌行是各体中最弱的一类,而佳作在近体律诗[③]。张翥是元末诗坛的重要作家。张晶《辽金元诗歌史论》说,张翥生当元末动荡之际,关注时局,有很强的社会责任感,所作篇什多直接切入现实,在其诗中可以明显地感受到时代脉搏的跳动,其诗多忧愤感慨

---

① 钱基博:《中国文学史》,中华书局1993年整理本,第842—844页。
② 邓绍基主编:《元代文学史》,人民文学出版社,1991年版,第538—539页。
③ 邓绍基主编:《元代文学史》,人民文学出版社,1991年版,第520—522页。

之作。在元末动荡的时局中，延祐时期"含而不露""优游不迫"的诗歌主张行不通了，诗人们开始较为激切地抒写忧愤，张翥是很典型的一个①。邓绍基主编《元代文学史》谈张翥的师承，指其学诗于仇远，"从张翥所写的怀念仇远的诗作看，他不仅对仇远十分尊敬，而且以能有这样一位老师而自豪。仇远自言其律诗宗唐，但从今存仇远诗看来，唐诗风味不足。张翥在这方面却胜过他的老师"。作者分析前人对张翥的评价说：

  明代胡应麟《诗薮》、清代王士禛《居易录》和《四库全书总目》对张翥诗歌评价都甚高。其中允当之说，可归纳为三点：一、张翥诗作的艺术成就并不在赵孟頫、虞集之下。二、张翥作品中，"近体长短句尤工"，近体诗中又以律诗最为出色。三、诗歌内容的一个主要特点是"多忧时伤乱之作"。

非常重视张翥在元诗史上的地位，称其为"元代的一位有艺术才华的名家"，地位与赵孟頫仿佛："既是朝中显官，并且官至从一品，进封国公，又是有艺术才华的著名诗人，前数赵孟頫，后数张翥。如果说，赵孟頫在元代大都诗坛曾起着先行者的作用，那么，同样是朝中显官和著名诗人的张翥则是元代京师诗坛的一位殿军。"②评价是很高的。

  在元代特别是元末，诗人画家或画家诗人很多，这也是文学史上值得注意的现象。元末著名者，有王冕、倪瓒、吴镇、黄公望等，其中王冕和倪瓒受研究者关注最多。

---

① 张晶：《辽金元诗歌史论》，吉林教育出版社，1995年版，第365—366页。
② 邓绍基主编：《元代文学史》，人民文学出版社，1991年版，第515—520页。

第四章　杨维桢与后期诗歌研究

　　王冕的研究,于20世纪30至40年代开始出现一些介绍性的文章。如1935年《图书展望》第1卷第1期李絜非的《王冕诞生六百年纪念》,1946年12月4日《大公报》(上海)《文史周刊》第8期上包赉的《王冕事迹考》,1947年1月15日《大公报》(天津)《文史周刊》第14期丁则良的《〈王冕事迹考〉商榷》等。但在一般的文学史中仍然很少提及,如钱基博《中国文学史》就没有介绍。郑振铎《插图本中国文学史》提及王冕并引其《墨梅》诗,但没有评论。50年代之后,由于以社会现实意义为标准看待文学,王冕的地位一下提高了。如刘大杰《中国文学发展史》评价王冕说:"他对元末的黑暗政治深感不满,而又是一个刻苦自学、品格高超、热爱劳动、热爱艺术的诗人。他的诗富于反抗精神……语言纯朴,兴寄深远,排宕纵横,不拘常格,为其诗歌的特色。倾向鲜明,风格多样,表现了伤时感事的真情实感……王冕不仅品格高超,而且是元末有重要地位的诗人。"①此后60年代的中国科学院文学所编写的《中国文学史》及游国恩等主编的《中国文学史》,均视王冕为元代最重要的诗人。于是王冕受到研究者极大关注,出现了许多相关文章,如《王冕生卒年辨误》(姜克涵,《学术论坛》1957年第2期)、《王冕的墨梅诗》(牛孺子,《文汇报》1960年12月26日)、《王冕及其梅花诗》(友琴,《光明日报》1978年7月7日)、《"要为苍生说辛苦"——王冕〈竹斋诗集〉读后》(罗仲鼎,《浙江学刊》1982年第3期)、《试论王冕》(鲜述文,《重庆师范大学学报》1986年第4期)。而新时期以来的文学研究标准从社会意义转变为艺术品格之后,对王冕的关注有所降低,他在文学史

---

①　刘大杰:《中国文学发展史》,中华书局1949年初版,古典文学出版社,1957年版,第814—815页。

中的地位也发生了变化。如邓绍基主编《元代文学史》就对今人认为王冕诗歌成就超过杨维桢的看法做了批评,总结王冕诗较有特色的,一是伤时愤世之作,二是写隐逸闲适之情的作品①。

  倪瓒因其在中国绘画史上的重要地位,关于他的研究在20世纪20至40年代文章就已经不少,但还不属于文学研究的范围。关于他的诗歌,这一时期的文学史一般都有论及。如吴梅《辽金元文学史》、郑振铎《插图本中国文学史》、钱基博《中国文学史》都介绍了倪瓒的诗歌。其中以钱基博的分析较为细致,认为他的诗"大抵抑扬爽朗,不废俪语,以澹为绮,以晋参唐;于唐则韦应物参王维,于晋则陶潜参谢灵运,而润泽以陆机,秀爽于谢朓,有余于秀韵,不足于雄才;自是南风之敷柔,不同北调之亢厉矣。然意兴婉惬,中有恻怆"②。50年代之后,同样由于以社会意义作为衡量文学的标准,文学史对倪瓒的否定增多。刘大杰《中国文学发展史》没有提到他,中国科学院文学研究所编《中国文学史》也批评他"题材狭窄,流露了较多的消极情绪",但也肯定了他咏景题画作品的艺术成就。80年代以来,看待倪瓒诗歌的眼光又有所转变,如邓绍基主编《中国文学史》指出了他诗风近陶、韦,他的各体诗都体现出素淡无华的特点。他集中有不少题画诗,山水小景画以天真幽淡为宗,题画之诗也属雅淡,不时借以寓意和明志③。张晶《辽金元诗歌史论》从不同艺术门类的关联入手,强调倪瓒诗与画之间有很深微的一致处,都以天真幽淡为宗。倪瓒倡导的"幽深闲远"的境界最难企及,是因为这不仅仅

---

  ① 邓绍基主编:《元代文学史》,人民文学出版社,1991年版,第523页。
  ② 钱基博:《中国文学史》,湖南蓝田新中华书局1943年初版,中华书局1993年整理本,第839—841页。
  ③ 邓绍基主编:《元代文学史》,人民文学出版社,1991年版,第528—529页。

是一种风格,而必须是以孤高淡泊的襟怀为基础的。正因为倪瓒栖心淡泊,才形成了其诗作恬淡萧散的风格。倪瓒这种萧散幽淡的诗风,继承了王、孟、韦、柳而注入了时代内容,这就是对元朝政治的离心倾向,在吟啸江湖、远弃尘俗中,潜藏着一种强烈的民族意识。作者还强调了倪瓒在元代后期诗风转变中的作用,以及对明清诗的影响。

元后期诗歌研究的热点,较集中于杨维桢及以他为中心的流派群体的研究、王冕等画家诗人的研究、少数民族诗人萨都剌研究,而对其他问题的关注与研究则明显不足。元代后期是中国诗歌发展史上一个繁盛的时期,而这种繁盛局面很长时间以来没有被认识和肯定。90年代以来,随着研究的进展,情况有所好转。但与元末实际存在的繁盛局面相比,这一领域在研究范围与深度上仍有待更进一步开掘。(查洪德、徐姗撰稿)

第五章　萨都剌与少数民族诗人诗歌研究

元代出现了一个非汉族诗人群,其成就受到时人和后人的关注。清人顾嗣立说:"元时蒙古、色目子弟,尽为横经,涵养既深,异材辈出。贯酸斋、马石田(祖常)开绮丽清新之派,而萨经历(都剌)大畅其风,清而不佻,丽而不缛,于虞、杨、范、揭之外,别开生面。于是雅正卿(琥)、马易之(廼贤)、达兼善(泰不华)、余廷心(阙)诸公,并呈词华,新声艳体,竞传才子,异代所无也。"[①]据统计:有作品流传至今的蒙古诗人有二十余人,色目诗人约一百人[②]。少数民族诗人大量登上中国文学史的舞台,这是元代文学史的新异之处,民族诗人所取得的成就引人瞩目。

第一节　萨都剌研究

明人毛晋在《雁门集》序中称"天锡以北方之裔而入中华。日弄柔翰,遂成南国名家。今其诗诸体兼备,磊落激昂,不猎前人一字。"天锡,即元代少数民族诗人的最杰出代表萨都剌。天锡名重诗坛,是

---

① 丁福保辑:《清诗话》,上海古籍出版社,1978年版,第84页。
② 杨镰:《元诗史》,人民文学出版社,2003年版,第67页。

元诗研究的热点;但由于文献记载的缺失,又是元诗研究的难点。

一、生平与文献研究

萨都剌虽名重当时,然生平未见碑、传,关于他的文献记载,差异也较大。他的生卒年、族属、籍贯、家世等基本问题,一直存在较大争议。这些问题的专门考证文章和涉及考证问题的论著,有二十几篇(部)之多。

关于萨都剌的生年,萨龙光《雁门集》卷十《北人塚上》案语称:"世祖至元九年壬申(1272),是公之生年也。"清人吴修《续疑年录》卷二:"萨天锡(都剌):生至大元年(1308)戊申。"自注云:"以年二十泰定丁卯进士推之。"近人陈垣考证的结果为至元二十五年(1288)左右[1]。此外,当代学者还有持至元十九年(1282),至元二十九年(1292)左右,大德四年(1300)等多种说法[2]。莫衷一是。至于萨都剌的卒年,也没有较为确定的说法。

关于萨都剌族属问题的文献,最早见于元人俞希鲁[至顺]《镇江志》:"萨都剌,字天锡,回回人。"[3]陈垣先生也论定其为回回人。[4]当代学者,依旧以持回回者居多,也有学者持蒙古说,如王叔磐以几

---

[1] 陈垣:《萨都剌的疑年——答友人书》,见《陈垣学术论文集》第二集,中华书局,1982年版,第80—83页。

[2] 分别见周双利《萨都剌》一书之《萨都剌简谱》,中华书局,1993年版,第123—129页;刘真伦《萨都剌生年小考》,《晋阳学刊》1989年第5期;张旭光《萨都剌生平仕履考辨》,《中华文史论丛》1979年第2辑,331—352页。

[3] 俞希鲁:[至顺]《镇江志》卷十六《录事司·达鲁花赤》,清刻《宛委别藏》本。

[4] 参见陈垣著、陈智超导读:《元西域人华化考》,上海古籍出版社,2000年版,第69页。

个证据论说萨氏是蒙古诗人：其一，萨都剌诗中提到了伊斯兰教中讳言的"猪"，并且多次提到饮酒之事，还与僧、道往来，这些不合伊斯兰教规。其二，萨都剌的后代萨本茂多次说自己是蒙古族。其三，元人干文传《雁门集》序，清人毛晋《雁门集》跋，《四库全书总目》等文献材料都记载其为蒙古人[①]。萨都剌的后裔萨兆沩调和了两种说法，认为萨氏为"蒙古化了的色目人"[②]。今天我们所使用的"民族"概念，国外至今没有统一的认识，中国学术界理解也不尽一致。我们常常以此定义民族，即"人们在历史上形成的一个有共同语言、共同地域、共同经济生活以及表现于共同文化上的共同心理素质的稳定的共同体"。而这一概念运用到中国古代历史中，颇多龃龉之处。以"蒙古化了的色目人"为萨都剌的族属定性，似乎更符合元代多族共居、多族融合的历史实际。这也为中国古代非汉族人士的族籍认定提供了有益的思考。

萨都剌作品集版本问题也十分复杂，"据学者考证，有六十三种之多，其中已佚或存疑者十二种，一种存佚不明，五种为日本刻本，六种为词集，现存三十八种诗集版本，分《雁门集》与《萨天锡诗集》两大系统。"[③]在文献整理方面，殷孟伦、朱广祁整理的《雁门集》1982年由上海古籍出版社出版；同年，宁夏人民出版社出版了刘试骏、张迎胜、丁生俊选注《萨都剌诗选》。20世纪八九十年代，在萨都剌文

---

① 王叔磐：《关于萨都剌的族属、家世、籍贯、生卒年、一生官历问题的考证》，《内蒙古大学学报》1986年第4期。

② 见《一位蒙古族化的色目诗人萨都剌》，《北京社会科学》1997年第1期。又见萨兆沩：《萨都剌考》，燕山出版社，1997年版，第117页。

③ 查洪德主编：《中国古代诗文名著提要·金元卷》，河北教育出版社，2009年版，第316页。

第五章　萨都剌与少数民族诗人诗歌研究

献考证方面的代表性文章有张旭光等《萨都剌集版本考》、李佩伦《论永和本〈萨天锡逸诗〉》、桂栖鹏《萨都剌卒年考——兼论干文传〈雁门集序〉为伪作》等,各有创见①。杨镰《元西域诗人群体研究》一书之《第三部·第二章·解读萨都剌》中关于萨氏文献问题的考证更为翔实,大胆地指出被认为萨集定本的十四卷《雁门集》"其实是一个明显的学术倒退","首先,萨龙光为萨都剌诗所作的编年大部分是并无依据的","其次,经萨龙光汇编萨都剌诗,结果萨诗成了元诗的一个特例。可以说,十四卷本《雁门集》实际上已经成了收入他人诗篇最多的元人诗别集"。并且认定"所谓《永和本萨天锡逸诗》是(至少它所依据的底本是)一部伪书"②。关于萨氏文献的考证工作取得了进展,但基础文献存在的诸多问题,使得萨都剌研究显得更加困难,甚至对于一些问题的认识还需要重新审视。

萨都剌生平、文献的研究自然是其诗歌研究的基石,但以现在的研究状况来看,依旧有很多基本问题尚无定谳,有待新文献的发现。萨都剌生卒年、生平诸问题可在与同时代人的交往中进一步考察。萨氏文献的辑佚、辨伪,还有许多工作需要扎扎实实地展开。

二、诗歌内容与风格研究

萨都剌在当时诗名颇大,曾令文坛宗主虞集"忽见新诗实失惊"(《与萨都拉(剌)进士》)。明清两代,对这位异族才子,论者亦颇多

---

① 分别见《扬州师院学报》1988年第1期、《中央民族学院学报》1992年第4期、《文学遗产》1993年第5期。
② 杨镰:《元西域诗人群体研究》,新疆人民出版社,1998年版,第316—338页。

赞词。但到了20世纪前期几十年，可能受到民族情绪等因素的影响，萨都剌少被论者提及。当时的文学史论著，像郑振铎《插图本中国文学史》，谢无量《中国大文学史》、欧阳溥存的《中国文学史纲》等著作评介萨都剌时，都语焉不详。

20世纪40年代刘大杰《中国文学发展史》下卷《元代的诗词》一章，用相当的篇幅介绍萨都剌，称："元代的少数民族作家，特别值得我们重视的，是在诗词创作上取得优秀成绩的萨都剌。"该书征引萨氏《早发黄河纪事》等5首诗后评述道："可见他的作品，具有题材多样、风格多样的特色。抒情写景、吊古怀人以及反映民间疾苦，都很有成就。而其风格，大抵绝诗清新婉丽，古体俊健，律诗沉郁。虞集称其诗'最长于情，流丽婉转'，这是不够全面的。赵兰序其集云：'其词雄浑清雅，兴寄高远'，这就较为公允了。"[①]这是20世纪以来，首次对于萨都剌诗歌的内容、艺术特色、文学史地位进行较为全面和客观的评价，此外，还介绍了萨都剌词的创作情况。这些见解观点在大陆学界，一直影响到了70年代末。60年代初，游国恩等主编《中国文学史》，中国科学院文学研究所编《中国文学史》对于萨都剌的介绍，皆与刘著相去不远，受当时学术风气的影响，更突出了萨都剌诗作中的"人民性"。

这里需要特别提到的是，日本汉学家吉川幸次郎，他在60年代初写成的《元明诗概说》中，为萨都剌专列一节，介绍了他的生平和诗作，说："他既有在南方当市民的经历，也有作为北京翰林的经历。他的文学作品，也正如两个系统的混合。"[②]注意到了游历对于萨诗

---

① 引自古典文学出版社1957年版，第807—809页。
② 李庆等译：《宋元明诗概说》，中州古籍出版社，1987年版，第224—225页。

风貌的影响。70 年代,台湾包根弟《元诗研究》评萨都剌诗,称:"在各体诗中,以宫词绝句成就最高,五律次之,七古七律又次之,五古又次之。"①这与大量研究者多关注其歌行古体的角度有所不同。

20 世纪八九十年代,萨都剌研究的成果渐次丰厚,研究视域也逐渐宽广。

关于萨都剌的诗歌内容,殷孟伦、朱广祁 1982 年出版的《雁门集》校点本前言中称:"萨都剌的诗是反映当时现实的,和元代一些诗人内容空泛、题材狭窄、思想性很低的作品绝然不同。"并对萨氏山水诗、题画诗、怀古诗、宫词等分别作出了评价。80 年代中后期,周双利对于萨都剌进行了较为系统的研究,发表了多篇论文,后编汇成《萨都剌》一书。作者从多个方面概述萨都剌诗歌的思想内容:

> 有刺时政之得失,忧民生之多艰;反战争之残民,哀农民之不幸,号为诗史,当之无愧。还有记宫廷生活之富贵清闲,咏边塞风光之奇异,写高山大川之壮丽,这些诗往往表现了自己的独具特色。《雁门集》中还有一类诗是作者抒发个人感受的作品,像经商之艰苦,哀身世之贫困以及恋亲思乡、病苦求仙乃至仕与隐之间的徘徊矛盾,构成了《雁门集》中富有萨都剌个人生活特色的创作。②

随着萨都剌研究的深入,这一时期,出现了对萨都剌诗歌内容、题材分类研究的论作。如曹新华《清新绮丽自成一家——试论元人萨都剌"边塞诗"的民族色彩》,曾明《足迹遍南北,神韵兼刚柔——读萨

---

① 包根弟:《元诗研究》,台北幼狮文化事业公司,1979 年版,第 107—108 页。
② 周双利:《萨都剌》,中华书局,1993 年版,第 42 页。

都拉的记游诗》、马志福、马卫平《论萨都剌怀古诗中的忧患意识》、石晓奇《清而不佻,丽而不缛——漫论萨都剌的写景纪游诗》、龙德寿《论萨都剌的时事诗》、李延年《试谈萨都剌别开生面的妇女题材诗》等①。这些文章,各从某一个角度论说萨都剌的诗歌,丰富了萨都剌研究。

关于萨都剌诗歌风格的研究,也是逐渐走向深入的。80年代初,夏启荣的《元代维族诗人萨都剌》一文指出,萨都剌的诗歌有豪迈奔放和清丽俊逸两种风格②。虽然概括得比较准确,但尚显粗疏。90年代初,祝注先从三个方面探析萨都剌的风格:"豪放激昂,情辞洒脱;俊爽风流,韵志兼美;天然逸致,意境深邃。"③略显深入。邓绍基在其主编的《元代文学史》中对萨都剌诗歌的风格作了全面的评价:

> 萨都剌的诗风远不能以"清"、"丽"而不"佻"、"缛"来概括。大致说来,他的古体诗有雄浑之气,近体诗中的律诗趋向沉郁,绝句偏于清丽。就其捕捉形象的思力和熔铸诗歌语言的才力来说,又有深细新巧和色泽浓烈的特点,这主要是受唐代李贺、李商隐的影响。④

在八九十年代,随着学术界研究方法的更新,对于萨都剌的研究视域

---

① 分别见《文史知识》1986年第2期、《西南民族学院学报》1989年第6期、《民族文学研究》1990年第4期、《新疆社科论坛》1993年第1期、《北京师范大学学报》1995年增刊、《河北师范大学学报》1996年第4期。
② 《内蒙古日报》1983年3月17日。
③ 祝注先:《论萨都剌诗歌的艺术风格》,《民族文学研究》1990年第4期。
④ 邓绍基主编:《元代文学史》,人民文学出版社,1991年版,第477页。

也有所开拓,有一些学者从文化与文学关系的角度对于萨都剌进行阐释。如黄慧芳、王宜庭《萨都拉诗词的民族特征》一文指出:"我们认为要理解萨都拉,绝对不能离开作者的民族气质。"该文不再只关注萨都剌的汉化问题,而是从其自身的民族性格出发,认为"萨都拉诗词的豪放高昂、清新自然却具有它独特的民族气派";"在诗词中反映着民族的生活习俗和表达感情的独特方式"①。罗斯宁《民族大融合中的萨都剌》一文亦颇有新见,文章从文化的视域观照,指出:"(萨都剌)的创作心态有三个来源:阿拉伯—伊斯兰文化、蒙古文化和汉文化。回回族的性格使他的诗较少羁旅之愁和地域偏见,具有宽宏的观察角度,但缺乏整体感,难以与汉族的诗大家比肩。他对蒙古族文化采取欣赏接受的态度,但对其以征战为荣的思想不苟同。与汉族文人、僧侣密切交往,潜移默化地接受了汉族的历史意识、哲学思想、文学传统。诗作风格兼有北方文学的阳刚之美和南方文学的阴柔之美。"②还有学者从政治与文学关系的角度解读萨都剌诗歌,从中窥探元朝政局的衰变③。萨都剌研究在20世纪的后十几年,一步步走向深入。

第二节 少数民族诗人诗歌研究的整体状况

文学史家邓绍基先生曾作诗道:"西域岂徒萨天锡,试看南北竞

---

① 黄慧芳、王宜庭:《萨都拉诗词的民族特征》,《民族文学研究》1984年第2期。
② 罗斯宁:《民族大融合中的萨都剌》,《中山大学学报》1993年第1期。
③ 曾晓玲:《从萨都剌诗歌看元朝政治的衰变》,《内蒙古大学学报》1997年第2期。

瑶华。"①萨都剌为元代民族诗人之翘楚,除他之外,还有不少异族文士浸润于汉文化之中,以汉语创作诗歌,为中国多民族文学史增光添彩。关于元代少数民族诗人诗歌研究,在20世纪,积累了不少学术成果。

一、20世纪初至70年代的研究

关于少数民族文学、文化的研究,著名史学家陈垣撰写的《元西域人华化考》,堪称开山力作。1923年12月,北京大学《国学季刊》第一卷第四号发表了该书的前四卷,1927年12月,燕京大学《燕京学报》第二期又刊印了后四卷。《元西域人华化考》一书卷四《文学篇》中,考得西域之中国诗人15人,基督教世家之中国诗人4人,回回教世家之中国诗人9人,西域之中国文家8人(1人与"诗家"重出)。其他卷次中,如《儒学篇》《佛老篇》《文学篇》《美术篇》《女学篇》中涉及到的西域士子,亦或有文学方面的成就。在该书中,很多问题被考证清楚,元代西域作家群的大致情况被勾勒了出来。当然,限于当时的文献条件,《华化考》还有一些细节上的疏失,如鲁古讷丁、别的因、泰不华、昂实带、郝天挺等人的族属问题尚有商榷的余地。但瑕不掩瑜,该书材料之宏富,利用版本之精良,向为文史学界所称道,产生了广泛而深远的影响。如陈寅恪先生所评:"是书之材料丰富,条理明辨,分析与综合二者俱极其工力,庶几宋贤著述之规模。"②在作家个案研究方面,20世纪初,王国维、张相文分别为元代

---

① 邓绍基:《金元诗的发展》,《荆州师范学院学报》2002年第4期。
② 陈寅恪:《重刻〈元西域人华化考〉序》,见陈垣撰、陈智超导读《元西域人华化考》附录,上海古籍出版社,2000年版,第158页。

契丹文学家耶律楚材做过年谱①。钱基博《中国文学史》和刘大杰《中国文学发展史》对于耶律楚材、雍古文学家马祖常、葛逻禄诗人迺贤等有所绍介。

新中国成立后,1958年7月17日,中共中央宣传部召开座谈会,确定编写少数民族文学史或文学概况,"少数民族文学"这一概念被正式提出,文献资料的搜集、整理、出版工作也被提上日程。当然,中间由于各种原因,元代少数民族作家文学的整理工作直到80年代才有专著出版。

二、20世纪80年代的研究

20世纪80年代,元少数民族诗人研究逐渐受到关注,表现在作家文献得到整理出版,作家生平的考证工作和文学风貌的阐释都渐次展开。

1981年,内蒙古人民出版社出版了王叔磐编《元代少数民族诗选》;1984年,内蒙古人民出版社出版了王叔磐、孙玉溱编《古代蒙古族汉文诗选》;1987年,新疆人民出版社出版了刘正民、星汉、许征选注《西域少数民族诗选》。这几本书融合学术著作和普及读物之长,选编了少数民族诗歌作品,对于主要作家的生平、艺术风格进行了简要的介绍。1987年,中华书局出版了《元诗选》初、二、三集排印本,其中涉及到清人顾嗣立编辑的十几位元代民族诗人别集。在这一时期,元代几位主要少数民族作家的别集也得到了整理。除上文提到的萨都剌《雁门集》外,1986年,中华书局出版了谢方点校的耶律楚

---

① 王国维:《耶律文正公年谱》(附《余录》),见《海宁王静安先生遗书》第32册,长沙:商务印书馆,民国二十九年(1940)版;张相文《湛然居士年谱》,《南园丛稿》本。

材《湛然居士文集》；1987年，天津古籍出版社出版了丁胜俊编著的《丁鹤年诗辑注》；同年，新疆人民出版社出版了周绍祖、王佑夫《马祖常诗歌选注》。基础文献的整理出版，为元代少数民族诗人的进一步研究提供了方便。

  这一时期，关于元少数民族作家的考证工作，也在扎扎实实地展开。在史学界，白寿彝主编的《回族人物志·元代卷》于1985年由宁夏人民出版社出版，对高克恭、薛昂夫（马九皋）、赡思、买闾、哲马鲁丁、别里沙、几机沙、掌机沙、吉雅谟丁、爱理沙、萨都剌等人的生平进行了考证，该书《明代卷》还收入了元明之际的遗民诗人丁鹤年。1988年和次年，门岿先后发表了《元代蒙古族及色目诗人考辨》和《论元代女真族和契丹族诗人及其诗作》[①]。两文中，共论列了蒙古、色目诗人14位，女真族诗人8位，契丹族诗人6位，前文对族别和生平进行了考辨，后文还附带介绍了作家的成就和代表性作品。此外，1989年，中华书局《文史》第31辑上，发表了柴剑虹《〈元诗选〉癸集西域作者考略》，该文对30余位西域作者的族别和生平进行了考证，其中康里5人、唐兀（西夏）5人、畏吾儿5人、朵鲁别1人、雍古1人、答失蛮1人、也里可温1人、白霫1人、阿鲁浑1人，仅知为色目人者4人，仅言地域而不知确切族别者6人，另有30余位暂无考。也有学者关注元少数民族诗人的个案研究，廼贤、泰不华、伯颜子中等人的生平都有专门论文进行考索[②]。

---

 ① 分别见《文学遗产》1988年第5期、《中央民族学院学报》1989年第4期。
 ② 白崇人：《元代著名回族诗人纳新生平考略》（按：廼贤，四库馆臣改译作纳新），《回族文学丛刊》1980年第1期；星汉：《廼贤生平考略》，《新疆大学学报》1988年第4期；白乙拉：《元代蒙古族诗人泰不华》，《内蒙古师大学报》1988年第3期；黄庭辉：《元代回回诗人伯颜子中生平事迹考评》，《宁夏大学学报》1989年第2期等。

台湾的萧启庆先后发表了《元代蒙古人的汉学》《元代蒙古人汉学再探》等文章,效法陈垣《华化考》一书的写作体例,共论列了蒙古诗人25人,散文家16人,曲家4人①。萧文试图弥补学界少蒙古人汉化研究之缺憾,纠正元代色目人浸润汉文化颇深而蒙古人则为汉文化门外汉的错误印象,可说是元少数民族作家研究的又一可喜收获。

20世纪80年代,对于元少数民族诗人成就总体评价的文章也逐渐增多。如刘正民《西域少数民族汉文诗歌成就概述》,宏观介绍了历代西域诗人,述评元代诗人时,对于前期、后期诗人多是生平、成就的简单介绍。对于中期诗人成就有所概括:"中期西域少数民族诗歌创作繁荣昌盛,呈现五彩缤纷的局面,诗人辈出,诗作达到最高成就,诗歌的内容和风格与前期相比有了明显的变化。有的抨击时弊,同情劳动人民的苦难;有的愤世疾俗,啸傲山林;有的歌颂大江南北的自然风光;有的登临凭吊,发思古之幽情。代表人物有高克恭、马祖常、萨都剌。"②此外,还有云峰《元代蒙古族汉文诗歌漫谈》、陈冬季《略论元代回族诗人的创作成就》、门岿《元代西域诗人及其创作》、祝注先《异彩纷呈的元代少数民族诗歌》等文章,各有发明③。对于元少数民族作家文学成就个案研究的文章也屡见报端。但整体

---

① 分别见《国际中国边疆学术会议论文集》,台北政治大学边政研究所,1985年版;《国史释论·陶希圣先生九秩荣庆祝寿论文集》,台北食货出版社,1988年版。

② 刘正民:《西域少数民族汉文诗歌成就概述》,《新疆师大学报》1984年第1期。

③ 分别见《中央民族学院学报》1986年第3期、《西部学坛》1987年第3期、《中央民族学院学报》1987年第6期、《中南民族大学学报》1989年第6期。

上看，这一时期，关于元少数民族作家的研究，以考证、介绍为主，对其内容和风貌的揭橥还有待深入。

三、20世纪90年代的研究

20世纪90年代起，元少数民族诗人研究继续深入。文献整理方面有马祖常《石田先生文集》出版①。总体上来看，研究重心由80年代的重文献、重考证转向了重专题研究、群体研究。出现了不少有价值的研究成果。

在这一时期，有关西北各民族诗文的概述几乎都有论文发表，关于少数民族边塞诗、风情诗等也都有专题论文加以论说。曾宪森《论元代少数民族边塞诗》一文阐释了元代少数民族边塞诗兴盛的时代条件和社会成因，分析了主要作家诗作的内容与美学价值。该文将元代少数民族边塞诗的艺术成就概括为如下三点：一、内容新颖、民族特色和地方色彩更为浓烈。二、语言通俗又"工丽精深"，别开生面。三、风格质朴刚健、清新爽朗，异彩纷呈。并指出少数民族边塞诗同中有异，"如耶律楚材的质直雄浑，马祖常的圆密清丽，萨都剌的俊爽飘逸，迺贤的明快流利，异彩纷呈，各具特色。"②关注到了诗人诗作的共性与个性。

法国著名学者丹纳的"种族（race）、环境（environment）、时代（epoch）"三要素说，奠定了文学社会批评方法的科学形态，对20世纪文学批评影响深远。而他把种族置于最重要的地位，称之为"内

---

① 马祖常著，李叔毅、傅瑛点校：《石田先生文集》，中州古籍出版社，1991年版。

② 曾宪森：《论元代少数民族边塞诗》，《中央民族大学学报》1997年第2期。

部主源"。民族性格深刻影响着诗人诗风,而我们以往的研究更加关注少数民族诗人如何受汉文化影响,而常忽视其自身的民族性格、民族审美心理。杨泉良《元代少数民族汉语诗歌的民族特色》一文从民族性格、民族风情的角度出发,指出:"在民族空前大融合的元代,少数民族诗人并没有丧失自己的民族特点,虽然他们在其创作中并没有为我们提供一个显示自己民族生活地域、风俗习惯、精神面貌的完整画面,但在他们极富典型意义的描写中,我们依然获得形象丰富的认识,深入而切实的感悟。因而,它的文学价值和认识价值都是不可低估的。"[1]这可说是研究思路上的有益尝试。

关于少数民族诗歌对于元代诗风和文学风貌的影响,也引起了学者的关注。张晶《论少数民族诗人在元代中后期诗风丕变中的作用》[2]一文概述了萨都剌、马祖常、丁鹤年、迺贤等元少数民族诗人的成就和元诗风貌后,指出西北少数民族那种质朴自然的心态使其无拘无束地逸出"雅正"观念的围缚,而创作出更有个性的诗风。

在元少数民族作家与汉族作家关系研究中,台湾萧启庆做了很好的尝试。他在《元朝多族士人圈的形成初探》一文中指出元朝中期以后,出现了中国历史上前所未见的多族士人圈。该文翔实地考证多族士人圈的社会网络、文化互动之后,得出的结论为:

> 蒙古、色目士人与汉族士人间的交融反映于其社会关系及文化生活。在社会关系方面,元代的蒙古、色目士人与汉族士人

---

[1] 杨泉良:《元代少数民族汉语诗歌的民族特色》,《青海民族学院学报》1998年第1期。
[2] 张晶:《论少数民族诗人在元代中后期诗风丕变中的作用》,《民族文学研究》1997年第1期。

并无不同。蒙古、色目士人经由姻戚、师生、座主与同年、同僚的关系,与汉族士大夫形成一个超越族群的社会网络。在文化生活方面,蒙古、色目士人则透过唱酬、雅集、游宴、书画品题而参与汉族士人文化活动的主流。在这些活动之中,蒙古、色目士人的人数虽然不多,其文化水平也未必很高,却与汉族文人密切交流,形成多族士人圈不可或缺的两个环节。……各族士人之群体意识已凌驾于族群意识之上。①

萧启庆的研究,将蒙古、色目士人群体融入到整个元代历史文化之中进行综合考察,注重多族士人的交往、多元文化的互动,这为相关研究提供了有益的思路。作为这篇文章的具体化和补充,作者随后又发表了《元朝各族士人间的文化互动:书缘》和《元朝多族士人的雅集》等文章②。萧启庆另有《元明之际的蒙古色目遗民》一文,以"激烈型"与"温和型"为分类方式,分别考述了16位蒙古、色目遗民,指出"由于背景与思想颇为接近,蒙古、色目遗民与汉族遗民交往颇为密切,不仅时相唱和,而且互相砥砺气节。"③研究思路上,同样注重多族士子的交往互动。

90年代以来,文学史著作不断问世。邓绍基主编《元代文学史》设专章论说元代少数民族作家。主要介绍评说了萨都剌、马祖常、廼贤、余阙和丁鹤年等少数民族诗人。"这是第一部为元代少数民族作家设立专章的文学史著作,标志着文学史家对这一类别文学的承

---

① 见《第二届宋史学术研讨会论文集》,台北中国文化大学,1996年版。
② 分别见《简牍学报》第16期、《中国文化研究学报》1997年第6期。
③ 萧启庆:《元明之际的蒙古色目遗民》,《庆祝邓广铭教授90华诞论文集》,河北教育出版社,1997年版。

认和对其价值的认可。"①有一些中国文学史著也注意到了将少数民族文学纳入其中。1997年华艺出版社出版了张炯、邓绍基、樊骏主编的《中华文学通史》,其中少数民族文学专门章节有54章之多。该书元代文学卷中,将少数民族诗人融入第十一至十三章《元代诗文》介绍中,并在第十五至二十一章中,以7章的篇幅介绍元南、北少数民族民间文学。可见,编者注意到了民族文学研究的重要性,努力扭转过去《中国文学史》不重视或者根本忽视少数民族文学存在的缺憾。"当然,作为第一部这样的大部头,不可能一下子完美。总体上看,少数民族文学仍给人以打补丁之感,汉文学与少数民族文学如何才能够融为一体,许多问题尚待研究。"②

1998年,杨镰出版了40万字的专著《元西域诗人群体研究》,标志着元代西域诗歌研究已经成为文学史研究中一个独立的领域和重要的课题。作者在该书的引论中谈到:

> 虽然我们现在还不能确认谁是元代第一个用汉语写作的西域人,也无法断言元代西域作家群体止于哪一个具体的作家。但大致说,它是与元朝同步的,也就是说,有100年左右的历史,盛行于三四代之间。它的兴起,是特殊的历史环境造就的,它的骤然中止,也是历史变迁的直接后果。大批的西域人士,自觉、主动地置身于华夏文化的序列里,从哪个角度来说,都是应当予以重视的现象,因为它不仅给历史留下了鲜明的印记,也给我们提供了思索的课题。

---

① 李修生、查洪德主编:《辽金元文学研究》,北京出版社,2001年版。
② 梁庭望、汪立珍、尹晓琳:《中国民族文学研究60年》,中央民族大学出版社,2010年版,第211页。

我们即将论述的西域作家,一部分早著时名,如贯云石、萨都剌、薛昂夫、余阙、马祖常、丁鹤年,但把他们置于西域诗人群体现象来考察,是一种全新的尝试和体验。还有很多西域作家,几乎从来未受到关注,甚至已被埋没,如廼贤、鲁山、廉惇、哈剌元素(金元素)、答禄与权、偰逊……我们以十数年的努力,钩沉索隐,把他们应有的还给他们,这本身就是一种挑战。无论对元史还是元代文学史,西域诗人群体这一专题研究,都应有助于提高它的总体研究水平。①

杨著资料翔实,注重文献的发现、搜罗和考订。而且如吕薇芬所评:"作者的目光不局限于文学家及其作品,而是从社会历史和文化角度来考察西域诗人群体的人生经历、政治生涯、文学活动以及两种文化的冲撞对他们的影响等等,给人以多种启发,对研究整个元代文学乃至元以后的文学都有很大的帮助。"②

　　关于元少数民族诗人的个案研究,在八九十年代也取得了相当的成果。萨都剌外,研究范围主要集中在耶律楚材、高克恭、马祖常、廼贤、泰不华、余阙、丁鹤年等几位知名的文学家。此外,赵世延、王翰、伯颜子中、赡思、不忽木、辛文房、伯笃鲁丁、盛熙明、高丽人李齐贤、鲜卑后裔元明善也都进入了研究者的视野。杨镰《元西域诗人群体研究》一书论及的少数民族诗人还有康里诗人巎巎、回回、康里不花、康里泰熙奴、达识帖木儿,贯云石的长子贯子素,北庭廉氏家族的廉希宪、廉恒、廉敦、廉希贡、廉孚、廉公亮、廉恂,偰氏家族的偰长寿、偰斯,其他北庭诗人鲁山、伯颜不花、边鲁、大都闾、脱脱木儿、五

---

① 杨镰:《元西域诗人群体研究》,新疆人民出版社,1998年版,第18—19页。
② 吕薇芬:《〈元西域诗人群体研究〉专家推荐意见书》,见该书扉页。

十四、不花帖木儿、三宝柱、别罗沙、鲁明善、道童、丁文苑、李公敏,也里可温人雅琥,河西诗人张翔、观音奴(志能)、观音奴(鲁山)、甘立、斡玉伦徒、昂吉,乃蛮诗人答禄与权,其他西域诗人拔实、兰楚芳、掌机沙、阿里木八剌、大食哲马、大食惟寅、达溥化、察伋、买闾、吉雅谟丁(马元德),提到名字的还有一二十人。限于篇幅,我们难于一一论列。

元代诗文研究长期徘徊在元代文学研究的主流之外,而元代少数民族诗文研究似乎又在元代诗文研究的主流之外。本章所述的许多研究状况,并不为当今所有古代文学研究家所关心。但是,如果我们正视现实,就应该承认这一研究已经取得了可观的成绩,并将取得更大的成绩。如果我们能对元代少数民族诗文做深入地研究,充分认识其价值,我们对元代诗文成就的总体评价也会随之改变。目前研究界对这一课题的投入尚显不足,高层次的投入更为不足,使得这一研究一方面不尽如人意,一方面又具有比较广阔的前景和潜力。在基础文献方面,还有一些元代民族诗人的文集没有得到整理,比如金哈剌《南游寓兴集》、偰逊《近思斋逸稿》流落海外,余阙《青阳先生文集》、廉惇《廉文靖公集》等文集尚没有整理排印。还有很多辑佚、辨伪的工作值得我们搜罗、探究。在民族诗人个案研究方面,所论特点常常为少数民族诗人共有;对诗人个性特色的探讨,尚有深入的空间。在民族诗人群体研究方面,常常自说自话,对民、汉诗人群体关系的研究尚待深入;绍承陈垣先生《华化考》的思路,学界常关心少数民族如何"汉化",但关于少数民族诗人对汉族诗人,对整个诗坛的影响研究,还有进一步挖掘的空间与价值。随着学术界对于元代诗文研究、民族文学研究的重视,可以预见,在建设中华民族共有精神家园的今天,这一研究今后还会有长足的进步。(查洪德、刘嘉伟撰稿)

第六章　金元词曲研究

20世纪二三十年代,散曲研究从笼统的曲学研究中独立出来成为新的学科,此时对金元词曲的研究主要集中在文献整理方面,此外在散曲审美特征的研究和词史勾勒上亦卓有成效。这一时期涌现了如任中敏、吴梅、卢前等一批卓有成就的学者。从40年代到70年代,金元词曲的研究一度走向衰落,70年代之后,金元词曲研究开始走向复兴,文献整理方面成就更为显著,许多研究领域得到了更广泛的开拓和深入的发掘。对金元词的分期、价值地位,词曲作家及作家群体研究,散曲题材和审美特征的探索等,都是这一时期研究者们关注的重点。本章分别介绍金元词和曲的研究历史和现状,发展和分期以及重要的流派和作家。

第一节　金元词研究概述

金元词自产生至今已有八百余年,然而20世纪三四十年代之前的数百年中,人们对金元词的重视不够。20世纪的金元词研究成果,主要集中在40年代之前和70年代之后。40年代之前,研究领域的重点在于原始文献的整理、辑佚;70年代之后,唐圭璋先生所编《全金元词》[①]

---

① 唐圭璋编:《全金元词》,中华书局,1979年版。

的出版,有力地推动了金元词研究,学界对金元词的不少问题进行了比较深入的探讨,诸如金词的分期、风格、价值、地位,元词的分期、散曲化倾向等,都是研究者关注较多的问题。虽然此时期的金元词研究取得了可喜的成绩,但与金元词创作本身的成就相比还是不相称的。加大对金元词研究的投入,改变这方面研究相对薄弱和冷落的局面,全面、深入、具体地探讨和描述两代词创作发展和得失,仍然是词学研究的重要课题。

一、金元词研究历史回顾

40年代之前的金元词研究主要集中在作品辑佚和词史勾勒两方面。70年代之后,随着唐圭璋的《全金元词》出版,金元词的研究进入了崭新的阶段,文献整理、宏观把握都取得了一定成绩。

40年代之前,在作品辑佚方面,有缪荃孙编选的《宋金元明人词》[1]、清抄本《宋元名家词钞》[2]、吴昌绶的《景刊宋元本词》[3]、陶湘辑的《景刊宋金元明本词》[4]、刘毓盘辑校的《唐五代宋辽金元名家词集六十种辑》[5]、赵万里的《校辑宋金元人词》[6]、周泳先的《唐宋金元词钩沉》[7]等,众多知名学者辑佚、校勘、考订,为后人的学

---

[1] 缪荃孙编选:《宋金元明人词》,抄本成书于清光绪三十四年(1908年)。
[2] 清抄本:《宋元名家词钞》未刊,现藏上海图书馆。
[3] 吴昌绶编:《景刊宋元本词》,1915年影印本。
[4] 陶湘辑:《景刊宋金元明本词》,武进陶氏涉园出版,1917—1923年。
[5] 刘毓盘编:《唐五代宋辽金元名家词集六十种辑》,北京大学1925年排印本。
[6] 赵万里:《校辑宋金元人词》,石油工业出版社,1972年版。
[7] 周泳先辑:《唐宋金元词钩沉》,商务印书馆,1937年版。

习和研究整理了大量的资料,对金元词的传承提供了重要的线索和方便。

词论、词史类方面的著作主要有刘毓盘的《词史》①、王易的《词曲史》②、吴梅的《词学通论》③以及卢前的《词曲研究》④。其中,刘毓盘的《词史》⑤专列两章来论述辽金元词;王易的《词曲史》对金元词人做了言简意赅的评价;吴梅的《词学通论》则是我国词学史上一部里程碑式的著作。此外,郑振铎的《插图本中国文学史》⑥和谭正璧的《新编中国文学史》⑦对金元词也有宏观上的把握。

30年代末到70年代,金元词的研究不太景气。台湾郑骞先生《景午丛编中》⑧所收的《白仁甫交游考》《白仁甫年谱》和《刘秉忠的藏春乐府》,为白朴和刘秉忠的研究提供了珍贵的资料。而大陆学界,仅沈祖棻的《读遗山乐府》⑨等几篇论文散见于世。

70年代之后,金元词研究进入一个崭新的阶段,取得了一些重要成果。

第一,在文献整理方面,唐圭璋的《全金元词》出版,这是目前搜集最为完备的金元词总集。《全金元词》出版之后,许多学者对其进

---

① 刘毓盘:《词史》,群众图书公司发行,1931年版。
② 王易:《词曲史》,神州国光社初版,1931年版。
③ 吴梅:《词学通论》,商务印书馆,1932年版。
④ 卢冀野:《词曲研究》,中华书局,1934年版。
⑤ 刘毓盘:《词史》,上海书店,1985年影印版。
⑥ 郑振铎:《插图本中国文学史》,人民文学出版社,1982年版。
⑦ 谭正璧:《新编中国文学史》,上海光明书局,1935年版。
⑧ 郑骞:《景午丛编中》,台北中华书局,1972年版。
⑨ 沈祖棻:《读遗山乐府》,《文学遗产增刊》第11辑,中华书局,1962年版。

行了一系列的补遗工作。如么书仪的《〈全金元词〉中一些问题的商榷》①、周玉魁的《略谈〈全金元词〉的校订问题》②、罗忼烈的《〈全金元词〉补辑》③等。这一时期在文献考辨方面的重要研究成果有：唐圭璋的《读金词札记》④、张朝范《金元词辨》⑤、周玉魁《金元词调考》⑥、饶宗颐《词集考》⑦以及由王克谦和钟振振先生担任总策划的《历代词纪事会评》丛书之一的《金元词纪事会评》⑧。21世纪初，邓子勉的《宋金元词籍文献研究》⑨搜集与整理了关于宋、金、元三代文人所作的词集，以及这些词集在当时和后代的刻印、校勘及接受的情况，对宋金元人词集进行了一次较为全面的梳理。

第二，在对金元词的宏观把握上，么书仪的《元词试论》⑩是较早的一篇对元词进行总体观照的论文。这篇论文结合元代特殊的时代背景指出元词的主要内容并批评元词在艺术上缺少创新。黄天骥和李恒义在《元明词平议》⑪一文中对元词成就和特点的做了概括。钟振振的《论金元明清词》⑫则是从千余年词体艺术流变角度重新为金

---

① 么书仪：《〈全金元词〉中一些问题的商榷》，《古籍整理与研究》1986年第1期。
② 周玉魁：《略谈〈全金元词〉的校订问题》，《文学遗产》1989年第5期。
③ 罗烈：《〈全金元词〉补辑》，中华书局，1979年版。
④ 唐圭璋：《读金词札记》，《社会科学战线》1985年第2期。
⑤ 张朝范：《金元词辨》，《文学评论》1989年第6期。
⑥ 周玉魁：《金元词调考》，《词学》1990年。
⑦ 饶宗颐：《词集考》，中华书局，1992年版。
⑧ 钟陵编：《金元词纪事会评》，黄山书社，1995年版。
⑨ 邓子勉：《宋金元词籍文献研究》，上海古籍出版社，2008年版。
⑩ 么书仪：《元词试论》，《天津社会科学》1985年第2期。
⑪ 黄天骥、李恒义：《元明词平议》，《文学遗产》1994年第4期。
⑫ 钟振振：《论金元明清词》，第一届词学国际研讨会（1993年4月22—24日，台北南港）论文。

元词定位,揭示了金元词多民族性、书面文学化等特征。

第三,词史方面出版的著作有人民文学出版社的中国文学通史系列中的《元代文学史》①元词部分、金启华的《中国词史论纲》②等。这里需要特别指出的是黄兆汉先生的《金元词史》③,这是目前唯一的一部金元词史专著。词论方面有方智范所著的《中国词学批评史》④,其中有专篇评论金元词论,认为金元是"词学批评的分化期"。

二、金元词分期与风格研究

金元词的发展分期研究,在整个金元词的研究中属于相对薄弱的一环。在20世纪初,即使是吴梅、王易等词学大师的论著中也未明确论及这一课题,真正有意识地对金元词的分期展开论述始于80年代之后,以周笃文的《金元明清词选序》为代表,对金元词分期的研究日渐成为学者们关注的问题。关于金元词的风格论述,在20世纪初期,以吴梅的《辽金元文学史》为发端,70年代之后,对此问题的论述有了进一步的深化,其中,元词的"散曲化"倾向是研究者们关注的热点。

金词的分期,学界以三分法最为常见。如周笃文在《金元明清词选序》⑤中将金词发展划分为初期、中叶、金末三个阶段,并指出了各个阶段的词学特征。金启华《金词论纲》⑥将金词的发展分为金初

---

① 邓绍基主编:《元代文学史》,人民文学出版社,1991年版。
② 金启华:《中国词史论纲》,南京出版社,1992年版。
③ 黄兆汉:《金元词史》,台北学生书局,1992年版。
④ 方智范:《中国词学批评史》,中国社会科学出版社,1994年版。
⑤ 周笃文:《金元明清词选序》,《词学》1981年创刊号。
⑥ 金启华:《金词论纲》,《词学》(第四辑),华东师大出版社,1986年版。

时期、世宗章宗时期和金末时期。王兆鹏、刘尊明的《风云豪气,慷慨高歌——简说金词》①一文将金词的发展划分三个时期,并列举了各个阶段的代表人物和代表作品。第一阶段以宇文虚中、吴激、蔡松年为代表,他们传承了北宋苏轼词。第二阶段的代表人物有王庭筠、党怀英、赵秉文等,他们的创作大都集中于表达词人的人生感怀。第三阶段是金词发展的辉煌"创获期",词人群以元好问为代表。

有关金词创作风格的论述,吴梅《辽金元文学史》②指出金词雄壮的特点及其与东坡词的相似性。70年代以后,学者普遍接受这一观点。周笃文在《金元明清词选序》中指出金代词风的形成是汉族文化与金元特殊时代共同作用的结果。唐景凯《金元明词派》一书以"悲咽苍凉"来概括金代的词风。张仓礼在《金代词述略》③中更具体地指出金词在取材、写法、风格和词境上都明显受到北宋词人尤其是苏轼的影响。方智范的《金元词论:批评的两个走向》④认为金词与宋词的差异是由不同的民族气质、历史文化和自然环境等因素共同造成的,抒情性强烈是时代使然。此外,在金元词坛上风雅派也占据一席,而非豪放派一统天下。张晶在《乾坤清气得来难——试论金词的发展与词史价值》⑤中具体论述了由宋词分化而来金词在不同发展阶段的特征变化。论及金词特色时,张晶指出,金词在整体上

---

① 吴梅:《辽金元文学史》,《古典文学知识》1997年第5期。
② 吴梅:《辽金元文学史》,商务印书馆,1934年版。
③ 张仓礼:《金代词述略》,《古籍整理研究学刊》1986年第3期。
④ 方智范:《金元词论:批评的两个走向》,《华东师范大学学报》1992年第5期。
⑤ 张晶:《乾坤清气得来难——试论金词的发展与词史价值》,《学术月刊》1996年第5期。

异于宋词之处在于"清",它是北方的自然环境与人文气息杂糅而成的一种格调。

元词发展,周笃文《金元明清词选序》将其划分为两期,并对各时期的主要作家做了述评。黄天骥、李恒义的《元明词平议》①也把元词分为两期,并认为前期词风沉郁,内容深沉,意境开阔,后期由于作者多追求轻巧之趣,词作题材相对狭窄。么书仪《元词试论》则把元词的发展划分为元统一之前、元统一之后、元末明初三期,并分析了不同时期的词人构成、创作倾向和题材以及作品的艺术成就。

有关元词创作风格的论述,么书仪《元词试论》认为元词"散曲化"的倾向表现为语言低俗、意境轻浅,造成了作品缺乏言外之意、弦外之响。黄天骥、李恒义《元明词平议》则认为词作家融散曲之所长,使其词作面目一新,词坛呈现亮色,以曲入词也是对词坛的一种贡献。

三、金元时期重要词人研究

金元词人研究有群体研究和个案研究。但就总体情况来看,20世纪70年代之前,对金元词作家的创作研究的深度和广度都是很不够的。70年代之后,随着《全金元词》的出版,一些词人的创作面貌才为世人所熟知,其后,对重要词人如元好问、白朴都相继取得一些成果。80年代以来,金元词人的研究有了进一步的进展,一些特殊作家群亦受到学界关注。

张仓礼在《金代词人群体的组成》②一文中将金代词人划分为来

---

① 黄天骥、李恒义:《元明词平议》,《文学遗产》1994年第4期。
② 张仓礼:《金代词人群体的组成》,《东北师大学报》1987年第4期。

自北宋的词人、完颜氏词人、金代培育的词人、金末重节词人和道士词人。张仓礼同年发表的《金代词述略》①中又将金代词人划分为四类:开创词人、中坚词人、金末重节词人和道士词人。

20世纪以来,学者对道士词的争议较大且褒贬不一。金启华《金词论纲》认为道士词在思想意义方面无足可取。张仓礼在《金代词人群体的组成》中也认为道士词数量多质量差,是金词中的糟粕,庆振轩的《身处清凉界,别开一家风——全真道教词初探》②则认为道士词有一定的价值。其词因特定的内容、语言风格以及特殊的音乐,给人耳目一新之感。进入21世纪,对道士词的分析不再局限于简单的褒贬,而是更深入地探讨道士词这一金代词坛独特现象形成的原因和它的风格渊源。李静的《金代道士词人群体的身份认同与词创作品类论略》③一文指出,道士词人群体的崛起是金代词坛引人注目的一种文化现象。从身份认同上,金代全真道士词人群体的下层文人身份和早年业儒的独特经历决定了他们的创作内容与功能的定位与指向。叹世、咏怀、咏物、宣教等不同品类的道士词生动展现了金代词坛上的丰富性与多样性。

对于金代女真词人的论述,论者大都从女真文化与汉文化交融的角度展开。张晶《金代女真词人创作的文化品格》④一文从女真文化与汉文化互相渗透的角度来探讨金代女真词人的创作。文章指

---

① 张仓礼:《金代词述略》,《古籍整理研究》1986年第3期。
② 庆振轩:《身处清凉界,别开一家风——全真道教词初探》,《兰州大学学报》1991年第1期。
③ 李静:《金代道士词人群体的身份认同与词创作品类论略》,《学术交流》2010年第8期。
④ 张晶:《金代女真词人创作的文化品格》,《民族文学研究》1989年第3期。

出,海陵王完颜亮,密国公完颜璹的词作各有其代表意义,反映出较为复杂的文化心理,体现着女真族原初文化心理与汉文化的交融互渗。李静的《从完颜亮到完颜璹:金代女真人词的嬗变轨迹述论》①论述了金代女真词人的嬗变历程。该文指出,从金初的完颜亮到金末的完颜璹,金代女真人词在一百余年间逐渐走向成熟,体现了女真人在文学和文化的发展上所走过的一条汉化与融合之路。刘崇德、于东新《论金代完颜皇族词——以胡汉文化融合进程为中心》②一文认为,作为金词重要创作群体的完颜皇族词人在词风上经历了由雄健踔厉到典雅华美,再到简淡萧散的演变过程,并指出其原因当是胡汉文化融合过程中,胡化汉化力量的此长彼消、互动互化所致。

　　除了道士词人和女真词人外,21世纪以来,对其他群体词人也有所关注。这些研究有的以地域为依据,如刘扬忠的《金代河朔词人群体述论》③;有的以发展阶段进行研究,如李静的《金初词人群体的心理认同与词的创作》④、《金初词坛的群落构成刍论》⑤等。

　　有关金元时期的作家个案研究以元好问和白朴最为详尽。

　　元好问是金代词坛的重要作家。20世纪70年代以来,大批元好问研究成果相继问世。其中有关其词作的研究成果主要有:赵兴

---

① 李静:《从完颜亮到完颜璹:金代女真人词的嬗变轨迹述论》,《学术论坛》2010年第6期。
② 刘崇德、于东新:《论金代完颜皇族词——以胡汉文化融合进程为中心》,《河北大学学报》2010年第1期。
③ 刘扬忠:《金代河朔词人群体述论》,《学术研究》2005年第4期。
④ 李静:《金初词人群体的心理认同与词的创作》,《文学评论》2011年第1期。
⑤ 李静:《金初词坛的群落构成刍论》,《社会科学战线》2010年第9期。

勤、王广超《元好问词艺术初探》①,赵慧文《元遗山词概论》②,赵兴勤《论元好问词创作的三个阶段》③,张晶《论遗山词》④等。1982年出版的吴庠《遗山乐府编年小笺》⑤是关于元好问词文献研究的一项重要成果。

赵兴勤的《论元好问词创作的三个阶段》⑥详细地阐述了其词的创作历程。从前期的豪爽疏放、中期的旷达幽愤交织到后期的沉郁顿挫可以看出作者风格的改变以及词人心态的变化。赵慧文在《元遗山词概论》⑦中将元氏词分为咏怀词、言情词、咏物词、山水词、农村词以及寄赠词等类别,并按照类别归纳遗山词的风格特征。

张晶等人对遗山词进行了更加辩证的分析,指出其词熔豪健与婉约为一炉,既有北国雄风又不乏蕴藉深沉,既柔婉之至又沉雄之至。从而肯定了元氏为金代词人之冠的地位。

21世纪初,赵永源的博士论文《遗山词研究》⑧全面论述了遗山词的研究现状、词史地位及遗山词的独特性,并且以较为扎实的文献整理为基础,全面地对其作品进行了分析整理,其中包括版本梳理、

---

① 赵兴勤、王广超:《元好问词艺术初探》,《徐州师范学院学报》1983年第1期。
② 赵慧文:《元遗山词概论》,《晋阳学刊》1990年第5期。
③ 赵兴勤:《论元好问词创作的三个阶段》,《徐州师范学院学报》1991年第3期。
④ 张晶:《论遗山词》,《文学遗产》1996年第3期。
⑤ 吴庠:《遗山乐府编年小笺》,香港中华书局,1982年版。
⑥ 赵兴勤:《论元好问词创作的三个阶段》,《徐州师范学院学报》1991年第3期。
⑦ 赵慧文:《元遗山词概论》,《晋阳学刊》1990年第5期。
⑧ 赵永源:《遗山词研究》,上海古籍出版社,2007年版。

作品系年、作品校勘笺注等,对遗山的词创作划分为三个阶段并且概述了其词学主张。

白朴是元代重要词人,其词作《天籁集》收词104首,内涵丰富,又表现出鲜明艺术特色,具有较高的价值。然而在70年代之前学术界对其关注较少。1979年唐圭璋的《全金元词》问世后,白朴的创作风貌才为世人所知,马兴荣《白朴词浅说》[1]的发表打破了白朴词研究的沉寂局面。

马兴荣结合白朴的生平遭遇指出白朴现存词作主要表达的是他的亡国之痛、故国之思。王志华《试论白朴和他的词》[2]根据内容的不同把白朴的词作分为抒发故国之思的哀叹之作、流连山水的闲适之作和关怀现实的愤世之作三类。胡世厚《一曲心灵剖白的歌——评白朴词〈天籁集〉》[3]指出:白朴词记载了他半个世纪的活动,表现了这个时期多方面的社会生活,反映了白朴这一时期的思想与心理历程。他把白朴词作的内容概括为五个方面:一是歌颂蒙元的统一大业和为之建功立业的谋臣良将;二是关心国事,同情农民疾苦;三是蔑视功名利禄,志在诗酒林泉;四是怀念故国,曲折地表现了对现实的不满;五是眷恋妻子,怀念恋人。

有关白朴词的艺术特色方面的研究,有学者将其艺术特色概括为清隽豪放,语言质朴、音节谐和、用典熨贴无痕;也有学者将白朴词的艺术特色概括为雄健沉郁、势拔意深、词意隽永,托物寄意、凄清婉

---

[1] 马兴荣:《白朴词浅说》,《光明日报》1983年11月15日。
[2] 王志华:《试论白朴和他的词》,《山西师大学报(社会科学版)》1985年第1期。
[3] 胡世厚:《一曲心灵剖白的歌——评白朴词〈天籁集〉》,《中州学刊》1991年第4期。

逸,化句用典、熨贴自然等几个方面。赵维江在《天籁词艺术论》①中指出,天籁词直接承嗣遗山词,是北宗体派在蒙元时期最重要的创获。天籁词中不乏"清隽婉逸"之作,但就基本倾向而言,更具苏、辛二人的豪放慷慨之风。白朴词多数作品很讲究艺术技巧,特别是在音韵格律上十分用心,其艺术造诣在当时北方词中当属上乘,堪称元初北宗词艺术形态的范本。

综上所述,研究者普遍认为白朴词兼具婉约与豪放之长,但究竟以豪放还是婉约为主,又各持己见。

除了元好问、白朴之外,学界对于蔡松年、吴激、完颜璹、刘秉忠、王恽、赵孟頫、萨都剌等人的创作也进行了探讨,但总体上看,对金元其他作家的研究热情不高。

第二节　元代散曲研究综述

20世纪初,由于西方文学观念的输入,令王国维、任中敏、卢前等人对属于俗文学一流的散曲刮目相看,经过他们的努力,在20世纪30年代,学术界形成了散曲研究的热潮。从50年代到70年代,虽然祖国大陆因为政治的原因,整个文化学术研究很不景气,散曲研究总体上处于停滞状态,但港、台的散曲研究却取得了可观的成绩。从20世纪80年代到21世纪初,随着改革开放的时代进程和整个文化学术的繁荣,元散曲研究又呈现出前所未有的热闹景观。总观散曲研究,在散曲文献的收集整理,散曲体式特征的揭示,作家创作的研究,发展历史的探索等诸多方面,都取得了令人瞩目的成绩。

---

① 赵维江:《天籁词艺术论》,《齐鲁学刊》2012年第1期。

一、元散曲研究的历史回顾

20世纪的元散曲研究取得了令人瞩目的成绩,在散曲的文献整理搜集,作家生平的考订,作家作品、体式特征、风格流派和发展史的研究等方面都成绩斐然,散曲研究更是从笼统的元曲研究中独立出来,成为与剧曲平行的学科,并得到了长足的发展。回顾20世纪元散曲研究的历史,大致经历了兴盛、衰落、复兴三个时期。

二三十年代是元散曲研究的兴盛期。散曲研究在此时从笼统的曲研究中独立出来,成为与戏曲研究平行发展的新学科。在此过程中,任中敏先生贡献巨大。任氏为创建散曲研究这一独立学科做的工作可以从三方面概括:一是构建散曲研究的学科框架,明确了散曲研究的对象为"套数"与"小令",更从文体学、创作学、风格学等多方面研究散曲文学。二是搜辑刊布散曲文献。三是编辑、刊行散曲研究资料。任氏将实证方法运用到散曲学中,归纳出"散曲"的定义,立足于此,考辩出"套曲""清曲"等曲体概念,澄清了曲学研究术语混乱的状况,使曲学研究的"话语"得以规范统一。

在这一时期,研究者们还特别注意对元散曲审美个性的把握。王国维先生在《宋元戏曲考》[①]中推元曲为"一代之文学",且极力推崇元曲的白俗自然。任氏特别推崇元散曲文学的"尖新""豪辣""灏烂"。经过王国维、任中敏等人对元曲审美个性的极力张扬,再加上吴梅、卢前等人对于作曲唱曲的努力倡导,学界贵词贱曲的风气得到了改观。

---

① 王国维:《宋元戏曲史》(即《宋元戏曲考》),商务印书馆,1915年版。

此外,研究者们还开拓了散曲研究的范围。就曲律研究而言,吴梅的《南北词简谱》[①]具有曲律、曲式、曲品等多方面的性质和功能,蔡莹的《元剧联套述例》[②]总结了北曲联套的规律,王玉章的《元词斠律》[③]辨析了北曲谱式异同。就元曲渊源研究而言,姚华的《曲海一勺》[④]就特别注意宋代文人俗词对散曲的影响;王国维《宋元戏曲考》等对于唐宋大曲、唱赚、诸宫调等对元曲体制形成的影响亦作了深入探索。就散曲作家研究而言,吴梅贡献甚大。吴梅在《顾曲麈谈》[⑤]"谈曲"一节中为二十余元散曲家作传,又在《元剧研究》中为《太和正音谱》所列187位元曲作家作小传。陈垣《元西域人华化考》中《西域之中国曲家》[⑥]考叙了贯云石、马九皋、兰楚芳等12名西域曲家。就元散曲风格流派研究而言,任中敏将《太和正音谱》所列"十五体"归并为"豪放""清丽""端谨"三体,而后又"剔去端谨,专取豪放、清丽两派论元人"。就元散曲发展分期研究而言,郑振铎在《插图本中国文学史》中以1300年为界分元散曲的发展为前后两期。

50年代至70年代是元散曲研究的衰落时期,这时期祖国大陆学者的散曲研究整体上处于停滞状态。这体现在三个方面:其一,研究范围狭窄;其二,研究方法简单;其三,研究成果甚少。然而,也有

---

① 吴梅:《南北词简谱》,成书于1931年,数年后由卢前刊行。1979年,华东师范大学曾刻印出版。
② 蔡莹:《元剧联套述例》,商务印书馆,1933年版。
③ 王玉章:《元词斠律》,商务印书馆,1936年版。
④ 姚华:《曲海一勺》,上海中华书局《新曲苑》本,1940年版。
⑤ 吴梅:《顾曲麈谈》,上海商务印书馆,1916年版。
⑥ 陈垣:《西域之中国曲家》于1923年发表于《国学季刊》,后收入《元西域人华化考》。

几个领域也取得了一定的成就,如元散曲的文献整理研究、元曲方言语辞研究、元曲作家考订、曲学研究资料的整理等。港台的元散曲研究却取得相当的成绩,尤其是在传统曲律学方面尤为突出。

八九十年代是元散曲研究的复兴时期。散曲作品选注和研究资料的搜集整理是这一时期元曲研究的重头戏,理论性研究成果也不断涌现。文献整理与研究的主要成果,如隋树森《全元散曲》[①]多次重印,隋氏校点的《阳春白雪》《太平乐府》《乐府新声》等再版;重印中国戏曲研究院编的《中国古典戏曲论著集成》[②],王文才《元曲纪事》[③],隋树森《雍熙乐府曲文作者考》[④],赵景深、张增元的《方志著录元明清曲家传略》[⑤]等先后面世。与此同时,对元散曲家个人作品的辑录和别集的校注以及研究资料的汇集等著述也陆续涌现。通论性研究成果主要有:1986年第一部研究元散曲的论文专集——隋树森《元人散曲论丛》[⑥]出版;第一部综合性系统性辞典——袁世硕主编的《元曲百科辞典》[⑦]出版;1990年第一部以作家为单位的曲家创作论集——门岿的《元曲百家纵论》[⑧]出版;第一部体制与创作兼论的散曲史通论——李昌集的《中国古代散曲史》[⑨]出版;1993年第一

---

① 隋树森编:《全元散曲》,中华书局,1964年版。
② 中国戏曲研究院编:《中国古典戏曲论著集成》,中国戏剧出版社,1959年版。
③ 王文才:《元曲纪事》,人民文学出版社,1985年版。
④ 隋树森:《雍熙乐府曲文作者考》,书目文献出版社,1985年版。
⑤ 赵景深等编:《方志著录元明清曲家传略》,中华书局,1987年版。
⑥ 隋树森:《元人散曲论丛》,齐鲁书社,1986年版。
⑦ 袁世硕主编:《元曲百科辞典》,山东教育出版社,1989年版。
⑧ 门岿:《元曲百家纵论》,教育科学出版社,1989年版。
⑨ 李昌集等著:《中国古代散曲史》,华东师范大学出版社,1991年版。

部专论元散曲的断代史论著——赵义山《元散曲通论》[1]出版;1995年第一部散曲艺术论专著——汤易水《散曲艺术谈》[2]出版。

本阶段的元曲研究又有了新的开拓。作家个案研究的范围进一步扩大,作家群体研究有较大发展,题材内容研究被广泛关注。某些方面还取得了新的认识,如李昌集提出"词曲双生于唐曲"的观点,赵义山、王星琦也都发表了各自的见解。孙玄龄的《元散曲的音乐》[3]把《九宫大成南北词宫谱》所收680首散曲乐府翻译为现代乐谱并对元曲音乐的一系列文艺进行全面论述。洛地的《词乐曲唱》[4]将唱分为"以乐传词"的"歌唱"和"以文化乐"的"曲唱"两类,对元曲的实际演唱和与之紧密相关的曲牌宫调问题有新的看法。赵义山的《元散曲通论》对散曲的发展分期提出了"演化""始盛""鼎盛""衰落"四分法。吕薇芬的《全元散曲典故辞典》[5],顾学颉、王学奇的《元曲释词》[6]都在元散曲语言研究方面取得重要成果。

经过八九十年代学人的努力,散曲研究的学科独立意识进一步得到强化。90年代初,成立了"中国散曲研究会"并召开了4次由海峡两岸和国外学者参加的散曲学术研讨会,出版了两部论文集。另外,90年代末杨栋的《中国散曲学史研究》[7]出版。

---

[1] 赵义山:《元散曲通论》,巴蜀书社,1993年版。
[2] 汤易水:《散曲艺术谈》,浙江古籍出版社,1995年版。
[3] 孙玄龄:《元散曲的音乐》,文化艺术出版社,1988年版。
[4] 洛地:《词乐曲唱》,人民音乐出版社,2001年版。
[5] 吕薇芬:《全元散曲典故辞典》,湖北辞书出版社,1985年版。
[6] 顾学颉、王学奇著:《元曲释词》,中国社会科学出版社,1983—1990年版。
[7] 杨栋:《中国散曲学史研究》,高等教育出版社,1998年版。

二、元散曲形成与发展研究

元曲虽有剧曲与散曲之分,然单就合乐可歌之曲而言,剧曲中之曲与散曲,其性质并无本质上的差异,因此,在谈到曲之渊源或形成时,是无法将二者截然分开的。对于曲的渊源和形成问题,元人偶有涉及,明清人多有关注,到了20世纪,与曲的发展演变一同成为曲学家们关注的话题。

首先,在"散曲"体式名称辨析的方面,最先论述这一问题的是任中敏先生。经任氏考订,"散曲"作为与剧曲相对的一个曲体基本概念,从逻辑内涵与外延做了科学的界定与说明:"散曲为总名,散套及小令为分别之名。"罗忼烈在《元曲、散曲的本义》[①]一文中指出明初朱有燉创"散曲"一词用为小令的别名,明中后期王骥德等人把套数和小令合称"散曲"。田守真的《散曲得名于何时》[②]认为"'散曲'一概念出现于明初,趋同于明中叶,而至迟在明后期便已成为与今日内涵一致的名称了"。田氏的考证弥补了任氏未能论述"散曲"演变为兼指小令及套数的不足。赵义山的《元散曲通论》指出元人对于"散曲"的通行称呼是"乐府"。此外,尚有"北乐府""大元乐府""今之乐府"和"今乐府"等称名。他认为,"乐府"是"表示其曲曾经文学上之陶冶者","与寻常街市中之俚歌不同也";称"北乐府"者,当是元散曲初兴之地域而言;称"大元乐府"者,则是就其兴盛之时代与其空前的成就而言;称"今之乐府"和"今乐府"者,则是有意识地与古之一切合乐可歌的诗歌相区别而言。

---

① 载谢伯阳编:《散曲研究与教学》,浙江教育出版社,1992年版。
② 载谢伯阳编:《散曲研究与教学》,浙江教育出版社,1992年版。

第六章　金元词曲研究

除对"散曲"体式名称进行系统辨析外,学者们对散曲的体式特征也进行了详细的研究,涉及到散曲的宫调曲牌、小令、套数以及务头、衬字等具体细节,代表性专著有吴梅《南北词简谱》、羊春秋《散曲通论》[①]等。

论及散曲的渊源及形成,20世纪初的王国维、吴梅主曲源于词之说。姚华在《曲海一勺》中从语言风格上注意到了词曲的承传关系,为"曲源于词"的命题注入了新的内容。卢前亦从"曲源于词"之说。梁乙真在《元明散曲小史》[②]中论及散曲渊源时认为散曲的起源有三点是应该注意的:一是词调的转变,二是词句的语体化,三是诸宫调的兴起。李昌集在《中国古代散曲史》中对"曲为词之变"的传统观点提出异议,李著通过对大约一百七十个北曲调名的分类辨析,力主元曲与宋词双生于唐曲而非"词之变"。在曲体形成上,李著以为北曲套数源于唐宋大曲,直接影响是北宋唱赚等民间文艺,特别是缠令;诸宫调对北套体制的形成"无实质性的影响和意义";带过曲非由套中"摘调"而来,而是较缠达、缠令更为"原始"的"异调衔接"方式在北曲中的遗留。赵义山的《元散曲通论》中针对元曲渊源论中大多辞、乐部分而笼统论说的状况,主张明确地把北曲的形成这一问题分为文学和音乐两个方面来考察,而不应把这两个方面的问题搅合在一起。在曲乐体系的形成上,赵著证明金元之际的"俗曲俚歌是受着词乐浸染的"。因此,并非唐之唐,而早已是宋之"唐"或金之"唐"。在北曲文学风貌的形成上,赵著认为其形成与民间词传统、文人俗词、苏辛豪放词、宋金道士词以及勾栏教坊之曲都有重要

[①] 羊春秋:《散曲通论》,岳麓书社,1992年版。
[②] 梁乙真:《元明散曲小史》,上海商务印书馆,1934年版。

关系。其文化背景，则是宋以前文人士大夫为中心的雅文学向宋以后城市市民为中心的俗文学的转化。论述元曲渊源问题时，分曲乐、曲文、曲体诸方面进行。

对于元散曲的发展分期问题，郑振铎、梁乙真、李昌集等学者都提出了各自的见解。郑振铎在《插图本中国文学史》中明确论述了"元代散曲的前后两期"。前期是从金末（约1234）到元大德间（约1300），相当于钟嗣成《录鬼簿》上所说的"前辈名公"的时代，后期便由大德到元末（1367），相当于钟嗣成的时代。梁乙真《元明散曲小史》首次将任中敏《散曲概论》①中"豪放""清丽"的风格流派之论引入整个元散曲发展演变观察分析。他认为前期是"豪放派占着优势"，而后期是"清丽派的独霸时代"。

李昌集在《中国古代散曲史》中将散曲的发展演变分为散曲形式发展史、散曲文学潮流史、散曲作家创作史三个问题。其中"创作史"中分元散曲的发展为三期，即"元初散曲三流""元前期的豪放之潮与雅化之流""元后期伤感文学的波动与形式美的强化"。赵义山的《元散曲通论》主张分元散曲的发展演变为"演化"（1234—1260）、"始盛"（1260—1294）、"鼎盛"（1295—1333）、"衰落"（1333—1368）四期。

对于散曲风格流派的论述，任中敏、邓绍基、李昌集、赵义山都提出了各自的看法。任中敏在《散曲概论》提出了"豪放""清丽""端谨"三派，并认为元人散曲中，豪放风格者最多，清丽次之，端谨最少，豪放与清丽两派长期对峙。邓绍基主编的《元代文学史》②认为在豪放、清丽和端谨者三格之外，还应加上诙谐这一格。李昌集《中国古代散曲

---

① 任中敏：《散曲概论》，中华书局《散曲丛刊》本，1931年版。
② 邓绍基主编：《元代文学史》，人民文学出版社，1991年版。

史》结合作者所处之时代背景与作品的思想内涵来论述元散曲的风格流派问题。赵义山《元散曲通论》较前人提出两处新观点,一是将贯云石与马致远相提并论,一同作为豪放派的代表作家。二是认为以马、贯为代表的"豪放"派和以张、乔为代表的"清丽"派活动于同一时期之内。

三、题材内容研究

元散曲作品数量不多,一代文人留下来的小令、套数仅4400首(套)左右,这比较容易让研究者作总体把握,再加上元散曲作品所共同具有的时代特征和题材倾向又极具特点,所以从20世纪初开始,就有很多学者面对整个元代散曲,从思想内容和题材类型方面进行研究。其成果除一些散曲研究专著的有关章节外,还有四五十篇专题论文,人们或从社会历史学的角度观照,或从思想文化学的角度剖析,或从风格审美学的角度比较,是元散曲研究中成绩非常可观的一个单元。

八九十年代,学术界开始对元散曲的题材类型作分门别类的研究,最早的应是王季思、洪柏昭的《元散曲选注前言》[1]。该文将元散曲的题材内容归纳为叹世和归隐、写景和咏史、恋情和闺怨等几个主要方面。对于元散曲的叹世归隐题材,该文指出了叹世的内容实质与形成原因。羊春秋的《元人散曲略论》、隋树森的《元人散曲概论》均认为该类作品表面颓唐但实际蕴含着对统治者的抵制与反抗。还有学者将元散曲中的归隐题材同中国文学中传统的归隐题材做对比研究,如布鲁南的《试析关于隐居、纵酒的元代散曲》[2]一文认为元

---

[1] 王季思、洪柏昭著:《元散曲选注》,北京出版社,1981年版。
[2] 布鲁南:《试析关于隐居、纵酒的元代散曲》,《宁夏教育学院学刊》1983年4期。

代知识分子的隐居大多是有被迫的性质。郑军健的《元代隐逸散曲作品的再认识》①亦认为，隐逸散曲是元代文人反抗黑暗现实的方式。此外，洪柏昭的《骥骎千里，齐足并驰》②将叹世和归隐结合研究，发现二者之间的深层联系。溪海的《略论元代散曲中的恬退隐逸之作》③从曲家的主体阅历、性格、志趣的相异以及对历史和现实的不同感悟等多方面观察隐逸散曲的思想内容。李昌集的《中国古代散曲史》"散曲文学精神的构架"一章和李鸣的《跳出十万丈风波是非海》④一文，则结合元散曲的发展进程和文化背景来揭示叹世归隐题材的深层文化意蕴。由此可见，学者对元散曲叹世归隐题材的研究，经历了一个由浅入深、由表及里的过程。

元散曲的怀古咏史题材内容与叹世归隐题材在精神实质上有着密切联系，但也有其鲜明特征。王季思、洪柏昭的《元散曲选注前言》认为怀古咏史是叹世归隐题材的一个变种。说此类散曲的严肃、尖锐具有政治色彩和时代气息，一定程度上体现了元散曲内容的深度与高度。在怀古散曲中，有不少嘲讽屈原的作品，有学者对此做了研究。如周建中的《元代散曲"嘲讽屈原"通论》⑤认为散曲嘲讽屈原与其文体特点、艺术表现、时代风尚、市民气息相关。田守真的

---

① 郑军健：《元代隐逸散曲作品的再认识》，《广西师院学报》1988年4期。
② 洪柏昭：《骥骎千里，齐足并驰》，《学术研究》1987年2期，副标为《贯云石、薛昂夫散曲之比较研究》。
③ 溪海：《略论元代散曲中的恬退隐逸之作》，第三届全国散曲学术研讨会（福建泉州1997年5月）论文。
④ 李鸣：《跳出十万丈风波是非海》，《北京师范大学学报》1992年4月增刊。
⑤ 周建中：《元代散曲"嘲讽屈原"通论》，《中州学刊》1989年第3期。

《元散曲家为什么嘲笑屈原》[1]对元曲家嘲笑屈原的原因与实质做出了分析。还有学者把元散曲中的怀古题材与叹世题材相结合进行分析,如许金榜的《对人世和人生的悲剧性观照——论元代散曲中的叹世怀古作品》[2]。吴国富的《元代隐逸散曲中的自慰心理》[3]则从心理学的角度分析了元散曲家评价古人时进行主观化改造的思路。

恋情闺怨也是元散曲中的一类重要题材。王季思、洪柏昭的《元散曲选注前言》指出这类题材的产生原因,对此题材既有肯定也有批判。邓绍基、吕薇芬在《元代文学史》中也有同样看法。从思想意义方面来看,有不少学者对此类题材持肯定态度,认为该类题材反映了市民追求平等自由的历史要求,透视出了人生百态。从艺术表现方面来看,学者对这一题材既有肯定,也有否定。肯定者如张惠民、张进的《论元代闺情散曲的审美特征》[4]认为闺情题材散曲表现了自然率真的审美特征。否定者如高爽的《元散曲女性形象塑造的倾向与得失》[5]认为散曲家笔下的女性形象模糊、概念化并分析了产生这一现象的原因。

对于元散曲的山水题材类型,余小兰的《元散曲反映的人与自然》[6]从探讨作品中所表现的人与自然的关系入手去揭示这类题材

---

[1] 田守真:《元散曲家为什么嘲笑屈原》,《四川师范大学学报》1989年第5期。
[2] 许金榜:《对人世和人生的悲剧性观照——论元代散曲中的叹世怀古作品》,《首届元曲国际研讨会论文集》,河北教育出版社,1994年版。
[3] 吴国富:《元代隐逸散曲中的自慰心理》,《杭州大学学报》1997年第4期。
[4] 张惠民、张进:《论元代闺情散曲的审美特征》,《人文杂志》1993年第6期。
[5] 高爽:《元散曲女性形象塑造的倾向与得失》,《社会科学辑刊》1995年第2期。
[6] 余小兰:《元散曲反映的人与自然》,《江汉大学学报》1989年第1期。

的审美特征。赵义山的《试论元山水散曲之意境与元代文人之审美趣尚》①则从意境审美的角度探讨了此类散曲的特征。邓绍基主编《元代文学史》注意到了此类题材与咏史怀古、叹世归隐题材的联系。也有学者从景物特征方面着眼来分析元人心态的特定性,如许金榜的《元代散曲写景作品中的景物、心态和艺术创新》②将此类题材分为五种类型并分析其中折射出的元人心态。亦有论者从写景散曲中选择某一特别类型作专门研究,如李简的《元散曲中的秋》③。

除了上述题材之外,以前一些较少受关注的题材也引起了学者的注意。如李春祥的《元人散曲中的讽刺时政主题》④、田同旭的《元散曲中的农村与庄稼》⑤等文章也拓宽了元散曲题材内容研究的领域。

四、元散曲风格研究

元散曲风格研究,在20世纪取得了突出成就。在20世纪前期,既有以吴梅为代表的传统散曲学的终结,又有以任中敏为代表的现代散曲学的开端,他们对散曲艺术风格研究所取得的成就,至今仍在发生影响。20世纪后期,即八九十年代,学界对散曲风格的关注更

---

① 赵义山:《试论元山水散曲之意境与元代文人之审美趣尚》,中国旅游文学研讨会第三届年会(涪陵1989年10月)论文,发表于《吉安师专学报》1991年第1期。
② 许金榜:《元代散曲写景作品中的景物、心态和艺术创新》,《河北师范大学学报》1994年第2期。
③ 李简:《元散曲中的秋》,国际元代文化学术研讨会(北京1998年9月)论文。
④ 见谢伯阳主编:《散曲研究与教学》,浙江教育出版社,1992年版。
⑤ 田同旭:《元散曲中的农村与庄稼》,全国第三届中国古代散曲研讨会(泉州1997年5月)论文。

是盛况空前,也产生了四五十篇研究论文,而且还出现了专门研究散曲艺术风格的专著,如汤易水的《散曲艺术谈》和王毅的《元散曲艺术论》①。本节将从章法技巧、修辞艺术、语言特色、押韵原则、曲体风格等方面分别介绍。

关于元散曲章法技巧的论述,周德清《中原音韵》中的《作词十法》和乔吉的"豹头、猪肚、凤尾"分别是最系统和最具影响的论述。任中敏和羊春秋在其著作中都对乔吉的论述做过阐释。句法方面,任中敏《散曲概论》中的论述最为详尽。羊春秋、李昌集对句法亦有具体分析。叙述论方面,任中敏《散曲概论》在与词体对比中论及了曲中叙事。李昌集在《中国古代散曲史》中论及了散曲代言体的特征。王毅在《元散曲艺术论》中对元散曲的代言体做了更系统的研究。

元散曲的修辞艺术,元人已有论述。20世纪的元散曲修辞艺术研究,其成绩主要集中在八九十年代,"对偶""重叠"是研究较多的两种辞格。关于对偶艺术的研究有谭汝为的《鼎足对与联璧对》、《词曲鼎足对简论》②,薄克礼的《关于元散曲鼎足对问题的商榷》③等文。对曲中对偶论述最周详的是羊春秋《散曲通论》。对重叠修辞,羊春秋、赵义山在著作中已有论述,汤易水在《散曲艺术谈》中具体地指出了散曲中的重叠艺术。王毅的《元散曲艺术论》对叠字艺术议论最为详尽。

关于散曲的平仄韵律,近人吴梅、任中敏、羊春秋等对此有一定研究。吴梅在《曲学通论》中从演唱与写作角度研究平仄问题。任

---

① 王毅:《元散曲艺术论》,岳麓书社,1997年版。
② 分别载于《语文园地》1983年第3期和《天津师大学报》1986年第4期。
③ 薄克礼:《关于元散曲鼎足对问题的商榷》,《天津师大学报》1987年第2期。

中敏对周德清提出的平仄声律之论做了补充,并归纳了散曲用韵的三个特点。羊春秋的《散曲通论》、赵义山的《元散曲通论》亦对声律平仄有所论述。

散曲的体式风格是艺术形式研究中的重要话题。任中敏在《散曲概论》中对词曲做了具体的对比论述,对二者的体式风格做了精练的概括。李昌集《中国古代散曲史》从多个侧面分析了散曲的审美特征。许金榜的《论元散曲的"趣"》[①]分析了元散曲诙谐风趣的主要构成因素。田守真的《反传统:元散曲的艺术追求与精神实质》[②]一文论及元散曲俗、趣、谐等风格特征的成因。此外,王季思、羊春秋、黄克、门岿等人都对散曲的艺术特征有过论述。

五、元散曲作家群体与个案研究

关于元散曲的作家研究,直接关系到其他方面研究的进展。20世纪以来,一些曲学专著和文学史著作已经开始对一些重要作家进行评述。但就总体情况来看,80年代之前,元散曲作家创作研究的深度和广度都是很不够的,不仅不能与唐诗宋词的作家研究相比,较之于元杂剧作家也显得逊色。80年代之后,对元散曲的作家研究才有了较大进展,有三十几位作家相继进入研究视野,一些特殊作家群亦受到关注。

元散曲作家群体研究,以陈垣《元西域人华化考》中《西域之中国曲家》发端,陈氏考叙了贯云石等12位西域曲家,为研究少数民族

---

① 许金榜:《论元散曲的"趣"》,《东岳论丛》1992年第5期。
② 田守真:《反传统:元散曲的艺术追求与精神实质》,《四川师范大学学报》1990年第6期。

作家群奠定了基础。到八九十年代,作家群体研究日益受到重视,赵义山《元散曲通论》中用专门章节对少数民族作家群、女性作家群体、地域性作家群体、市民及仕宦作家群体等进行论述。此外涉及这些群体研究的专题论文还有多篇。如赵志辉《金元时期女真散曲探微》①、门岿《谈兄弟民族对元曲发展的贡献》②、祝注先《元代散曲中的少数民族创作》③等等。其中,尤其门岿在文章中以表格形式考列了近三十位少数民族作家的姓名、字号、族别、生活年代、籍贯或居住地及累任官职等,为人们进一步研究少数民族作家提供了重要线索。曹华强的《元曲女作家述略》④、何云麟《试论元明曲妓和妓曲》⑤、罗斯宁《元代艺妓与元散曲》⑥等都对女作家群体给予了关注。除以上一些作家群体的研究外,还涉及了区域性作家群体的研究,如门岿《真定元曲十家》⑦和陈绍华《扬州元曲家述略》⑧,分别对真定地区和扬州籍的作家生平和创作进行了考述。深入研究元散曲家群体的创作活动情况及其各具特征的群体风貌,有利于丰富和深化对元散曲创作和发展演变方面的诸多问题的认识,所以这一研究还有加强

---

① 赵志辉:《金元时期女真散曲探微》,《内蒙古师大学报》1984 年第 2 期。
② 门岿:《谈兄弟民族对元曲发展的贡献》,《中央民族学院学报》1985 年第 2 期。
③ 祝注先:《元代散曲中的少数民族创作》,《中南民族学院学报》1985 年第 3 期。
④ 曹华强:《元曲女作家述略》,《河南大学学报》1986 年第 2 期。
⑤ 何云麟:《试论元明曲妓和妓曲》,《福建论坛》1993 年第 4 期。
⑥ 罗斯宁:《元代艺妓与元散曲》,全国第三届中国古代散曲研讨会(泉州 1997 年 5 月)论文,《中山大学学报》1998 年第 1 期。
⑦ 门岿:《真定元曲十家》,《河北师范大学学报》1986 年第 4 期。
⑧ 陈绍华:《扬州元曲家述略》,《扬州师院学报》1986 年第 4 期。

的必要。

　　元散曲作家个案研究涉及的人非常多,有最早活动于曲坛的作家,如元好问、杜仁杰、刘秉忠等;也有元散曲鼎盛时期的曲家,如关汉卿、白朴、卢挚、马致远等;更有散曲渐于衰落期的作家张可久、乔吉等。对上述这些曲家的研究主要集中在编纂年谱、生卒及行迹等情况的考证以及散曲创作情况等方面的研究。其中关汉卿、白朴、马致远、张可久、乔吉等重要作家最受研究者们注意。

　　关汉卿是元代最著名的散曲大家。关汉卿研究主要集中在作者生平、作品真伪、思想评价、艺术风格和审美特征几个方面。自 20 世纪 30 年代,人们对关汉卿的籍贯、生平进行了激烈讨论,争论主要集中在生卒年代、是否做过太医院尹及籍贯问题上,原中国科学院文研所以及游国恩等人所编《中国文学史》[1],还有后来邓绍基等人所编《元代文学史》都有详尽的介绍,这里不再赘述。徐子方近年来对关汉卿籍贯与生平的考论值得注意。关于关汉卿的作品,学者们有较大争议。首先是作品真伪问题,胡忌、蔡美彪、隋树森都先后对关汉卿部分散曲作品持怀疑态度;其次是对《不伏老》套数的理解,郑振铎、齐森华、李昌集等都就此提出过看法,对于这篇套曲的理解也在不断深化;再次是对关汉卿散曲思想性评价问题,黄克的《娱人与自娱——关汉卿剧曲和散曲不同倾向之管见》[2]认为关汉卿散曲成就不如杂剧原因在于两种文体的对象功能不同。王季思、梁归智、郭英德、周月亮等人都先后发表意见。这种争论一直持续到 90 年代,熊

---

[1] 游国恩等主编:《中国文学史》第三册,人民文学出版社,1964 年版。
[2] 黄克:《娱人与自娱——关汉卿剧曲和散曲不同倾向之管见》,《光明日报》1984 年 5 月 29 日。

笃针对黄克"娱人与自娱"认为造成关汉卿散曲与杂剧差异原因不在于两种文体的社会功能,而在于作家的人格、创作际遇和两种文体的不同表现形式。王学奇、关四平、羊春秋、张云生、李昌集、赵义山等都在著作中对关曲的思想内容作了肯定性评价。对关汉卿散曲的艺术风格、审美特征和艺术成就,学者们亦有充分论述,如王学奇的《论关汉卿的散曲》[①],羊春秋、王志勇、李昌集、赵义山等在论到关曲的艺术风格时,都认为关曲多格并存。论到关汉卿在散曲史上的地位和影响,郑振铎指出关汉卿为第一人,李昌集认为关汉卿位列元曲四大家之首当之无愧。赵义山认为关汉卿在同时代作家中卓然独立,超越了散曲发展的历史进程。

进入21世纪,关汉卿研究进一步深入,出现了较多的比较研究论文和综述研究,如张燕芬的《关汉卿与马致远散曲之比较》[②]将关、马二人的散曲作比较,指出二者风格上的不同。吴德刚的《关汉卿散曲与杂剧比较》[③]中认为关汉卿的散曲常常能够突破传统儒家的价值观念,而他的杂剧在主题上则显得相对保守。这种现象的出现与关汉卿的杂剧创作思想逐渐成熟的中国俗文学叙写范式,与当时文人独特的创作心态有着密切的关系。综述研究方面有邓斯博的《20世纪关汉卿研究述评》[④]为代表。

白朴是继关汉卿之后另一位成就突出的散曲作家。对白朴的研究可分为生平研究、风格流派研究、内容题材研究和艺术特征研究等

---

① 王学奇:《论关汉卿的散曲》,《河北师院学报》1988年第3期。
② 张燕芬:《关汉卿与马致远散曲之比较》,《安徽文学(下)》2010年第9期。
③ 吴德刚:《关汉卿散曲与杂剧比较》,《陕西广播电视大学学报》2000年第4期。
④ 邓斯博:《20世纪关汉卿研究述评》,《中央戏剧学院学报》2003年第3期。

方面。

白朴生平研究以姜亮夫的《历代名人年里碑传总表》、叶德均的《白朴年谱》、中国科学院文研所的《中国文学史》、唐圭璋的《全金元词》、苏明仁的《白仁甫年谱》等为代表,此外众多学者对其卒年说法各持己见,之后又陆续有专文考证。

白朴的散曲,《全元散曲》收小令37首,套数4篇。因曲学界一向并提"关郑白马"四大家,故白朴的散曲创作也一向引人注目。朱权曾评其曲"如鹏抟九霄"。30年代,就白朴散曲风格特征问题学术界有过争论。任中敏在《散曲概论》中将白朴归于豪放一派,陆侃如、冯沅君《中国诗史》认为白朴散曲以秀美者为多,郑振铎、赵景深、梁乙真亦主张将白朴归入清丽一派。五六十年代,文学史著作对于白朴散曲的评价只从其思想内容和艺术特征方面做出介绍。80年代,人们不满足于这种简单介绍,对其作品展开更深入的分析。胡世厚的《论白朴的散曲》[①]结合白朴的人生经历,从题材内容和艺术特征两方面对白朴的散曲作了全面的论述。邓绍基的《白朴评传》[②]中分叹世、写景和歌咏恋情三类评价白朴的散曲。90年代,人们继续就思想内容和艺术特征对白朴散曲作深入探究。如汪正章《愤世嫉俗闲袖手——白朴散曲论》[③]根据题材内容的不同分隐逸散曲、咏景散曲、咏恋散曲三类论述。赵义山的《元散曲通论》对白朴的语言风格和影响作了论述,指出其语言圆熟,亦雅亦俗,其叹世散曲和恋

---

① 胡世厚:《论白朴的散曲》,《文学论丛》(2),河南人民出版社,1984年版。
② 邓绍基:《白朴评传》,《中国历代著名文学家评传》第四卷,山东教育出版社,1985年版。
③ 汪正章:《愤世嫉俗闲袖手——白朴散曲论》,《开封大学学报》1990年第2、3期合刊。

情之作从内容到语言风格上影响了马致远,其咏物之作是乔吉、张可久一派的先导。

21世纪初,学界对白朴的散曲及其生平创作也继续关注。有从散曲方面探索白朴个人的生命特色和个人情趣追求的;也有将白朴的词曲从内容题材到艺术风格等方面进行比较研究,进而研究金元之际的特定历史时期词曲互动的这一较为普遍的文学现象的。此外,对白朴生平与创作综述研究和白朴与其他曲家的比较研究也都是值得关注的。

马致远是元散曲鼎盛时期的代表作家。马致远的散曲创作一直备受关注,其散曲创作的研究成果,主要集中在20世纪二三十年代和八九十年代,体现在其风格流派、创作道路和作品考证几个方面。二三十年代,任中敏辑《东篱乐府》将其定为豪放派,并认为其豪放包括:意境之超逸、修辞法之特殊、其文全用白描,无论雅俗都不借重装点。其后,陆侃如、冯沅君《中国诗史》、郑振铎《插图本中国文学史》、梁乙真《元明散曲小史》,都对马致远散曲给了很高评价,论述了马致远豪放中兼有清逸的风格,对其后的马曲研究有重要影响。五六十年代,论者们进一步注意对马曲思想内容和艺术成就的研究。刘大杰在《中国文学发展史》中对马致远的叹世、乐闲、写景等曲的内容作了论述,另有李茂肃的《马致远和他的散曲》[1]辩证地分析了马致远散曲的内容。进入八九十年代,学界对马致远散曲的思想内容和艺术成就研究取得了突出的进展,学者们首先结合作品去勾画其人生经历、创作道路和矛盾思想发展的心路历程。比较突出有李

---

[1] 李茂肃:《马致远和他的散曲》,《光明日报》1960年11月6日。

修生的《马致远评传》[1]、洪柏昭的《元人审美理想的物化》[2]、张燕瑾的《马致远的创作道路》[3],以及李昌集、赵义山等人的论述。还有论者运用社会学、美学和哲学相结合的批评方法论述马致远的叹世归隐之曲,如杨栋的《愤世·避世·审美超越》[4]。此外,刘益国的《马致远散曲艺术初探》[5]认为马致远的散曲集中突出了知识分子怀才不遇的主题,艺术风格豪放洒脱,田守真的《关、马散曲及元散曲两大思潮的殊途与同归》[6]认为马致远的叹世归隐代表着一种虚无的思潮与关汉卿代表的纵欲思潮在反儒家文化传统上殊途同归。申士尧的《论马致远散曲的思想内涵》[7]则认为马致远的散曲将愤世抗世的内容都掩藏在叹世超世的形式之下。对马致远重要作品考证论述集中在〔天净沙〕小令的作者问题,王国维、朱勤楚、陈绍华的都对此提出过看法。此外还有诸多对〔天净沙〕《秋思》或〔夜行船〕《秋思》的鉴赏性文章。

21世纪初,马致远散曲研究主要集中在比较研究、审美特征、作品鉴赏、思想评价等方面。比较论述如罗斯宁的《以剧曲为曲与以

---

[1] 李修生:《马致远评传》,《中国历代著名文学家评传》第四卷,山东教育出版社,1985年版。
[2] 洪柏昭:《元人审美理想的物化》,《长沙水电师院社会科学学报》1988年第3期。
[3] 张燕瑾:《马致远的创作道路》,《河北师院学报》1990年第2期。
[4] 杨栋:《愤世·避世·审美超越》,《河北师院学报》1990年第2期。
[5] 刘益国:《马致远散曲艺术初探》,《四川师院学报》1982年第3期。
[6] 田守真:《关、马散曲及元散曲两大思潮的殊途与同归》,《河北师院学报》1990年第2期。
[7] 申士尧:《论马致远散曲的思想内涵》,《陕西教育学院学报》1995年第2期。

词为曲——马致远与张可久散曲之比较》①,欧阳春勇、王林飞的《马致远、曾瑞散曲之异同》②,张燕芬的《关汉卿与马致远散曲之比较》③等。审美特征的探讨如徐世中的《试论马致远散曲的审美意蕴》④,蒋玉斌的《马致远散曲艺术别论》⑤,吴洁仪的《试论马致远散曲的幽默艺术》⑥等。思想评价如刘军杰《马致远的进取仕进情结——试从他的散曲历史人物形象分析》⑦等。此外李淑宁的《马致远生平新考》⑧通过对马致远生平资料的收集梳理,对马致远的生卒年、籍贯等问题提出了新的见解。

张可久是元散曲鼎盛时期清丽派的代表人物。关于张可久的研究,在20世纪集中在生平、散曲风格等方面。生平研究,任中敏、孙楷第、罗忼烈、吕薇芬、杨镰、宁希元等都对张可久有考证。对于张可久的仕履,吕薇芬、杨镰合著的《张可久集校注》⑨将其一生分为求取

---

① 罗斯宁:《以剧曲为曲与以词为曲——马致远与张可久散曲之比较》,《东南大学学报(哲学社会科学版)》2007年第5期。

② 欧阳春勇、王林飞:《马致远、曾瑞散曲之异同》,《湖南科技学院学报》2011年第5期。

③ 张燕芬:《关汉卿与马致远散曲之比较》,《安徽文学(下半月)》2010年第9期。

④ 徐世中:《试论马致远散曲的审美意蕴》,《广西社会科学》2005年第1期。

⑤ 蒋玉斌:《马致远散曲艺术别论》,《四川师范学院(哲学社会科学版)》2002年第3期。

⑥ 吴洁仪:《试论马致远散曲的幽默艺术》,《湖南文理学院学报(社会科学版)》2005年第4期。

⑦ 刘军杰:《马致远的进取仕进情结——试从他的散曲历史人物形象分析》,《四川教育学院学报》2010年第5期。

⑧ 李淑宁:《马致远生平新考》,《艺术百家》2002年第1期。

⑨ 吕薇芬、杨镰:《张可久集校注》,浙江古籍出版社,1995年版。

功名、任首领官、下任之后三个阶段。张如安的《〈张可久集校注〉订补》[1],对当中误注、漏注的条目进行了补订。20世纪的研究者多关注张可久散曲的风格,任中敏《散曲概论》中将张可久作为清丽派的代表。冯沅君、郑振铎、梁乙真从审美风格的角度对张曲作了深刻的论述。50年代,受文学批评政治化倾向的影响,有文学史著作说张可久是"反现实主义作家"。曹济平的《略谈张可久的散曲》[2]对此提出异议,认为其现实性很强,其艺术上更有可借鉴性之处。70年代,罗忼烈在《元散曲家张可久》[3]中对张曲作了肯定性评价,认为其风格以清丽为主,却又变化多端。罗文特别推崇张可久对元散曲发展的贡献。80年代,门岿《谈元曲大家张小山》[4]继续论说张曲的现实性,并论述了张曲的创作成就。吕薇芬的《张可久散曲简论》[5]对张可久其人与散曲创作作了全面论述。90年代,李昌集《中国古代散曲史》指出张可久散曲"雅化"的实质并分析了其雅化的表现。洪柏昭认为张曲风格的形成,与他多写湖山胜景有关,其清丽幽雅主要表现在构图、色彩、语言、对仗上。周晓痴在《张可久散曲风格论》[6]中认为张可久的创作个性表现为一切适度,其蕴藉、骚雅便是在"一切有度"的基础上形成的。杨镰、吕薇芬《张可久集校注·前言》则重点论述张可久散曲的"雅化",并指出其"雅化"的表现。

　　进入21世纪,张可久散曲研究呈现出多角度、多样化的趋势。

---

[1] 张如安:《〈张可久集校注〉订补》,《古籍整理研究学刊》1998年第4期。
[2] 曹济平:《略谈张可久的散曲》,《江海学刊》1961年12月号。
[3] 原载香港《海洋文艺》1977年第6、7期,后收入《两小山斋论文集》。
[4] 《津门文学论丛》1984年第3期,后收入作者《元曲管窥》。
[5] 吕薇芬:《张可久散曲简论》,《文学评论》1985年第2期。
[6] 周晓痴:《张可久散曲风格论》,《湖北大学学报》1992年第1期。

生平研究有司维的《张可久生平事迹考》①等,对一些尚未廓清的问题提出一些自己看法。风格的探讨仍是此时期的重点。张可久"骚雅"、"蕴藉"的风格,是散曲后期雅化的代表,从其散曲中可以看出元代后期文人的审美心态。吴国富的《张可久散曲的"道化"与"雅化"》②认为张可久散曲的雅化与宋词关系不大,而与他的道化有关。也有对其作品作分类研究的,重点集中于山水散曲和隐逸散曲。如李亮伟的《谈张可久西湖之外的山水散曲》③、赵丽恒的《张可久隐逸散曲中的"尚陶"情结》④等。还有少量的对张可久心态和生命意识的论述,如赵德坤的《张可久散曲中梅意象的文化观照》⑤。还有将张可久与其他作家做比较论述的,如赵德坤的《两芥寒士,一样清风——试论白石与小山之"清"》⑥将南宋词人姜夔和张可久相比较等。

乔吉也是 20 世纪研究者较为关注的重点。任中敏、隋树森、李修生等先后整理过乔吉的散曲集。李真瑜在《乔吉论略》⑦一文中对乔吉的思想性格做了全面的论述。关于乔吉的散曲创作研究,元明

---

① 司维:《张可久生平事迹考》,《新疆石油教育学院学报》2001 年第 2 期。
② 吴国富:《张可久散曲的"道化"与"雅化"》,《中国道教》2006 年第 4 期。
③ 李亮伟:《谈张可久西湖之外的山水散曲》,《四川理工学院学报(社会科学版)》2006 年第 4 期。
④ 赵丽恒:《张可久隐逸散曲中的"尚陶"情结》,《宜春学院学报》2011 年第 1 期。
⑤ 赵德坤:《张可久散曲中梅意象的文化观照》,《重庆师院学报(哲学社会科学版)》2003 年第 2 期。
⑥ 赵德坤:《两芥寒士,一样清风——试论白石与小山之"清"》,《内江师范学院学报》2006 年第 1 期。
⑦ 李真瑜:《乔吉论略》,《北京师范大学学报》1991 年"文史论考专刊"。

之际就一直备受重视。20世纪初,任中敏在《曲谱》中对明代李开先赞赏乔吉"蕴藉包含,风流调笑"之论举例论述。吴梅、郑振铎、梁乙真等人也多从审美风格的角度对其散曲进行了评价。80年代,吕薇芬、黄克等人先后对乔吉的作品发表过鉴赏性文章。李修生的《乔吉集·前言》对乔吉的思想和散曲创作进行了全面评价。门岿《评乔吉的叹世散曲》[1]认为乔吉的叹世散曲流露对现实的不满和对世外桃源的向往,以及找不到出路的凄凉处境。90年代,人们对乔曲思想内容和艺术特征的研究有很大进步。李昌集在《中国古代散曲史》中从内在精神上把握乔曲,认为江湖名士和传统文人意识复苏的双重人格和由此造成的双重心态使乔吉散曲呈现出多样化。其类词化散曲在形式和内涵上都得到了词的真谛。羊春秋在《散曲通论》中认为其散曲表现了雅化的倾向但仍继承了前期曲家的通俗大胆。赵义山在《元散曲通论》中认为乔吉散曲最有特色的是大量的遣怀之作和写景记游之作。其遣怀之作流露出强烈的愤世嫉俗,真实道出知识分子的贫困愁苦。其写景游记之作最具艺术审美价值,再现大自然的雄壮之美。而且将乔吉与张可久比较论述,认为乔吉在以词为曲的道路上走得更远,更多保留了曲的某些特质。

21世纪初,对于乔吉的研究更加深入、全面。主要集中在创作心态、题材类型、意象等几个方面。比较有代表性的文章有张森的《论元曲家乔吉的心态特征》[2]、沈艾娥的《尴尬与挣扎中异化的精神

---

[1] 门岿:《评乔吉的叹世散曲》,《浙江师大学报》1987年第4期,又收入作者《元曲管窥》。

[2] 张森:《论元曲家乔吉的心态特征》,《太原师范学院学报(社会科学版)》2005年第1期。

悲剧——论乔吉叹世散曲》①和《论乔吉散曲意象的形成》②。

20世纪金元词曲研究成果甚丰,限于篇幅,本章只能对研究状况作大致勾勒。由于眼界所限,也不免漏略。(马素娟撰稿)

---

① 沈艾娥:《尴尬与挣扎中异化的精神悲剧——论乔吉叹世散曲》,《河南科技大学学报(社会科学版)》2011年第4期。
② 沈爱娥:《论乔吉散曲意象的形成》,《名作欣赏》2011年第20期。